世界推理短編傑作集5

江戸川乱歩編

欧米では、世界の短編推理小説の傑作集を編纂する試みが、しばしば行われている。本書はそれらの傑作集の中から、編者の愛読する珠玉の名作を厳選して全五巻に収録し、併せて十九世紀半ばから第二次大戦後の一九五〇年代に至るまでの短編推理小説の歴史的展望を読者に提供する。百年に亘る短編の精髄は本格・サスペンス・ハードボイルドなど色とりどりの作品揃いでヴァラエティに富み、長編とはまた異なった滋味に溢れている。本巻には第二次大戦を挟んだ、騒々しいが活気溢れる時代の名作を集めた。さあ、名手の筆捌きを存分にお愉しみあれ！

世界推理短編傑作集５

江戸川乱歩編

創元推理文庫

GREAT SHORT STORIES OF DETECTION

volume 5

edited by

Rampo Edogawa

1961, 2019

目次

世界推理短編傑作集5

ボーダーライン事件

マージェリー・アリンガム
猪俣美江子 訳

The Border-Line Case　一九三六年

最少の長さで最大の効果をあげた本格作品。標題の意味は境界線をさすことばで、すれすれにあることを形容して、わが国の新聞などでもよく使われるようになった。作者の**マージェリー・アリンガム** Margery Allingham (1904.5.20–1966.6.30) は、イギリスの女流大家。

その夜のロンドンはひどくむし暑かったので、わたしたち夫婦は市内のアトリエの大きな天窓を開け放ったまま寝床についた。たとえ真っ黒な煤《すす》が降りそそいでも、よどんだ空気をそよがす微風のひとつも運んでくれればかまわなかった。暗い地平線に熱気が垂れ込め、この都市《まち》特有のくすんだドームのような夜空の下で、みなが苛々《いらいら》と寝苦しい夜をすごした。

くだんの殺人は、翌日の夕刊で報じられていた。わたしがそれを読んだのは、午後の三時ごろに早版が届いたときだ。汗で両目がしょぼついて、紙面の言葉が現実とは無縁の別世界のもののように思えてしまい、細かい点はぼんやりとしか頭に入らなかった。

どうということもない事件だった。少なくともわたしはそう思ったが、慎重に言葉を選んだ短い記事を読み終えると、その新聞をアルバート・キャンピオン氏に放り投げてやった。彼は昼食時にふらりと顔を出し、その後も部屋の片隅に静かにすわり込んだまま、眼鏡の奥の両目をしばたたかせて、ただ漫然と、うだるような暑さをやりすごしていたのだ。

〈袋小路の銃撃〉と名づけられた事件の概要は単純だった。

深夜の一時に、静まり返った北東地区のヴァケーション通りというむさ苦しい裏道で、一人の男がくずれるように歩道に倒れ込むのをパトロール中の巡査が目にした。巡査は無理からぬことながら、この暑さで失神でもしたのだろうと軽く考え、見知らぬ男の襟元をゆるめてやったあとで救急車を呼んだ。

ところが、駆けつけた救急隊員たちは男の死亡を宣告し、遺体は保管所へ運ばれた。その後、死因は肩甲骨のあいだをみごとに貫いた銃創であることが判明。弾丸《たま》は皮膚に小さな穴を残して左肺を貫通し、心臓を一直線にかすめて胸郭に食い込んでいた。

そうした経緯と、巡査が不審な物音をいっさい耳にしなかった点を考えると、被害者はいくらか離れたところから消音器つきの銃で撃たれたものと見られる……。

キャンピオンは形ばかりの興味を示しただけだった。たしかにその午後もひどい暑さだったし、記事の内容はその時点では、とうてい独創的にも刺激的にも見えなかったのだ。彼はひょろ長い脚を投げ出して床にすわり込んだまま、いちおう辛抱強く紙面に目を通した。

「とにかく誰かが死んだわけだ」ついにそう感想を述べると、しばらく置いてつけ加えた。「気の毒に！　まさに尻に火がついて……やれやれ、場所が場所だから、そんなふうに思えるのかな。ヴァケーション通りを見たことがあるかい、マージェリー？」

わたしはそれには答えず、考え込んだ。おかしなもので、その日の猛暑のような万人共通の苦難に直面すると、大都会のそこここで起きる無数の事態がとつぜん他人事とは思えなくなる。気づくとわたしは、縁もゆかりもない被害者が気の毒でならなくなっていた。

夕刊の記事の背後にある事実を話してくれたのは、スタニスラウス・オーツだった。彼は四時ちょっとすぎにキャンピオンを捜しにやってきたのだ。当時は犯罪捜査部の警部だったオーツは、種々の悩ましい問題をこの角縁《つのぶち》眼鏡をかけた青白い青年と話し合うようになっていた。二人の関係はいっぷう変わったものだった。どう見ても、才気あふれる素人探偵と謙虚な警官といった感じではない。むしろ短気な喧嘩っぱやい警官が、無害で友好的な一般市民の代表者に議論をふっかけているといったところだ。

その日のオーツは少々動揺していた。

「こいつはまさにきみ向きの事件だよ」彼はキャンピオンにそっけなく言いながら腰をおろした。「なにせ、奇跡のような犯行なんだ」

ややあって、自分はこの件について誰とも論じ合う必要はないのだが、この暑さだから仕方ない……と馬鹿げた言い訳をして自尊心をなだめると、オーツは説明しはじめた。

「こいつは〝低俗な〟犯罪だ。煎じつめれば、ギャングの内輪もめってところかな。犯罪にロマンを求めるきみらのような連中には、まるで面白くもないだろう。だがわたしはふたつの点で悩まされているんだよ。まず第一に、犯人と目されるやつには犯行の機会がなかったはずなんだ。そして第二に、被害者の恋人について、わたしはとんだ見込み違いをしていた。ああいう娘たちは似たり寄ったりで、いわゆる〝例外〟ってやつすら当てにはできんようだな」

オーツはその発見に心底傷ついたかのようなため息をついた。

わたしたちは蒸し風呂のようなスタジオのあちこちにすわって、その娘――ジョゼフィーンについての話を聞いた。ついぞ彼女に会う機会はなかったが、あの日のあの光景を忘れることはないだろう。わたしたちはみな、猛暑にあえぎながら警部の言葉に耳をかたむけた。

彼女はもともとドノヴァンというやつの女でな、とオーツは説明し、細部まであざやかに描写してみせた。痩せぎすの、平たい胸の娘で、顔は透きとおるほど白く、ロシアの聖母像のような黒い髪と目をしている。いつもレースのついたブラウスに、小さな金の十字架のペンダント、あるいは金メッキの安全ピンで補強したブローチを着けている。年はまだ二十歳だ、とオーツは言ったあと、そんな外見に騙されるとは、おれもいい年をして間抜けだよ、と謎めいた言葉をつけ加えた。

それからドノヴァンの話に移ったが、その男は三十五歳にして、すでに人生の十年間を獄内ですごしているという。だからといって、オーツは彼に特別偏見を抱いているわけでもなさそうだった。ただ、その事実のせいで、彼はオーツの頭の中ではある明確なカテゴリーに分類されているらしい。

「荒っぽい盗みを働くケチな常習犯だ」オーツはさっと片手を振り、それですべてがはっきりしたとでも言わんばかりに満足げな笑みを浮かべた。「彼女は十六歳のときドノヴァンに目をつけられて以来、ずっとこっぴどい目に遭わされている」

オーツはわたしたちの興味がそれないうちに、ジョニー・ギルチックの名前を持ち出した。ジョニー・ギルチックは今回の事件で死んだ男だ。

決して情に流されない合理主義者のオーツが、いつになく饒舌《じょうぜつ》にジョゼフィーンとジョニー・ギルチックについて語りはじめた。あれは恋だった――とつぜんの、痛々しい、愚かな恋。それでも見ていて心を打たれたよ、と彼は認めた。

「じつは昔、〝真《まこと》の恋〟とやらの話が得意な叔母がいてね。気恥ずかしい、老女のたわごとにしか聞こえなかったものだ。だが、あの若い二人が出会って燃えあがり――そうでもなければ、ただのつまらんちんぴらだった二人が――ひとつの熱い炎になって輝くのを見て考えが変わった。〝真《まこと》の恋〟なんて表現はいただけないとしても、叔母の言いたかったことはわかる気がしてきたんだよ」

オーツはためらい、のっぺりした土気色の顔に自嘲的な笑みを浮かべた。

「まあ、どのみち間違ってたわけだがね――叔母もわたしも」彼はぶつぶつ言った。「ジョゼフィーンは周囲の予想どおりにジョニーを裏切った。彼が生まれながらに定められていた末路をたどって死体保管所に安置されるや、彼女はとつぜん不滅の誓いを破り、彼を殺したやつのアリバイを主張したのさ。むろん、情婦の言葉など証拠としてろくな価値はない。それ自体はどうでもいいことだ。だが彼女が必死に犯人をかばおうとした事実は変わらん。センチなやつだと思われるかもしれないが、こちらはがっくりきてるんだ。一途《いちず》な娘かと思ったのに、とんだ見込み違いだったんだからな」

キャンピオンがもぞもぞ身体を動かし、礼儀正しく尋ねた。

「詳細を聞かせてもらえますか？　夕刊を読んだだけなので。あまり要領を得なかったんですよ」

オーツはいまいましげに彼をにらんだ。

「正直言って、判明している事実は気に食わんことだらけだ。どこかにちょっとした盲点があるにちがいない。単純すぎて、きれいに見落としちまったことがな。じつのところ、それできみを捜しにきたんだよ。一緒に現場へ行って、ちょっと様子を見てもらえんかと思ってね。どうかな？」

　誰も立ちあがらなかった。暑くて動く気になれなかったのだ。ついに警部はチョークを一本取りあげ、モデル台の裸の板に現場の略図を描きはじめた。

「ここがヴァケーション通りで」と、板の裂け目にそってチョークを走らせ、「長さは一マイル近くある。こちら側の端、この椅子のあたりは、ほとんどが卸問屋の倉庫だ。そして今、わたしが描き込んでる灰皿つきの四角いごみ箱が、ふたつの警察管区の境界線の目印。そこを起点にするとして、ええと、十ヤードほど左のここがコール横丁の入口で、この袋小路はふたつの倉庫のコンクリートの壁にはさまれ、突き当りはカフェの店舗になっている。カフェは終夜営業で、客は通りの先にあるふたつの大手印刷所の植字工たちだ。おもて向きはな。だがここはドノヴァン一派の非公式の本部みたいなものにもなっていて、ジョゼフィーンが一階のデスクでたえず人の出入りに目を光らせている。まったく、いつ休んでいるのやら。彼女はいつもそこにすわらされてるようなんだ」

　警部がしばし言葉を切ると、不意に、わたしたちみながすごした息苦しい夜の記憶が脳裏に浮かんだ。薄い胸と大きな黒い瞳の娘が、熱気のこもったカフェの店内にすわっているのが目に見えるようだった。

　オーツは続けた。

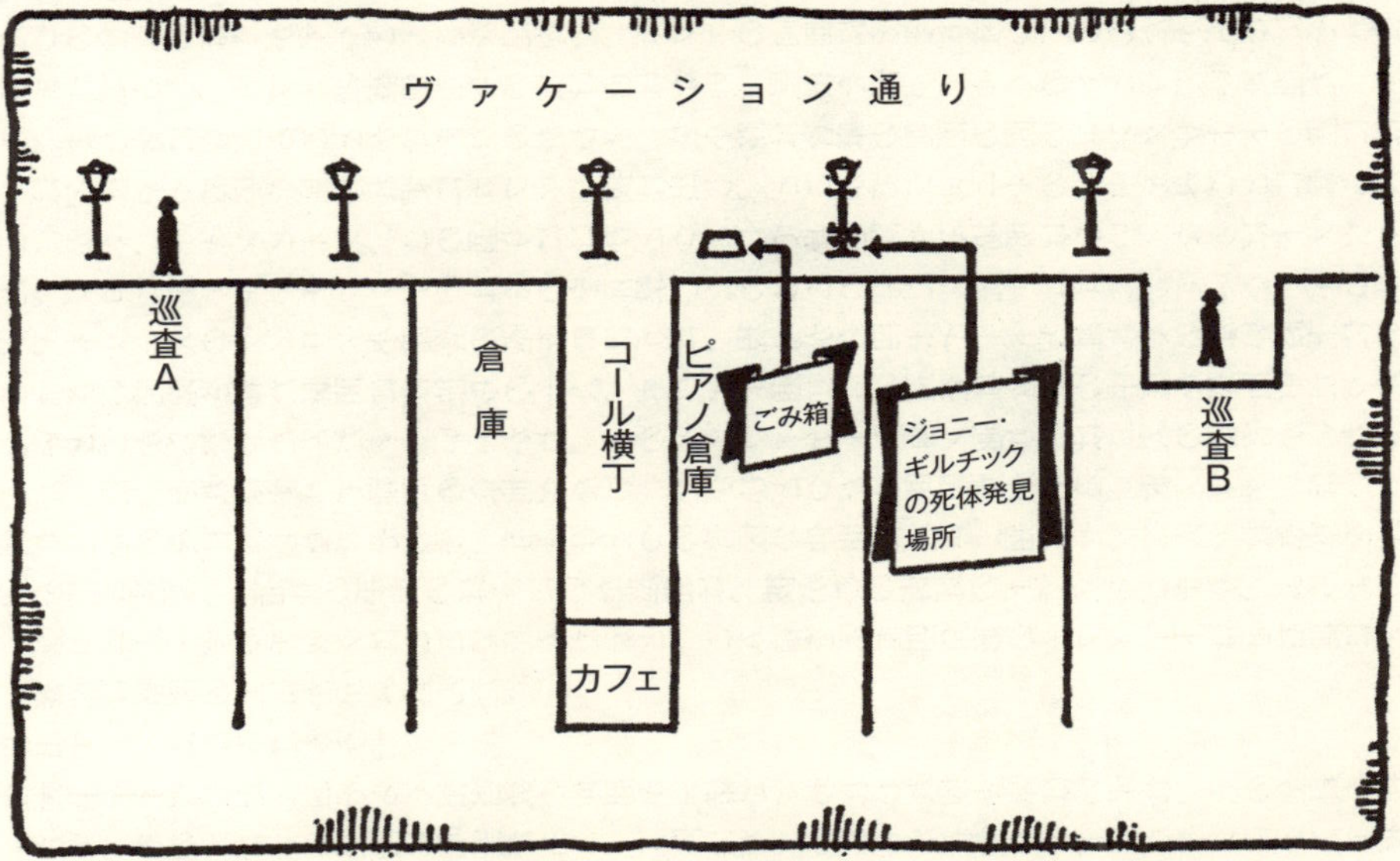
ヴァケーション通り
巡査A
倉庫
コール横丁
カフェ
ピアノ倉庫
ごみ箱
ジョニー・ギルチックの死体発見場所
巡査B

「さて、そのカフェは上階に個室がある。二階にな。われらが親愛なるドノヴァンはそこで夜の大半をすごした。おそらく相当数の仲間が一緒で、われわれ捜査陣はいずれ、その全員を捜し出すことになるだろう」

警部は略図の上にかがみ込んだ。

「ジョニー・ギルチックはここで死んだ」と、ごみ箱を示す四角形の一フィートほど右側に×印を描き込み、「通りの手前のほうにいた巡査は、彼がこの街灯の下で立ちどまり、よろよろ倒れ込むのを目にした。その後、もうひとつの管区の仲間に大声で知らせ、二人で救急車を呼んだんだ。それはすべて疑問の余地がない。だがひとつだけ問題点がある。ドノヴァンはいったいどこから撃ったんだ？　いいかね、そのときヴァケーション通りには二人の警官がいた。じっさい発砲された瞬間には彼らの一人、ネヴァー通り署の巡査は倉庫の中庭を巡回中だったが、もう一人のフィリス小路署の巡査のほうは、現場から四十ヤードと離れていない路上にいた。ジョニー・ギルチックが倒れるのを目撃したのはこの男だ。銃声は耳にしていないがね。とにかく、キャンピオン、この通りにはひとつとして身を隠せる場所はない。ならばドノヴァンはどうやって姿を見られずにカフェを抜け出し、どこかでジョニーの背中をみごとに撃ち抜き、また店にもどることができたのかね？　袋小路は倉庫の側面の固いコンクリートの壁にはさまれてるし、カフェの裏側からの抜け道はない。屋根を伝ってゆくのもとうてい無理だ。ふたつの倉庫のほうがずっと大きな建物で、カフェの両側にそそり立ってるんだからな。それに、どうにか通りに出たとしても、間違いなくどちらかの巡査の目にとまったはずだ。それじゃ、ドノヴァンはどんな手を使ったんだ?」

「ひょっとしたら、ドノヴァンのしわざじゃないのかも」無鉄砲にも口をはさんだわたしは、じろりと哀れむような視線を向けられた。

「やつの犯行なのは動かん事実です」警部は重々しく言った。そしてキャンピオンに向きなおり、「それだけはたしかだ。ドノヴァンのことならわかってるんだ。やつは英国ではめずらしい、銃を持ち歩くタイプの犯罪者でね。禁酒法が廃止されるまえに五年間ほどニューヨークのギャング団にいたとかで、いまだに、ときおり飢えたように大酒を飲む。飲めば必ず疑心暗鬼になり、その間は何でもやりかねんのだよ。ジョニー・ギルチックも以前はドノヴァンの手下の一人だったが、例の娘に惚れると一味から遠ざかり、それがドノヴァンにしてみれば二重に腹立たしかったのさ」

オーツは言葉を切って笑みを浮かべた。

「やつはいずれはジョニーをやるはずだった。たんに時間の問題だったんだ。一味のみながそれを期待し、近所の連中も待ちかまえていた。ドノヴァンは今度ジョニーがこのカフェに寄ったら、二度と顔を出せないようにしてやると公言していたそうだ。それで昨夜、ひょっこりあらわれたジョニーは震えあがった娘に店から追いたてられ、ついに袋小路をあとにした。だが角を曲がってヴァケーション通りを進みはじめたところで、ドノヴァンにやられちまったのさ。そうとしか考えられないんだ、キャンピオン。医師たちによれば、ジョニーはほぼ即死だった。背中を撃たれたあと、三歩と歩いてないはずだ。凶器についても、ドノヴァンの銃だったのはみえみえで、まだ現物は押さえてないが、やつの銃が今回の犯行に使われたのと同じ型なのはわかってる。じつに見え透いた、単純きわまる事件だよ——ドノヴァンは発砲したとき、どこにいたのかってことさえわかればな」

キャンピオンが彼を見あげた。眼鏡の奥の両目は、考え込むような色を帯びている。

「そのジョゼフィーンって娘はドノヴァンのアリバイを証言したんですね？」

オーツは肩をすくめた。「まあな。ひどく躍起になって、ドノヴァンは事件当時はずっと店の上階の部屋にいたと言うんだ。夜通し、一度たりともそこを離れなかったと。いくらしぼりあげても、頑として主張を変えない。命にかけて誓うとか言ってな。どのみち、そんな証言は何の意味もないとはいえ、彼女がそんなまねをするのを見たくはなかったよ。恋人の遺体がまだろくに冷えてもいないってのに。もちろん、彼女は一味の連中にへつらおうとしてたんだ。ごくもっともな事情があってのことなんだろう。だがな、彼女が訊かれもしないうちからドノヴァンのアリバイを証言するのを聞いて、やっぱりこちらは残念な気持ちになった」

「へえ！　彼女は自ら進んで証言したのか」キャンピオンは興味を惹かれたようだった。

オーツはうなずき、小さな両目を表情豊かに見開いた。

「強引に、と言ってもいい。ずかずか署に乗り込んできて、まるで立派なことでもしてるみたいに、洗いざらいぶちまけたんだ。わたしは普通、その手のことにショックを受けたりはしないんだがね、あれにはたしかに嫌悪を感じたよ。だから遠慮なく言ってやったんだ。彼氏の遺体を拝みにいってみろ、とかな」

「あなたらしくもないですね」キャンピオンは穏やかに言った。「で、彼女はどうしました?」

「ああ、おいおい泣きじゃくったさ、ほかの娘どもと同じだ」オーツはまだ憤懣《ふんまん》やるかたなさそうだった。「だがまあ、それはもういい。ジョゼフィーンのような娘たちが何をしようとしまいと、じつのところはかまわんのだよ。彼女は我が身を守ろうとしただけだ。あれほど勢い込んで証言しなければ、こちらだって許していただろう。それより重要なのはドノヴァンだ。やつはいったいどこから撃ったんだ?」

それに応えるように甲高い電話のベルが鳴り響き、オーツはちらりとわたしにあやまるような目を向けた。

「たぶんわたしへの電話だ。かまわんでしょうな? 部長刑事にここの番号を教えてあるんです」

受話器を取りあげ、首をうつむけて耳をかたむけるうちに、警部の顔色が変わった。見て見ぬふりをするのも大儀なほどの暑さだったので、わたしたちは興味津々で見守った。

「ほう」長い間のあと、オーツは平板な口調で言った。「そうか。まあ、どっちにしても同じだろうが……しかし、彼女はなぜそんなことを……何?……たぶんそうだが……ええっ?……本当か?」

電話の相手がより重要な第二の情報を口にしたとみえ、オーツは不意に驚愕をあらわにした。

「そんなはずは……たしかなのか?……何だと?」

遠い彼方の声がせっせと説明し、その間断ない、単調な響きがわたしたちの耳にも届いてき

た。オーツ警部はしだいに苛立ちをつのらせ、

「ああ、もういい。わかったよ。おれはきっと頭がどうかしてるんだ……おれたちはみんな、どうかしてるのさ……どうでもそっちの好きにしろ」と、粗野な捨てぜりふを吐いて受話器を置いた。

「アリバイが裏付けられたのかな?」キャンピオンが尋ねた。

「ああ」オーツはうなるように答えた。「下のカフェにいた二人の植字工が、ドノヴァンは夜明けまで一度も店から出なかったと断言しているそうだ。どちらも信頼できる男だ。恰好の証人になるだろう。だがジョニーを撃ったのはドノヴァンさ。それはたしかだよ。わたしに想像できるかぎりでは、やつはきっとピアノ倉庫の角のコンクリートをぶち抜いてジョニーを撃ったんだ」オーツはほとんど腹立たしげにキャンピオンに向きなおり、「どうだ、これがうまく説明できるか?」と問いつめた。

キャンピオンは咳払いした。いささか戸惑っているようで、やがてついに、勇気を奮って切り出した。

「あの、じつはふたつだけ、思いついたことがあるんです」

「じゃあ言ってみてくれ、坊ちゃん」オーツは煙草に火をつけて顔を拭った。「さあ。拝聴しようじゃないか」

キャンピオンはふたたび咳払いした。「ええと——まずはほら、この暑さです」ひどく決まりが悪そうだった。「この暑さと、あなたの言う強固な壁のひとつが気になったんですよ」

警部はひとしきり悪態をつき、非礼を詫びたあと――

「この暑さを忘れられるやつがいたら、お目にかかりたいもんだがね。それと壁がどうしたって?」

キャンピオンはモデル台の板に描かれた略図の上に、反対側から身をかがめた。そして、遠慮がちに切り出した。

「ここがそのピアノ屋の倉庫の角ですね。そしてこれがごみ箱。この左側の街灯の下でジョニー・ギルチックが発見された。左側の先のほうではネヴァー通り署の巡査が中庭を巡回中で、一時的に通りから離れていたが、こちらの右のほう、袋小路の入口の反対側に、もう一人の巡査がいた。例のフィリス小路署の、何とか巡査です。そこで誰もがついつい――ええと――現場は密室状態で、四つの揺るがぬ壁に囲まれていたように考えてしまう。ふたつのコンクリートの壁と、二人の警官という壁に」

キャンピオンはためらい、おずおずと警部に目をやった。

「警官が揺るがぬ壁でなくなるのはどんなときでしょうね、オーツ? たぶん――そう、まさにこんな暑さのとき……じゃないのかな?」

オーツは両目を細めて彼を凝視していた。

「くそっ!」と、とつぜん声を張りあげ、「ちくしょう、キャンピオン、そのとおりだよ。あんのじょう、端《はな》からわかりきってたことじゃないか」

彼らは略図を見おろした。オーツがかがみ込み、袋小路の入口の街灯をチョークでつついた。

「こっちの街灯だったんだ。その電話を取ってくれ。やっこさんをつかまえてやるからな、待ってろよ」

警部が電話の相手と夢中で話を交わすあいだに、わたしたちが説明を求めると、キャンピオンはしばしためらったあと、例の穏やかな弁解がましい口調で切り出した。

「ええと、ほら……ここにごみ箱があるだろう？　このごみ箱はふたつの管区の境界線を示す目印なんだ。猛暑でへたばっていた警官Aは、自分の担当区域の街灯の下で一人の男が暑さのあまり倒れるのを目にする。その男は小柄だったので、Aは彼をごみ箱の向こうの次の街灯の下へ運んでやろうと思いつく。そうすればこの件は自動的に、今しもこちらへ向かってるはずの警官Bの責任になるからね。やがて警官Aが場所を移し終え、ぐったりした男の上にかがみ込んでいるところへ仕事仲間がやってくる。Aは銃創にはまったく気づいていないから、もとの場所が袋小路の入口で、カフェの上の部屋から丸見えだったことに意味があるとは夢にも思わなかったんだ。今日になって、そのまぎれもない重要性に気づいたはずだけど、彼はどうやらだんまりを決め込むのがいちばんだと考えたようだね」

電話を終えたオーツが意気揚々ともどってきた。

「第一発見者の巡査は今朝から休暇を取ってるそうだ。やつは古顔なんだ。倒れた男が死んでいるのに気づき、暑さのせいだと決め込んで、つまらん審問《インクエスト》で休みをつぶされるのはごめんだと考えたにちがいない。そんなことに最初に気づかなかったのが不思議だよ」

しばし沈黙が流れた。

「それじゃ——例の娘は？」わたしはついに尋ねた。

オーツは眉をひそめ、痛ましげに小さく顔をしかめた。

「あの娘には気の毒なことをしました。むろん、あれは事故だったのでしょうがね。現場を目撃した署員によれば、どちらとも断言できんそうです」

わたしがぽかんと見つめていると、彼は少々あわてたように説明しはじめた。

「さっき話さなかったかな？　うちの部長刑事がアリバイの件で電話をよこしたときに聞かされたんですよ。ジョゼフィーンは今朝がた死体保管所を訪ねたあと、道路を横断しようとしてバスに轢《ひ》かれたと……ああ、即死だったそうです」

警部はかぶりをふった。どこか気まずげだった。

「わざわざ署までやってきたのは、彼女なりの意思表示だったんでしょうな。一味の連中からは、事件当時は上の部屋には誰もいなかったと断言するように指示されてたにちがいない。思わぬツキに恵まれたことに気づくまで、やつらはもともと、そう主張する気だったはずなんだ。だから彼女がうちの署にすっとんできたのは、自分の命を危険にさらしてでも、ジョニーを殺したやつの罪を暴くためだったのだろう。それが逆に、アリバイを与えてしまうことになるとは……いや、皮肉なものですよ」

彼はキャンピオンを好もしげに見やった。

「きみは余計な人情で頭を混乱させせんから、そうしたことをすばやく見抜けるんだ。すべてをAとかBとかいった記号でしか見ない、そこが大きなちがいだな」

誰より礼儀正しいキャンピオン氏は、何ひとつ言い返さなかった。

好打

E・C・ベントリー
井上勇訳

The Sweet Shot　一九三七年
『トレント最後の事件』（一九一三）で名高きフィリップ・トレントが、場所もあろうにゴルフ・コースでその推理の才能を発揮する。
ベントリー E. C. Bentley（1875.7.10–1956.3.30）の短編集『トレント乗り出す』（一九三八）に収録されている。

「いいや、わたしは当時たまたま海外にいましてね」とフィリップ・トレントは言った。「英国の新聞を見る機会がなかったので、今週こちらへ来るまで、あなたの怪事件についてはなにも聞いていませんでした」

ロイデン大尉は小柄で、やせぎすで、褐色《かっしょく》の顔をした男だったが、自動電話機を分解するというデリケートな――禁じられた――仕事にとりかかっていた。そしていま、仕事の手を休めて、たばこつぼ《ジャー》に手をのばした。ケンプスヒル・クラブハウスにある大尉の事務室の大きな窓からは、その楽しいゴルフ・コースの十八番グリーンが見わたされた。大尉の目は思い出をたぐりながら、向こうの、はりえにしだの茂ったスロープをさまよっていた。

「さよう、あなたはあれを怪事件と呼ばれる」大尉はパイプをつめながら言った。「ほかにもそう呼ぶひとがいます、ミステリが好きだからでしょうね。たとえばあなたが泊まっておいでになる家のコリン・ハントですが、あれもそう呼んでいます。また、そうは呼ばないひとたちもいます。そのひとたちは、完全に、自然な説明があるといいます。とにかく、あの事件については、ほかのひとに話せる程度のことはわたしにも話せる、といっていいでしょう」

「ここの書記をつとめておいでだから、とおっしゃるのでしょうね」

「いや、それだけじゃありません。わたしはいわば、あの死に立ち会った——といってわるければ、すぐまぢかにいたふたりの人間のうちのひとりだったのです」ロイデン大尉は言った。大尉は足を引きずりながら炉棚《ろだな》に行くと、蓋《ふた》に英国工兵隊《R・E》の紋章と標語が浮き彫りにしてある銀の箱をとりおろした。「トレントさん、このシガレットを一本おやりなさい。その話がおききになりたいなら、わたしからお話ししましょう。アーサー・フリアについては、なにかお聞きおよびでしょうね」

「ほとんどなにも聞いていません」とトレントは言った。「知っているのは、たいして評判のいい人物じゃなかったらしいというくらいのことです」

「そうなのです」ロイデン大尉はひかえ目に言った。「あれはわたしの義兄だったということは、お聞きになりましたか。お聞きにならない。よろしい、それではと、事件は四月《よつき》ほどまえの月曜日——ええと——そう、五月の第二月曜日のことでした。フリアはいつも、朝食のまえにハーフ・ラウンド、プレーするのがならわしでした。日曜日をのぞいて——日曜日については、たいへんに厳格だったのです——ほとんど毎日、どんなひどい天気の日でさえも、クラブを自分でかついで、たいていはひとりきりで出かけていき、まるで自分の生命がそれにかかっているとでもいったように、一ショット、一ショットをたんねんに研究するのです。そのおかげでもって、たいへんにいいプレーヤーになっていました。ハンディキャップは二で、アンダショウでは、いつでもスクラッチ（ハンディキャップがゼロのこと）だったと思います。

いつも八時十五分まえに一番ティーに姿を見せ、九時にうちに帰ることにしていました。

——うちはここから二、三分のところにあります。問題の月曜日の朝も、いつものとおりでかけて——」

「いつものとおりの時間に、ですか」

「だいたいです。二、三分間、クラブハウスで、つまらんことで係のものにがみがみ言って手間どっていました。そして、それが生きているのを、だれかが見た最後でした——つまり、話しかけることができるほど近くで、という意味ですが。九時ちょっとすぎ、わたしがブラウスンといっしょにひとまわりしにでかけるまで、ほかにはだれも一番ティーに出かけたものはありません。——ブラウスンというのは土地の神父で、わたしはそのひとといっしょに、牧師館で朝食をとったのです。ブラウスンはわたしと同じに足が悪いので、都合さえつけば、わたしたちはよくいっしょにプレーするのです。

わたしたちは一番グリーンをホール・アウトして、次のティーのほうに歩いていっていました。そのときブラウスンが、『おや、あそこを見たまえ。なにかがあったんだ』と言いました。そして、向こうの二番ホールのフェアウェーを指さしたのです。見ると、ひとりの男がうつ伏せになって身動きひとつせず芝生のうえにうずくまるようにして横たわっていました。ところで、二番ホールのまわりのその地点ですが——てまえの半分は土地が凹《くぼ》みになっていて、そのすぐ上の縁に立たないかぎり、そこにひとがいても、コースのほかの地点からは、どこからも見えないほど落ちくぼんでいます——あなたがご自分で出かけてごらんになればわかりますけれど。そういうわけで、わたしたちはティーのちょうど真上にきていたのです。それでその男が倒れているのが見えたのです。そこでわたしたちは、その場所にかけつけました。フリアでした。時刻が時刻なので、わたしにははじめからてっきりそうにちがいないとわかっていました。死んでいて、生きている人間にはとうていできないような、いびつなかっこうで横たわっていました。着衣はずたずたに引きさかれ、焦げあとまでついていました。髪もそうで――フリアはいつも無帽でプレーするのです――顔や手もそうでした。クラブのバッグは数ヤード先にころがっていて、ちょうど使っていたらしいブラッシー（二番ウッド）は死体のそばにありました。

見たところどこにも外傷はなく、わたしははるかにもっとひどいのを、いやってほど見てきましたが、神父は気分が悪くなったらしかったので、わたしは神父にはクラブハウスにかえり、医者と警察を呼ぶようにしてもらい、そのあいだわたしが見張っていることにしました。医者と警察はまもなくやってきて、それぞれの仕事がすむと死体は救急車で運び去られました。まずはじかに見て知っていることで、わたしに話せるのはこれで全部です、トレントさん。あなたがハントのうちにお泊まりでしたら、検死裁判《インクエスト》とかなんとかいったことについては、たぶんあの男からお聞きになったでしょう」

トレントはかぶりを振った。「いや」と言った。「けさ朝食のあと、コリンはフリアがゴルフ・コースで不可解な死をとげたことについて、ちょうどわたしに話をしかけていたのですが、そこへなにかの用で面会人があったのです。そういうわけで、わたしはちょうど二週間ばかり、コースの使用許可をうけたいと思っていたところだったし、そのかたがた、あなたから事件の話をうかがったらよかろうと考えたのです」

「わかりました」とロイデン大尉は言った。「検死裁判《インクエスト》については、どうにかわたしにもお話ができそうです——死体発見のいきさつについてわたし自身、裁判のとき自分の小さな役まわりを話さねばならなかったものですから。フリアがどうしてあんなことになったか、死因についての医学的証拠は、かなりつかみどころがないのです。なにかとほうもない大きなショックをうけたのだということについては意見が一致しています。そのために全体の組織がめちゃくちゃになり、あちらこちらの関節がはずれたが、そのショックは外傷を生じるほどはげしいものではなかったというのです。その他の点については、意見がまちまちでした。最初に死体を見たフリアの主治医は、落雷にうたれたにちがいないと言いました。その医者の話だと、当時、雷雨がなかったのは事実だが、週末にかけてずっと雷が鳴っていて、稲妻というものはときおりあのようないたずらをすることがあるというのです。しかし警察医のコリンズは、当日の天候がそんなだったことについては疑いをもつが、たとえそんなぐあいだったとしても、落雷にやられたのでは、あんなに器官がめちゃめちゃにはならないと言いました。そして落雷だったら、鉄の頭がついたクラブにぶちあたるはずなのに、そばにころがっていたバッグのなかのクラブは、まったくいたんでいなかったというのです。コリンズの考えでは、なにか爆発のようなものがあったにちがいないが、それがどんな種類のものかは見当がつかないとのことでした」

トレントはかぶりを振った。そして、「そんなことでは、法廷も納得しなかったでしょうね」と言った。「しかし、とにかく法廷としては、それが出し得る精一杯な、正直な見解だったかもしれません」トレントはしばらく黙りこんでたばこをふかしていた。そのあいだロイデン大尉は、らくだ毛のブラシで電話機の故障をなおしていた。「それにしても」とやがてトレントが言った。「そんな爆発があれば、きっとだれか、その音を聞いたはずですね」

「たくさんのひとに聞こえたはずです」とロイデン大尉は答えた。「しかし、そこなんですがね——このあたりではだれも爆発の音なんか気にしないのです。あそこの道路の向かいがわに石切り場がありましてね、朝の七時以後だったら、しょっちゅう、いつだって爆破の音がしているのです」

「にぶい、気持ちの悪いドカーンという音ですか」

「ひどく気持ちの悪い音です」とロイデン大尉は言った。「この近くに住んでいるわたしたち、みなのものにとっては、そういうわけで、爆発音をきいた、きかないは、問題になりませんでした。そういったわけでコリンズは、きわめてまともな人物ですけれど、その証言は、あなたがたの言葉をかりると事実上、事態の説明とはならなかったのです。ところが片方のほうは、あたっているいないはべつとして、ちゃんと説明になっていました。それに検死官も陪審員たちも、青天で雷が鳴る話を聞いていたので、その見解が気に入ったのですね。とにかく災難で死んだという判定をくだしたのです」

「歌の文句にあるとおり、嘘とはだれにも言いきれないですね」トレントは批評した。「それで、ほかの証言はなかったのですか」

「ありました、いくつか。でもそれは、ハントにも、わたしと同じように話すことができます、ハントはその場に居合わせたのですから。わたしはもうこれで、失礼させていただかねばなりません」とロイデン大尉は言った。「町でひとと会う約束があるのです。二週間の使用許可については、係のものが署名します。そしてお望みならきょう、さっそくゲームがやれるでしょう」

コリン・ハントとその細君は、トレントが昼食にその家へ帰ると、大乗り気であとの話をしてくれた。あの判決は寝ごとだと、ふたりはきめつけた。コリンズ医師はちゃんと自分の仕事のことは心得ているが、ホイル医師はたわごとを並べるおいぼれで、フリアの死の説明はてんで筋が通っていないという言いぶんだった。

他の証言については、ぜんぜん役にはたたないが、なかなかおもしろいということにみなの意見が一致した。フリアは二番ホールでティー・ショットをしたあと、ひとに見られていた。そのときフリアは、死に遭遇した地点に向かって、凹地《くぼち》の底のほうへおりていっていた。

「でも、ロイデンの話だと」とトレントは言った。「あの場所はすぐ真上に行かないと、ひとがいても見えないということだったが」

「それがその証人は、あの男のすぐ真上にいたんだよ」とハントは答えた。「千フィートくらい上だったと、その男は言っていた。英空軍《R・A・F》の男でね。ここからたいして遠くないベクスフォードのキャンプから、爆撃機を操縦して出かけていたんだ。そしてなにかの訓練をしながら、ちょうどあの時刻、ゴルフ・コースの上を通過したんだ。その男はフリアとは知らなかったが、ひとりの男が二番ティーから歩いておりてゆくのを見たんだね、なにしろコースには、見わたすかぎり生きて動いているのは、フリアひとりきりだったんでね。ゴセットはその飛行機にのっていた男だが、ここのクラブの臨時会員で、フリアをかなりよく知っていた――というよりも、知る気になればだれにでも知れる程度に知っていた。――しかし見てフリアとわかったわけではなかった。しかし飛行士は問題の時刻に、ちょうどひとを見かけたことは確かだったので、フリアが死ぬ直前、絶対にひとりきりだったことを立証するために、その証言をとったのだ。フリアを見たものはいまひとりいて、その男もフリアをよく知っていた。以前ここでキャディーをしていたが、石切り場で職を見つけたんだ。その男は丘の中腹で働いていて、フリアが一番ホールをすませ、二番に行くのを見ていたんだ――もちろん、そばにはだれもいなかった」

「そうか、するとその点は、かなりはっきりと立証されたわけだね」とトレントは言った。「これ以上は注文がつけられないくらい、ひとりきりだったらしいが、しかもなにごとかが、どうやってだかは知らないが起こったわけだ」

ハント夫人は半信半疑のように鼻をならし、シガレットに火をつけた。そして、「ええ、そうよ」と言った。「でも、わたしはそんなこと、たいして気にしないわ、個人としては。エディスは――フリアの奥さんは、つまりロイデンの姉さんだけど――あんな男といっしょに暮らして、それこそみじめな生活をしていたにちがいないんですもの。あのひとはなんにも言わないけれど――言うはずもないけれど。そんな女じゃないんですもの」

「あのひとはじつによくできたひとだ、とにかく」とハントは言った。

「ええ、ほんとだわ。たいていの男にはもったいないくらい。わたし、言ってもいいけれど」ハント夫人はトレントのためにつけくわえて言った。「もしもコリンが、わたしに悪態をついたり、なぐったりするようなことでもしていたら、だれでも知っているわたしの貞女ぶりだって、そうながくは堪忍《かんにん》の緒がつづかなかったでしょうよ」

「だからおれはそんなことをしないんだ。おれが理想的な夫になっているのは、フィル、ひとの口の端《は》にのぼるのがこわいからだよ。いや、うちの家内はおれがなにごとが起こっているかも知らないうちに、おれをお払い箱にするだろう。ところでエディスだが、あの女はけっしてなにごとも言わなかったのはほんとうだが、あのできごと以来の変わりかたが、万事を正直に物語っている。弟と暮らすようになってから、フリアが生きていたころ努力してそう見せかけていたよりも、はるかに気楽で、幸福そうに見える」

「あのひとはそう長くは、フリアとは暮らしていけなかったでしょうよ、きっと」ハント夫人はしみじみと話した。

「そうだとも。おれはチャンスがあったならば、自分があのひとと結婚したね」ハントは感慨深げにあいづちをうった。

「ぷっ、あなたなんか、最初の六人のうちにもはいらなかったでしょうよ」と細君は言った。

「レニーか、グロセットか、たぶんサンディー・バトラーくらいならいいでしょうけれど——そうでしょ。でもフィル、たぶんあなたはもう相当、土地の茶飲み話には堪能《たんのう》したことでしょうね。それはそうと、きょう午後のゲームの話はつきまして?」

「ええ、ケンブリッジ大学のあのがみがみやの化学教授と」とトレントは言った。「あのひとはまるで硫酸でもぶっかけたいような顔をして、わたしをながめていましたっけ。でも、プレーすることを承知するだけはしました」

「えらいものをつかまえたね」とハントが批評した。「あのひとは見かけとほとんど同じくらいの年配だと思うが、ショート・ゲームにかけてはまるで悪魔だよ。そして、目をつむっていてもわかるほど、あのコースのことはよく知っている。ところがきみは、なにも知っていないときてる。それにあのひとは、口ほどには意地悪じゃない。それはそうと、フリアが打った最後のショットのフィニッシュを見たのはあのひとだ――当たったとすれば、いい当たりだったろうね、きっと。あのひとにきいてみるがいい」

「そうしよう」とトレントは言った。「クラブの係員がそんなことを話していた。それで教授にゲームを申しこんだのだ」


コリン・ハントの予言は、その午後、実現した。ハイド教授は五ストローク勝ち越し、十七番コースではワン・アップで、最後のホールは四フィート・パットをねじ込んで試合に勝った。そしてグリーンを出て行くとき、教授はそこでトレントが言ったことに答えるかのように、

「さよう、フリアの死についてはなんとも変な事情が介在しているのを、わしは知っている」

と言った。

トレントの目が輝いた。教授はゲームのあいだ、十口《とくち》と口をきかず、二番ホールのあとで、トレントがそれとなしに問題に触れたときも、たんにおどすような、うなり声に出会っただけだったからである。

「わしは、あの男の最後のショットのフィニッシュを見たんだがね」と老紳士は話をつづけた。「打った当人の姿はぜんぜん見えなかったけれど。すばらしいブラッシーだった、それにまた、――まぐれ当たりだけれど。ピンそば二フィートたらずのところまで寄せたのさ」

トレントは考えこんでいた。そして、「すると」と言った。「こういうことなんですね。あなたは二番グリーンの近くにいらして、そこへ球《たま》がリッジ越しにとんできて、ホールのほうへころがったと言われるのでしょう」

「そうなんだ」とハイド教授は言った。「きみも、ああいうぐあいにやらんといかん――できればの話だがね。きみ自身、きょうそうやれたかもしれなかった。セカンド・ショットが三十ヤードほどのびていたならね。わしは一度もやったことがないが、フリアはたびたびやっていた。きみはじつにりっぱなドライブのあと、リッジ越しにブラインドで、ロング・セカンドをとばした。パーフェクト・ショットだったら、グリーンにのったかもしれない。それはそれとして、わしのうちはあのグリーンのすぐ近くにある。それでわしは朝食のまえ、庭でぶらぶらしていたんだ。そしてたまたまグリーンのほうをながめていると、球がスロープをとんできて、ホールのすぐそばに落ちた。もちろん、それがだれだかは知っていた――フリアはいつでも、その時刻にやってくるんだ。ほかのだれかだったら、わしは待っていて、三打にうつるのを見物し、お祝いをいってやっただろう。だが、フリアだとわかっていたので、わしはうちにはいり、あの男が死んだことを聞いたのは、ずっとあとになってからのことだった」

「それで、あの男がそのショットを打つのはごらんにならなかったのですか」とトレントは言って、考えこんでいた。

教授はおこったような青い目をトレントに向けた。「いったい、なんでわしに、そんなことができるというのだい」とふきげんそうに言った。「堅い大地のかたまりを通して、ものを見るなんて、わしにはできないよ」

「わかっていますよ、わかっています」とトレントは言った。「わたしはただ、あなたの頭の働きのあとをたどろうとしているだけです。あなたはあの男がショットするのもごらんにならないで、第二打ということをお知りになった。――三打をパットしようとしていたのだろうといわれます。そしてまた――そうでしょう――それは、ブラッシー・ショットだったといわれたでしょう」

「かんたんな話だよ、きみ」――教授の語調はきびしかった。――「それは、たまたまわしがあの男のプレーのやりかたを知っていたからにすぎない。わしは以前はよく朝めしのまえ、あの男とナイン・ホールをやったもんだ。それがある日、あの男はいつもよりもっとひどい癇癪《かんしやく》をおこしおって、わしにはとうていつきあっていけなくなってしまったんだ。それでわしは、あの男がいつでも、第二打でリッジを越すのを知っていた――いつも、グリーンにのるというのじゃないが。――それをやるには、クラブはブラッシーにきまっている。なにか見当ちがいがあったかもしれないことは、わしも認める」ハイド教授はややぎごちなくつけ加えた。「問題のショットは、じっさいはフリアのセカンドではなかったかもしれない。だが、そういうまるっきり空論に近い偶然事は、わしは考えてもみなかった」

次の日、朝のラウンドを回る連中が、それぞれ出発したあと、トレント自身は、おもにだれも見ていないセカンド・ホールのストレッチで、一時間ほど練習にふけっていた。そのあとキャディー頭《がしら》とちょっとおしゃべりをし、それからゴルフ専門店を訪《たず》ねて新しいミッド・アイアンを買いこみ、その道の達人の好意をかちえた。そこで、さっそくアーサー・フリアが打った最後のショットの話を持ちだした。その朝、十回以上も満足すべきドライブのあと、第二打でグリーンにのせようと努力してみたがだめだったと、トレントは話した。ファーガム・マカダムはかぶりを振った。球をそれだけの力で打てるものはそうたくさんはいないと、専門家は言った。当人もときたまにはそこまで打ちこむことができるが、いつもじゃない。フリア氏は力があって、そのうえに技術ももちあわせていた、という話だった。

どんな種類のクラブをフリアは好いていたか、とトレントはきいた。「なげえ、おめい、ご当人とおんなじやつでした。そうおっしゃるてえと」とマカダムは言った。「わっしゃ、そいつをうちに持っていますよ。あの事件のあと、うちに持ちこまれてきましたんで」マカダムは棚のてっぺんに手をのばした。「そうら、ありました。むろん、うちにおいとくしろもんじゃねえんですが、だれもとりにこねえもんで、わっしもすっかり、ど忘れしていました」

トレントはブラッシーをひきだして、フェイスに、白い固い材料を象眼《ぞうがん》した、重いヘッドをながめながら考えこんでいた。「しっかりしたものだね、たしかに」とトレントは論評した。「さようで、つかいこなせるもんには」とマカダムは言った。「わっしは、自分ではアイヴォリンのフェイスなんか、どうだっていいですがね。世間には、そのほうがもっと弾力性があると考えるひとがいますんでね。だがじっさいは、なんにもそんなこたあねえんで」

「するとあのひとは、きみの店でこれを買ったのではないのかね」トレントはなおもたんねんにヘッドを調べながらきいてみた。

「いや、うちで買ったんですよ。こんなのがはやったころ、ネルスンズからうんとこさ仕入れたんですよ。わっしの名前がついているはずです」とマカダムはつけくわえた。「よくごらんになるてえと、ふつうの場所にスタンプがおしてありますよ」

「そうかね、見えんようだが——おお、これか。スタンプはすっかり読みとれなくなっている」

「はてな。ちょっと見せて」とプロフェッショナルは言って、クラブを手にとった。「読めなくなったのもむりはない」と、しばらく調べたあとで言った。「消してある——すぐわかる。だれがこんな、あほうなことをしおったのか。木がちっとばかりけずってある。——表面を。けしからん。それにしても、いってえなんでまた、こんなことをしおったのだろう」

「説明がつかないかね」とトレントは言った。「だがまあ、どうでもいいことだと思うよ。それに、いずれにしたってわかりっこなしだ」

トレントが、書記の事務室の開いたドア口から顔をのぞかせて、ロイデン大尉が電線のコイルが肝心要《かんじんかなめ》な部分らしい、なにかの装置の部分品を楽しそうにいじくりまわしているのを見たのは、それから十二日後だった。

「お忙しいようですね」とトレントは言った。

「まあ、おはいりなさい。おはいりになって」ロイデンは愛想よく言った。「これはいつだってできます——あと一時間もあれば仕上がるでしょう」大尉は先のとがったペンチを下においた。「なにしろ電気会社が、ここの電気を交流《A・C》にかえましてね、真空掃除器のコイルをまきかえなくてはならなくなったんですよ。ひどくやっかいな話で」大尉はそう言って、テーブルの上に乱雑にとりちらかされているばらばらになった器具を、愛情をこめて見おろした。

「あなたは男らしく、その悲しみに堪えていられるというわけですね」とトレントは論評し、ロイデンは声をたてて笑いながらタオルで手をふいた。

「そうですよ」と大尉は言った。「わたしは機械をいじくりまわす仕事が好きでしてね。自分からいうのはなんですが、こんなものはうかつな職人の手でへたなまねをされる危険をおかすよりも、むしろ自分でやることにしています。職人なんて、うかつなやつが多すぎます。なにしろ一年ほどまえの話ですが、会社からここへ新しいヒューズ・ボックスをとりつけにひとをよこしたことがありますがね。その男がスクリュー・ドライバーでショートしましてね、台所でもろにぶったおれ、もすこしで死ぬところでしたよ」ロイデンはシガレットの函をとりだしてトレントにすすめ、トレントはその好意をうけることにした。そして、ふたに彫られた文字を考えこむようにして見おろしていた。

「ありがとう。このまえこの函を見たとき、あなたが英国工兵隊《R・E》のおかただと察しがつきましたよ。《ubique《ウビケ》》（いずれにおいても）それから《Quo《クオ》 fas《ファス》 et《エト》 gloria《グローリア》 ducunt《ドウクント》》（正義と栄光の導くまま）。ふむ。なんで工兵隊が、とくにこんな標語を与えられたのか、わたしにはふしぎです」

「神さまだけがごぞんじです」と大尉は言った。「わたしの経験では、工兵こそまさに正義と栄光の導くところに行かない連中ですよ。あらゆる仕事のうちでいちばんきたなくて、栄光なんか薬にするほどもないです。——工兵の仕事って、そんなものです」

「でも、慰めはありますね」とトレントは指摘した。「科学時代の寵児《ちょうじ》であり、自分たちにくらべるとほかの兵種のものはみんな素人《しろうと》だと感じることによって。とにかく、そんなことをわたしに言った工兵がひとりいました。それはそうと大尉、わたしは今夜、引き揚げねばなりません。こちらに立ちよったのは、ただたいへんに愉快な日をすごさせていただいたことを申しあげるためでした」

「そうだったら、たいへんにうれしいです」とロイデン大尉は言った。「またおいでくださることを望みます。これで、ここのゴルフもそう悪くはないことがおわかりでしょうから」

「大いに気に入りました。それに会員のかたたちも。それから書記さんも」トレントは言葉を切ってシガレットに火をつけた。「それにまた例の謎の怪事件も、なかなかおもしろいと思いました」

ロイデン大尉はかすかに眉《まゆ》をつりあげた。「フリアの死んだことですか。するとあなたは、あれを謎の事件だと見きわめられたのですか」

「ええ、そうです」とトレントは言った。「あの人はだれかによって殺された、おそらくは計画的に殺されたとわたしは見きわめたからです。それですこしばかり、問題を調べてみましたところ、その《おそらくは》の見当がつきました」

ロイデン大尉は机からペンナイフをとりあげて、機械的に鉛筆をけずりはじめた。「するとあなたは、検死裁判《インクエスト》の陪審の意見には不賛成なのですか」

「そうです。あの判決は殺人とか、人手にかかったとかいうことをいっさい排除したもののように思えますが、わたしはそうは考えないのです。落雷という考えは、どうやら陪審を、あるいは陪審の一部を満足させたらしいですが、たいして賢明な考えかたではない、とわたしは思ったのです。コリンズ医師が検死裁判《インクエスト》でそれに反対して言ったことを、わたしはききました。そして、大部分が鉄でできていたフリアのクラブがまったく損傷していなかったとコリンズ医師が言ったのは、落雷説を完全に否定したもののようにわたしには思えたのです。クラブを自分でもちはこんでいるものは、ショットするときには、だいたい数フィートさきにそれをおきます。しかもフリアは落雷の危険があるというのに、クラブがそばにあることには、いわばなんの注意も払わずに感電死したものと推定されているのです」

「ふむ。そうですね、クラブに注意したようすはない。わたしにはそこが決定的な点かどうか、よくわかりませんがね」と大尉は言った。「雷というやつは、奇妙ないたずらをしますからね。わたしはぐるりを二倍も大きな木でとりかこまれているのに、小さい木に落雷したのを見たことがあります。いずれにせよ、落雷説にはなんの意味もありそうにもないことについては、わたしもまったく同感です。あの朝は雷でも鳴りそうな天候でしたけれど、この近辺には雷雨はすこしもなかったですものね」

「そこなのです。ところでわたしは、フリアのクラブについて言われたことをよく考えてみているうちに、とつぜん検死裁判《インクエスト》について、わたしが耳にした情報の範囲ではいちばん肝心なクラブについては、だれもなにもいっていないことに気がついたのです。あなたや神父さんが見られたことから判断して、フリアはうちのめされたとき、ちょうどブラッシーでショットを試みたばかりのところだったのは明らかのように思われます。ブラッシーはバッグのなかでなく、すぐそのかたわらにころがっていました。それにハイド老は、フリアが打った球がスロープをころがって、グリーンにのるのを見ています。さて、こういった問題と取り組むばあいはいつでも、ひとつの細目をたんねんに検討するのが、たいへんにいいやりかたです。もちろん検討するといったところで、たいして多くのものは残っていませんでした。なにぶん四カ月もまえのできごとですものね。しかしわたしはフリアのクラブがどこかにあるにちがいないと考えました。そこで、ああした状況のもとでクラブがもちこまれそうな場所を、一、二、見当をつけたのです。そしてそこをあたってみました。まずキャディー頭の物置を偵察することにして、一ん日《ち》かふつ日《か》、自分のバッグをあずけておけるかどうかきいてみました。すると、バッグをあずける正当な場所は、ゴルフ専門店だといわれました。そこでわたしはマカダムの店に行ってちょいとおしゃべりをし、案のじょう、ただちにフリアのバッグがまだ店の棚においてあることがわかりました。それでクラブもひととおり見てみたのです」

「そして、なにか変なところがあるのに気づかれたのですか」とロイデン大尉はきいた。

「ほんのささいなことです。しかし、わたしを考えこませるには充分でした。それで次の日、ロンドンに車を走らせて、運動器具店のネルスンズをたずねました。あの店はむろんごぞんじでしょう」

ロイデン大尉は慎重に鉛筆の先をとがらせながらうなずいた。「だれだって、ネルスンズは知っていますよ」

「そうですとも。そしてわたしは、マカダムが仕入れ先として、あの店と取り引きをしていることを知っていたのです。わたしはあの特別製のクラブを何本かみたいと申し入れました――ブラッシーで、マカダムに卸《おろ》したような、フェイスにアイヴォリン板をはめこんだものです。フリアはそいつを一本、マカダムから買っていたのです」

ロイデンはまたうなずいた。

「わたしはネルスンズで、クラブを扱っている男と会いました。話しているうちに――ご承知のとおり、いろんな小さな事柄が、よく会話の中途で出てくるものです――」

「とくに」と大尉は、にこやかに顔をほころばせて言った。「その会話が、その道の専門家によって舵《かじ》がとられるばあいは」

「おほめにあずかって恐縮です」とトレントはいった。「とにかくそういうわけで、その特別製のクラブが一本、何カ月かまえに売られ、その店員は買ったお客を思い出すことができました。なぜ覚えていたかと言いますと、まず第一に、その客はなみはずれてといっていいほどに長くて重いクラブを、ぜひともほしいといいはったからです——なにしろそのお客というのは、べつに背が高くもないし、頑丈《がんじょう》な体格でもなかったので、当人が使うにしては長くて重すぎたのです。店員は婉曲《えんきょく》にそのことを言ってみたのですが、その客はがんとしていうことをきかず、自分に適したものは自分でよく知っているといい、そのクラブを買って持ちかえったそうです」

「むしろ間抜けといっていいですね、わたしにいわせると」ロイデンは考えこむようにして批評した。

「わたしはそうとは思いませんね、じつは。わたしたち、だれでもがやるような失策をしたとはいえましょうがね。それに店員が、その客をおもいだしたのには、まだほかのこともありました。すこし足を引きずって、陸軍の将校か、将校だったことがある人間だったのです。その店員は元軍人で、そういうことにかけては見まちがいはないといいました」

ロイデン大尉は紙を一枚ひきよせて、話に耳を傾けながらゆっくりと、小さな幾何学的な図面をかいていた。「あとをどうぞ、トレントさん」ともの静かに言った。

「それではフリアの死の問題に話をもどしましょう。わたしの考えでは、フリアはあの男が、けっして日曜日にはプレーをしないこと、したがってそのクラブはその日一ん日じゅう、ロッカーにあるはずだ——当然、あるべきだといったほうがいいかもしれませんが——とにかく、そのクラブが日曜日、ロッカーにあることを知っていただれかによって殺されたのです。むろん、日曜日の夜もずっとです——仕事が時間のかかるものだったとすれば。そしてそのだれかは、好きなときいつでもこのクラブハウスのロッカー室に出入りができる地位にあり、ロッカーの親鍵を持っている人物だと思います。そして、わたしの考えでは高性能爆薬《H・E》について、相当な実用的知識をもっている人物です。陸軍には」——トレントはちょっと言葉を切って、テーブルの上のシガレット入れをながめていた。——「そのような知識を特に必要とする部隊があると思います」

ロイデンは主人役としての任務をふっと思い出したかのように、いそいでシガレットの函のふたをとり、トレントのほうへおしやった。そして、「もう一本どうです」とすすめた。

トレントは礼を言って、そうした。それから、「工兵隊には、そういう部隊があるはずです」と言った。「なにしろ——きくところによると——破壊作業は工兵隊の重要な仕事のひとつだそうですものね」

「まったくそのとおりです」ロイデン大尉は立方体のひとつの面に、慎重に影をつけながら言った。

「ubique《ウビケ》」トレントは函のふたを見つめながら考えこんでいた。「《いずこにでも》いることができるとすれば、同じ時刻にふたつの場所にいることができるわけですね。ひとつの場所で人を殺して、その同じ時刻に、一マイルもはなれた場所で友人と朝食をとることもできます。だがもう一度、わたしたちの問題に話をもどしましょう。フリアの身の上に起こったことについて、わたしがどういう考えを組み立てていったか、あなたにはおわかりでしょう。わたしはフリアのブラッシーは、あのひとが死ぬまえの日曜日に、ロッカーからとりだされたものと信じています。そしてアイヴォリン板がとりはずされ、そのうしろに穴をうがち、その穴に爆薬を詰めたのだと思います。爆薬はどこで手に入れたのかわたしにはわかりませんが、どこででも容易に入手できるしろものではないかと考えます」

「おお、それはべつにむずかしいことではないでしょうね」と大尉は告げた。「あなたがいわれるその人物が、おっしゃるとおり高性能爆薬《H・E》によく通じておれば、だれにでも買える材料でもって、自分で調合できたでしょう。たとえばテトラニトロアニリンなど、容易に作れます——これなんかわたしにいわせると、その人物にとっては注文どおりのしろものでしょう」

「なるほど。それからたぶん、アイヴォリン板の内側には小さな雷管がとりつけてあり、ブラッシーでしたたか打つと発火するようにしてあったのでしょう。そうしておいて、アイヴォリン板をもとどおりまた張りつけたのです。腕を要する仕事だったでしょうね、クラブ・ヘッドの重さに、寸分の狂いがあってはならなかったはずですから。クラブの振りごこち、バランスが細工をする前と、ぴったり同じでなくてはならなかったはずですものね」

「微妙な仕事です、たしかに」と大尉はあいづちをうった。「しかし不可能ではない。実際問題としては、あなたがおっしゃるよりも、もっと手かずがかかったといっていいでしょうね。たとえば面を削ってうすくしなくてはならなかったでしょう。でも、それもできないことではない」

「さよう、そうしたのだろうと思います。ところで、わたしが心中に描いているその人物は、短い一番ホールでは、ブラッシーには用がないこと、最初にバッグからとりだされるのは、凹地の底にある二番ホールで、そこではなにごとが起こっても、ほかからは見えないことを知っていたのです。そしてそこで現実に起こったのは、フリアが好打をはなって、グリーンに球をのせたことでした。そしてそれと同時に起こったことは、確実なことはわたしたちにはわかっていませんが、ひととおり妥当な推測ができます。それからむろん、クラブはどうなったか——あとにはなにが残ったか、つまり柄ですが、柄はどうなったかという問題があります。しかしそれは、死体が発見されたときの状況を考えると、べつにむずかしい問題ではないと思います」

「それはどういう意味ですか」

「つまりだれによって発見されたか、という意味です。死体を見つけたふたりのゴルファーのうちひとりは、すっかり動転してしまって、たいしたことは気づきませんでした。そして大急ぎでクラブハウスにもどったのです。いまひとりは、わたしの推定では少なくとも十五分間は、ひとりきりで死体のそばに残っていました。警察が現場にやってきてみますと、完全にどこもいたんでいないブラッシーが死体のそばにころがっていました。なみはずれて長くて重く、どの点からみてもフリアのブラッシーとそっくりそのままでした——が、ひとつの点だけちがっていました。クラブの頭におしてあった名前が削って消されていたのです。その名前は、思うにF・マカダムではなくて、W・J・ネルスンズだったでしょう。そしてそのクラブは、フリアのものではないバッグからとりだされたものだったのです——フリアのブラッシーの残骸がもしあったとすれば、その残骸を底にかくしていたバッグからです。これでわたしの話も終わりのようです」トレントは立ちあがり、両腕をひろげた。「わたしがこの謎の事件をおもしろいといった意味が、これでおわかりでしょう」

しばらくのあいだ、ロイデン大尉は考えこむようにして窓のそとを見つめていた。それから、トレントのもの問いたげな目をまっすぐに見返した。「あなたが想像されたような人物がもしいたとすれば」と大尉は冷ややかに言った。「それはなかなか慎重な人物だったと思います――幸運だったといってもいいでしょう、なんでしたら。――あなたがたが不利な証拠と呼ばれるものを、ぜんぜんあとに残さなかったのですから。そしておそらくは、自分がしたことにたいして個人的な、ひとに打ちあけられない理由をもっていたのでしょうね。その人物がたいへんに愛着を持っているだれかが、癇癪持ちで弱いものいじめの乱暴ものによって勝手放題のことをされていたとしましょう。そしてその弱いものいじめが、手もつけられない暴力沙汰にまでなったとしましょう。そして事態は、あなたが考えていられる人物にとっては、夜ひるをわかたない地獄だったとしましょう。あの人物がとった方法以外には、それを終わらせる方法はこの世になかったとしましょう。そうです、トレントさん、そういうことのすべてがあったとしたらどうでしょう」

「そうでしょうね――そう思います」とトレントは言った。「その人物は――もしも現実にいたとすればの話ですが――ずいぶんつらい思いをしてきたにちがいありませんね。だがいずれにせよ、その人物がしたことは、わたしにはなんの関係もないことです。それではこれで――なんだか割り切れない気持ちではありますが――わたしはおいとまることにいたしましょう」

いかさま賭博

レスリー・チャーテリス
宇野利泰 訳

The Mugs' Game　一九三九年

現代版ロビン・フッド、アメリカのアルセーヌ・リュパン、聖者《セイント》ことサイモン・テンプラーの登場である。作者の**レスリー・チャーテリス** Leslie Charteris (1907.5.12–1993.4.15) はアメリカの人気作家。二〇年代の終わり頃からセイント・シリーズを書きつづけ、エラリー・クイーンの向こうを張り〈セイント・ミステリ・マガジン〉を発行していた。これは第三巻に収めたP・ワイルドの「堕天使の冒険」と同じく、カードゲームのいかさまを扱った軽妙な一編。

かたちもすっかりくずれた服を着た、がっしり体型の陽気なその男は、テーブル越しに名刺を差し出した。J・J・ネイスキルと印刷してあった。

聖者《セイント》は、チラッとそれを見ただけで、シガレット・ケースのふたをピンとはねると、一本抜いて勧めながら、

「ぼくはあいにく、名刺を持っていないもんで。名前はサイモン・テンプラー」

ネイスキル氏はほほえみを浮かべ、汗ばんだ大きな手を伸ばして握手をした。それから、相手が差し出した紙巻きたばこを遠慮なしに口にくわえこむと、額の汗をぬぐって、またほほえんだ。

「話し相手ができて助かりましたよ、テンプラーさん。この長旅で、どんなにたいくつさせられるかと、実は心配していたところでした。わたしは目が悪いもんでね、汽車のなかでは、本もろくに読めんのです。しあわせなことに、旅行が必要な稼業《かぎょう》をしておらんからいいようなものの、それでもたまに汽車に乗らなければならんとなると、つい考えこんでしまいますんで。ときにあなたはどんなご商売で?」

サイモンもまた、シガレット・ケースからゆっくりと一本を抜きだして、さてなんと答えた

らよいものかと、思案する時間をかせいでいたのであった。彼にとっては、このくらい返事に困る質問はない。真実を明かすのは別に恐ろしいわけではないが、あたらずさわらずの世間話をかわしながら、せっかくのんびりと旅行できると思っていたのに、おれの返事ひとつでぶちこわしにしてしまう危険がある――おれという人間かね。まあ、義賊とでもいってもらおうか。悪漢を懲《こ》らしめ、警官の鼻をあかし、可憐《かれん》な美女を危機一髪の場面で救い出す。そういったところが、おれの仕事なのさ。そう説明してやってもよいが、それで相手が感嘆するだろうなどと考えるのは大間違いである。たいていの人間は、まずもってふるえ上がってしまうであろう。彼の果敢《かかん》な行動は、喝采《かっさい》されるよりもさきに恐れられるのが落ちである。おそらくそれが、きわどい冒険を回避しようとする世間のことなかれ第一主義が与える評価であって、たとえその動機が、美しい義侠心《ぎきょうしん》から出たものだと説明したところで、いかんともすることができぬのだ……。

彼が黙っているのを見て、ネイスキル氏はため息をついた。

「さてはあなたは、遊んで食っていられるご身分ですな。なあに、何も気になさることはありませんぞ。金持ちの家に生まれて、財産がしこたまあれば、むりに働く必要なんかあるもんですか。わたしだって、できればあなたと入れ替わりたいくらいなもんだ。まあ、こちらもさいわい食っていくだけの仕事は持っているんで、愚痴《ぐち》をこぼさずにもすむってものなんです。あなた、わたしの名前をご存じないですか！」

「ネイスキル？」

聖者《セイント》はまゆにちょっとしわをよせて、その名を口のなかでつぶやいて、

「そういえば、どこかで聞いたようでもあるが――」

するると相手はうなずいて、

「ノウスキルと読むやつもいる。下手糞《ノウ・スキル》ってわけですな。そういわれても仕方のないような腕前だが、わたしの稼業ってのは、素人《しろうと》衆に奇術を教えるんです。こういったやつをね」

彼はポケットからカードを一枚抜きだして、テーブルの上に置いた。ダイヤのA《エース》だった。彼はそれを一度伏せて、すぐにあけた。クラブの9に変わっていた。もう一度伏せて、またあけた。見ると、ハートのクイーンだった。彼はまたそれをそのまま、テーブルの上に伏せておいた。サイモンは好奇心に駆られて、いそいで取り上げてみた。いつかそれは、スペードの3になっていた。どこを見てもふつうのカードとちっとも変わったところのないものであった。

「わたしももとは、相当名の売れた奇術師でした。ところが運悪く、両手にリューマチをわずらいましてね、舞台に立てなくなってしまったんです。あのときだけは困りましたな。ほかに職業って、何ひとつ知ってるわけじゃなし、それはもう実にみじめなもんでした。そこで思いついたのが、素人衆に手品を教えて、金を取るってことでした。手際《てぎわ》の習練に、かくべつ年季を入れなくても、すぐにやってのけられるのが、相当あるんです。

ところが、わたしのねらいはまんまと当たりました。これと思う相手に、二百ページのカタログを配付するんです。お客さんがこれを見て、適当なのを申しこんでくると、送金と引き換えに、その方法を教えてやるんです。五分も練習すれば、だれでもできるってものがたくさん

あるんですよ——こんなぐあいにね」

彼は聖者《セイント》の手からいまのカードを取り上げると、細かく引き裂いて、テーブルの上に置いた。それを丸まっちいてのひらでおおって、パッと開くと——あとには何も残っていなかった。その手ですぐに、自分のくわえている紙巻きたばこをほぐすと、なかから堅く巻いた、そのスペードの3が現われた。

「この奇術の伝授料は、一ドル五十セント、さっきのやつは二ドルいただくことになっています。他人様《ひとさま》をだますタネを売って、飯を食おうっていうんですから、まっ昼間泥棒するようなもんだが、それでも、こいつを覚えておくと、宴会《パーティー》なんかでは、ずいぶん重宝《ちょうほう》するもんですよ」

サイモンは腕時計をちょっとのぞいてから、しばらく背後に飛び去っていく窓外の景色に目をやっていた。マイアミに着くまではまだ優に一時間はかかるのだが、彼にもほかに時間をつぶす方法がなかった。それに、このネイスキルなる男は、いままでつきあったことのない種類の人間で、じゅうぶん好奇心の対象になり得るものだった。そもそも聖者《セイント》の信条として、義賊たるもの、およそ現代社会に起こり得るあらゆる奇異な現象に精通しておくことは、必要なのだ。

隣の車輛《はこ》は食堂車だった。彼はボーイを呼ぶと、奇術師を振り向きながらいった。

「一杯やるとするか?」

「スコッチですか?」

ネイスキル氏はうれしそうに目を輝かせた。そして、サイモンがボーイに注文しているあい

だ、彼は顔をひとなでして、

「ですが、あなた。わたしはもうすこし、この仕事のお話がしたいんですが、ごたいくつですかね?」

「たいくつどころか」聖者《セイント》は、腹から言った。「ぜひ聞かせてもらいたいんだ。きみのような変わった職業のひとと旅行するのは、めったにないことだからね。まだいろいろと奇術のタネはあるんだろうね?」

ネイスキル氏は、しきりに縁付き眼鏡をみがいていたが、鼻の上にひょいとのせると、からだを前に乗り出して、

「では、よろしいか」

真剣な口調だった。子どもが新しい玩具を買ってもらったように、目がギラギラと光っていた。何かたくさん詰めこんであるとみえて、いっぱいにふくれ上がったポケット——そうだ、ひょっとすると、一興行の演出に必要な小道具が、のこらず詰めこんであるのかもしれない。そのポケットから、別のカードを一箱取り出した。それを聖者《セイント》の前に押しやると、

「さあ、よくあらためてみてください。気がすむまで、何度でも調べてもらいましょう。怪しいところがありましたら、遠慮なくおっしゃってくださいよ……さあ、ご不審がなかったら、よく切ってもらいます。何度切ってもいいんですぜ」

彼は聖者《セイント》の手先を見詰めながら、

「切れましたら、それをテーブルの上にひろげてもらいます。はい、それでよろしい。こんど

はそのうちから、どれでもお好きなカードを一枚取っていただく。何の札かよく確かめてください。わたしに見せてはいけませんぞ。はい、それでよろしい。わたしはカードに、手もふれませんでしたね。箱ごと、あなたにお渡ししただけですよ。あなたはそいつをよく切って、わたしにわからぬように一枚お抜きになった。別にわたしはそいつをあなたに抜かせようと仕掛けたわけじゃありません。舞台でやるとなると、こいつにいろいろと演出を付けましてね、いかにも奇々怪々に見せかけるわけなんです。ここでは肝心の芯《しん》になるところだけをごらんにいれましょう。さて、あなたの手にあるカードは、ダイヤの6ですね」

　サイモンはカードをあけてみた。いわれたとおり、ダイヤの6だった。

「いかがです?」

　ネイスキルは鼻をうごめかした。聖者《セイント》はカードを全部かき集めて、裏表ていねいにあらためてみたが、けっきょく肩をすぼめながら、視線を相手の顔にもどした。ネイスキルは得意そうに笑いながら、

「あなたの目のせいじゃないんです。顕微鏡を持ち出したって、どこにも怪しいところは見つからんはずでさ。もっと取ってごらんなさい。みんな当ててみせますから。そいつはスペードのキング、次はスペードの2、それはハートの10——」

「なるほど! ぼくは負けたね。でも、どうしてわかるのかね?」

　ネイスキルは、ますますもって得意気な顔で、

「ネタはこいつですよ」

そういいながら、眼鏡をはずして、聖者《セイント》に渡した。見たところ、ただの平面レンズだが、それをかけると、カードのすみに、SK、S2、H10の文字が浮かび上がった。はずせば、すぐに文字は消えうせて、裸眼には何ひとつ映らなかった。

「サングラスでやることは聞いているが、このレンズには全然色がないね」

「そこがわたしのアイディアなんで――サングラスなんて、手が古いですよ。むかしはインチキ賭博師にさかんに使われたものですが、いまはもう世間がすっかり用心してしまって、賭博の席にサングラスなんかかけて現われようものなら、すぐに苦情がつくにきまっている。ところが、わたしの発明したこいつは、絶対に疑われっこなし。特殊のインキに特殊のレンズ――決して悟られる気づかいはないんです」彼は、テーブルの上のカードを押しやって、「こいつは、お近づきのしるしに差しあげましょう。お友だち相手にやってごらんなさい。――ポーカーの勝負に、こいつを利用するのは穏当《おんとう》じゃありませんがね」

サイモンは散らばったカードをかき集めながら、

「しかし、使ってみたくなるだろうな。こういうものがあると知ったら、その目的で買うお客も、ずいぶん出てくることだろう」

「それはまあそうです。いまだって、本職の博奕打ちが、さかんに注文してきます。実をいうと、わたしの店には、こうした連中がいいお顧客《とくい》さんなんです。なかには、一ダースもまとめて買いにくるのもおります。商売ですから、遠慮なしにわけて差しあげますがね。わたしが売らなくても、あの連中のことですから、なんとしてでも手に入れましょうからね。まあ、わたしの売る品物が、それだけ評判がいいというわけで、この稼業に良心は禁物と思っております。だけど、本職の賭博師ばかりじゃありませんぜ。思いがけない人から読みカード——というのが、このカードの名称なんですが、注文を受けることもあるんです——たとえば、あの人なんかは……」

彼はそれから、列車が目的地に到着するまで、彼の顧客のうわさ話を、次から次にとつづけていった。サイモン・テンプラーはおとなしくそれを聞いた。

彼はすでにじゅうぶん恩恵をうけていた。いつも使わぬ眼鏡をかけて、ポーカーをやろうといい出しても、賭博仲間がその手に引っかかるかどうかはかなり疑問であるが、相手がそれを使ったとき、それと気がつくことができるだけ、列車中のネイスキル氏の話は、彼のような男にとっては、非常に有益なものであった。

それから二日後、マイアミにあるロニイ・プラザ・ホテルのプライヴェート・ビーチで強烈な日光を全身に浴びながら、いったい昼間飲むには、よく冷えたビールと、氷を浮かべたハイボールと、どちらがまさっているのだろうかと、そんなくだらぬことをぼんやりと考えていた。

そのとき、ふいと若い男女の声が、彼の眠気をさますように耳を突いた。ふたりは、何かいい争っているようだ。しかし、それもかくべつ、サイモンの好奇心を呼び起こしたわけではなかった。彼はさきほどから、ただ漫然と足指の先で、小さな砂の城を築いてはまたこわしていた。すると、今度は若い女のほうがはっきりとこういった。

「あんたはどうして、そうばかなの？　世間知らずにもほどがあるわ。あの連中は、イカサマ博奕打ちにきまっているわ！」

そのイカサマ博奕打ちということばが、聖者《セイント》の心を奪った。狂熱的なエジプト学者が、鼻の先で、スカラべや石棺の話を聞かされたときのように、このことばが耳に飛びこんだからは、とうてい超然としているわけにはいかなかった。これに聞き耳を立てるのは、当然のことであるばかりか、むしろ彼という人間にとっては、やむにやまれぬ衝動ともいえるであろう。

彼はぐるりと転がって、からだの向きを変えると、すぐ目の前に若い女性の姿があった。その美しい姿態にまとわりついている水着といっては、ほんの数インチの部分をおおっているだけで、からすのぬれ羽のように真黒な髪の毛から、エナメルを塗った爪先《つまさき》まで、どこといってここが扇情的でないところは見つけられぬくらいだった。

「何が証拠で、そうハッキリいえるんだい！」

男はあくまで強情を張っている様子だった。まだ年齢《とし》の若い、元気そうな青年だが、聖者《セイント》のするどい視線は、どこか憔悴《しょうすい》した影がその横顔ににじみ出ているのを見のがさなかった。

「ただ、ぼくが博運がなかったからといって、なにも相手が――」

「なにが運なのよ！」美人はおこったような声をあげた。「運が悪いっていうのは、あのふたりに見込まれたということなのよ。見ず知らずの男たちと、行きずりの酒場で出あっただけで、十年も前から知り合った仲のように、毎日毎日、いっしょに遊び歩いて――昼は昼で魚釣りに、夜は夜でレストラン――それはあの連中は、あなたにお酒をごちそうしてくれる。町へは見物に連れて行く。でも、それはみんな、あなたがカード遊びがお好きだと見抜いているからなのよ。いずれはカードの勝負で、使った費用の数百倍をまきあげてみせると、ちゃんと見当がついているからだわ」

「初めはぼくが勝ったんだぜ」

「あたりまえだわ！　初めはきまって勝たせるものよ。それでだんだん深みに引きこんで、しまいには、根こそぎまきあげるのが、あの連中の手なんだわ」彼女は青年の腕をギュッとつかんで、それでもいくらか声をやわらげると、「エディー、あたしこんなことで、あんたとけんかする気なんかないんだけど、あなたこれで、ご自分のばかがわかったでしょう？」

「けんかする気がなかったら、ぼくをソッとしておいてもらいたいんだ。どうせぼくは、学校を出たての、世間知らずの男だからね」

彼は腹だたしげに肩をゆすって、彼女から顔をそむけた。と、とたんにその顔は、興味に駆られて聞き耳を立てていた聖者《セイント》の目に、真正面からぶつかった。こっそり物陰からのぞいていたのに、急にカーテンを引き裂かれたといったかたちだが、いまさら視線をほかに移すわけにもいかなかった。

相手の青年は、サイモンの視線をにらみ返しながら、不愉快そうな声でいった。

「それはきみ、男の世界には、女の理解できぬこともあるものさ」

「あら、そうなの。男のひとのことばなら、象が卵をうむ話だって、ほんとうだと信じろとおっしゃるの？」

彼女はムッとしたように、そういい返してから、いきなり聖者《セイント》に向かってことばをかけた。

「あなた、このわからず屋に世間が油断のできないものだということを教えてやってくださいません?」

青年もあわてて、サイモンに向かって、

「このひとは、ぼくの知性を全然信じてくれないんですが――」

「だって、このひとったら、ほんとうに子どもみたいに――」

こんどは、男が女に向き直って、

「いいや、きみはあんまり推理小説を読みすぎるもんだから――」

「いいえ。あなたこそ、男のくせに、なんでも他人《ひと》を信用して――」

聖者《セイント》は両手を大きく振って制しながら、

「まあ、まあ、お待ちなさい。けんかはやめた。レフリーをなぐってはいけませんぞ――ぼくが判定を下してもいいのだが、それには経過をはっきり知る必要がある。さっきの話は、自然とぼくの耳にもはいったが、それはそれとして、ひとつ初めから説明してもらおうか」

若い男は体裁《ていさい》わるそうに、両手で顔をこすっていた。女はかたくかんでいたくちびるを開くと、いきなり堰《せき》が切れたように能弁にしゃべりだした。

「このひとときたら、イカサマ賭博に引っかかって、もういままでに、一万五千ドルもまきあげられてしまいましたの。それも全部が自分の金というわけでもないのに――」

男はまたも、あわてて口を入れた。

「ことばに気をつけてくれたまえ。きみはぼくを、拐帯《かいたい》犯人にしてしまいたいのか！」

女はことばをのみこんだが、くちびるを痙攣《けいれん》させながら、立ち上がってフイと歩き去った。

青年は黙ってそのうしろ姿を見送っていたが、いきなり砂をひとにぎりにぎりしめて、「ああ、ああ！」と、ため息をついた。

サイモンはたばこを一本抜きだして、親指の爪の先でたたきながら考えこんでいた。青年は、メキシコ湾のエメラルド色の沖合いに浮かぶ、小さな漁船の動きを目で追っていた。

「ぼくは事情を知ってるわけではないが」と、聖者《セイント》は口を切った。「きみの女友だちのいうことも、まんざら当たっていないわけではないようだ。ぼくは前にも、おなじような話を聞いたことがある。とかくこうした避寒地というものは、悪漢連中が網を張っているものだからね」

「それはそうですね」青年は打ちのめされたようにみじめな顔を向けて、「たしかにぼくはばかでした。でも、ぼくがいちばん弱ったのは、あいつらに、いいカモにされたのを、彼女に知られてしまったことなんです。とうにお察しと思いますが、彼女はぼくのフィアンセでしてね。ぼくはマーサーといいます」

「ぼくはサイモン・テンプラー」

ネイスキルのときとちがって、マーサーというこの青年は、サイモン・テンプラーなる名前の持つ威力を、じゅうぶん承知しているものと見えた。その名を聞いたとき、思わずハッと両眼を見開いた。

「では、あんたは、あの——聖者《セイント》？」

サイモンはほほえんだ。彼もときどきは、自分の名前が相手に与える影響を見ては、ひとりニヤニヤ喜ぶという、ちょっときざなくせがないわけでもなかった。

「さよう。世間では、そういってるようだな」

「あなたのことなら、ぼくはいろいろと知っています。本を読んでいますからね。その聖者《セイント》に、こうしてお近づきになれたのは、ほんとうに光栄なことと思います。しかし、あなたもやはり、あれはインチキだとお考えですか？」

「まずあの連中が、きみの次の相手を見つけたら、さっそく手紙を書いて、彼らの手口を注意してやってもよいくらいに考えている」

「ぼくは、全財産を失ったんです。彼女のいったように、他人の金まで使い込んでしまったのです。ぼくはもと、広告会社に勤めていたのですが、薄給でピイピイしていました。そこに、彼女と知り合ったのですが、彼女の家はこの町の富豪なので、ぼくにりっぱな職を探してくれました。

そのうえ、彼女との結婚の用意に、この町に家庭を持てといって、建築資金を二万ドル、ぼくたちふたりのためにくれました。ぼくが賭博に注ぎ込んだというのは、実はその建築資金でして、大半やつらにまきあげられてしまいました。こればかりは、なんとしてでも、取り返さねばならぬのです」

「つづけてやれば、残りも全部取られてしまうさ」

「でも、いつか運がまわって来ぬものでもないのです。そのときこそはと思っています――カード博奕をするからといって、イカサマ師だとはかぎりますまい、ぼくは大きく負けましたが、どうもやつらが、いかさまでごまかしたものとは信じられないのです。ぼくの目が、どんな節穴か知りませんが、彼女から注意されましたので、じゅうぶん気をつけたつもりです。でも、そんな形跡はちっとも見つかりませんでした。仕掛けがあるとすれば、札に印《しるし》をつけてあるのでしょうが、それで実は昨夜、一箱くすねて持って帰りました。けさになって、穴のあくほど調べてみましたが、そんな跡は全然発見できませんでした。ごらんになりますか？　これがそれなんです」

青年はビーチ・ローブのポケットに手を突っこんで、カードを一箱引っ張り出した。サイモンはそれに目を通した。見たところ何の異状もなかったが、そのとき彼は、この地へ来る列車で偶然乗りあわせた、J・J・ネイスキル氏なる男のことを思いだした。

「やつらのうち、ひとりは眼鏡をかけてはいないかね？」

「かけています。鼻眼鏡ですが――でも、それが……」

青年はけげんな顔で答えた。

「そいつがどうやら臭いようだね」

マーサーは、がっかりしたような顔をした。

「やっぱりそうですかね」

サイモンは立ち上がって、

「ぼくはこれから、ひと泳ぎ泳いでくる。きみはお嬢さんの機嫌をとって、相手の連中にさとられぬように、いつもとおなじにふるまっていたまえ。あとでぼくは、このカードを調べておく。夕方六時にホテルのバーで会おう。そのときみに、情報を知らせられると思うがね」

部屋に帰ると、聖者《セイント》はすぐに例のネイスキル氏の眼鏡を取り出して、カードをあらためてみた。すると、どのカードのすみにも、その札の種類と数字が、ネイスキル氏からもらったのとおなじように、クッキリと浮かび上がってきた。彼の予感は、ぴたりと的中したのだった。

六時ちょっと過ぎに、聖者《セイント》がバーにはいっていくと、マーサーとフィアンセはすでに待ちかまえていた。けんかはすっかりおさまった様子で、ふたりともケロリとした顔をしている。マーサーはにこにこして彼女を紹介した。

「ミス・グレンジです――ジョセフィンとお呼びください」

彼女は、黒と白のタフタの服で、帽子も手袋も黒と白、ハンドバッグも黒と白、スタイルブックからいま抜け出してきましたといったところである。

「さっきは、お恥ずかしいところをごらんに入れました――でも、あれでお近づきになれまして、かえってわたくしたち、しあわせだったと思いますわ。エディーにいろいろとご親切にしていただきまして――」

聖者《セイント》はニヤリと笑って、

「きみたちに見せるものがあるんだ。これが問題のカードさ」

彼はカードをテーブルにひろげると、ポケットから例の眼鏡を取り出して、若いふたりにものぞきこめるように、カードの上にかざしてみせた。しばらくの間、ふたりはものもいわずに

目を凝らしていたが、まずはじめに女のほうがアッと叫んで、

「あたしのいったとおりだわ！」

マーサーはこぶしをにぎりしめて、

「ちくしょう！　やっぱりそうか。やつらをたたき殺してやらなくっちゃあ――」

いきなり彼が飛び出そうとするのを、ジョセフィンは必死にすがりついて、

「だめ、エディー。乱暴するのは損だわよ」

「こちらが損かもしれないが、むこうだって損にしてやる。あれがイカサマだとわかったからは――」

「だって、そんなことをしたのでは、お金はもどってこなくなるわ」

「かならずやつらから取り返してみせる」

「警察沙汰になるだけのことよ。荒立ててみたって、何の役にもたたないわ……待って！　あたしにいい考えがあるわ。テンプラーさんの眼鏡を拝借するのよ。そして、あの連中といつものように勝負を始めるの。途中で粗相《そそう》をしたようなふりをして、ヨーリングの眼鏡をこわしてしまうのよ。まさかあの連中にしたって眼鏡がこわれたからといって、勝負を中止するわけにはいかないでしょう。

あの連中にしても、そうなったらあとは運まかせ。ちょうどいままで、あなたがやっていたのとおなじ立場になるのよ。でも、あのひとたちは、翌日の勝負で取り返せると思うから、勝負だけはつづけるわ。そこが付け目なの。勝てるだけ勝って、二度ともうあの連中に会わなけ

ればいいじゃないの」

彼女は興奮して男の腕を振りながら、

「エディー! 名案でしょう。もう一度勝負するのを許してあげるわ。やってごらんなさい!」

マーサーは聖者《セイント》のほうに目をやった。サイモンは無言で、眼鏡を彼に押しやった。青年はゆっくりとそれを取り上げて、カードをのぞきこんでいたが、急にまたくちびるをゆがめ、ふるえる手で両眼をおおってしまった。

「やっぱりだめだ。ぼくじゃうまくないんだ。ぼくが眼鏡をかけていないことは、あの連中はよく知っている。いまになって、かけて出かけたら、怪しまれるだけのことだ。五分もたてば、気がつかれてしまう。ぼくには、それだけの度胸の持ち合わせがない。やっぱりぼくはカモにされるほうの人間なのさ……」

聖者《セイント》はからだをかがめて、紙巻きに火をつけた。彼のてのひらのあいだから、煙の輪が丸くなって上がっていった。彼のような鋭い人間は、けっしてキッカケをのがしたことはないのだ。そしていまこそ、めったに出会うことのない、そのたいせつなキッカケなのだ。マイアミの浜で心ゆくまで日光を浴びようと思ってやってきたのだが、必ずしも仕事に取りかかってはならぬという規則もないであろう。

「なるほどそうだ。それはきみ、手慣れた人間にまかせたほうがよいだろうね。ひとつぼくを、その連中に紹介してみてもらおうか」

マーサーは最初、彼のことばの真意がわからぬとみえて、ぽかんと彼の顔をながめていたが、

女のほうは、すぐに目を輝かせて、しなやかな指で聖者《セイント》の手を強くにぎりしめながら、

「お願いしますわ。エディーのお金を取り返していただきたいの」

「これもロビン・フッドの役どころでしょうな。義俠心に富んだ男としての名声を維持するためには、自腹をきってでも働かねばならぬ場合がある」

彼は眼鏡を引き寄せて、ポケットにしまいこむと、

「では、これから食事をいっしょにして、手はずの打ち合わせをするとしようか」

実際は、打ち合わせる手はずなどはないも同然で、ジョセフィン・グレンジの思いつきだけでじゅうぶんだった。聖者《セイント》はもっぱら、えびの皿に気を奪われているようだったが、やがて開始される彼の冒険史の一齣《こま》を予想して、気分はすでに浮き立っていた。ちょうどあの、大当たりをとった芝居の初日の夜、三幕目の幕が上がるのを待っている主演俳優といったところだった。

聖者《セイント》とマーサーはロニイ・プラザ・ホテルにジョセフィンを残して、リプタイド・ホテルに向かった。「いつもここで待ち合わせるんですよ」とマーサーはいった。数分後、彼は登場人物の残りふたりを紹介した。

鼻眼鏡をかけたのがヨーリング氏であった。小柄なからだを麻の白服に包んで、梨のようにまん丸な顔に、銀髪をきれいになでつけていた。どこかゲンナリと元気がないみたいな男である。こう見たところ、隠退した実業家で、ときどき細君にオペラに連れていってもらうのが楽しみ、といった感じだった。その相棒のキルガリイというのは、ずっと背が高いし、年齢も若

かった。大きな口にたかい鼻、見るからに精悍《せいかん》そうな男だった。ふたりは立ち上がって、マーサーを迎え、聖者《セイント》にあいさつした。キルガリイ氏は、すぐに飲み物を四人分いいつけた。

「いかがです、テンプラーさん。当地で愉快にお過ごしですか？」

「実に愉快なところですな」

「われわれもごいっしょに、愉快なときを過ごさせていただきましょう」

ヨーリング氏はいった。「いま飲み物を取り寄せますから――」

「それはもう、注文しておきました」と、キルガリイ氏がいった。

「では、わたしにも一杯ずつ追加させてもらうとするか」

ヨーリング氏は急に元気が出てきたようだった。今夜だけは、細君からオペラ行きを勧められても断然ことわるものと思われた。

「景気がわるいといううわさですが、テンプラーさん。ほんとうでしょうかね」

「ぼくの事業では、かくべつそんな気配も見られませんが」

「ほほう。どんな事業をご経営で？」

キルガリイ氏は熱心にきいた。聖者《セイント》はほほえんでみせて、

「お客さんのほうから、ぼくの手もとまで、現金を運んでくるという事業なんです」彼は意味あり気に、ポケットをポンとたたいてみせた。「株式市場なんか、むしろ最近は景気がいいようですな」

キルガリイ氏とヨーリング氏は、たがいに目くばせをしあった。おれの財政状態を推し測っ

ているな――聖者《セイント》はすまして、グラスの酒を口に持っていった。

「それはけっこうですな」ヨーリング氏がにこにこしていった。「ではわたしに、祝杯をあげさせてもらいましょうか」

「それはいけません。祝杯はわたしにあげさせていただかなくては――」

キルガリイ氏にそういわれて、ヨーリング氏は、子どもが玩具を取り上げられたときのようにふくれっ面《つら》をしながら、マーサーに向きなおっていった。

「どうです、エディー君。今夜もそろそろ始めるとしましょうか？」

「それがあの」と、マーサーは口ごもった。「ぼくたちはいま食事をすませてきたところでして、これからまだテンプラーさんと――」

「それなら、テンプラーさんも、一枚加わっていただけばよいんで」キルガリイ氏も口を出した。

「四人のほうが、三人よりずっとおもしろい。いかがです、テンプラーさん？　カードゲームはおきらいですか」

「勝負事なら何でもござれのほうでね」

「それはますますけっこう」

彼はさかんにけっこうをくりかえしていた。

ヨーリング氏は、いちおう慎重な態度をみせて、

「むりにお勧めはしませんぞ。かなり高額な金を賭けるのですからな」

「どんな大金でも、驚くようなぼくではないさ」

聖者《セイント》は鷹揚《おうよう》に笑ってみせた。

キルガリイ氏にせきたてられて、四人はタクシーでオーシャン・ドライヴの安ホテルに向かった。部屋にはいるやいなや、ヨーリング氏はさっそくスコッチを一びん注文した。勝負の途中で、のどのかわきをいやすためだという。それから、聖者《セイント》のからだに腕を巻きつけて、

「わしは前から、あんたのような気っぷのよい方に、一度お目にかかりたいものだと考えておった。どうです、これからふたりで、昼は魚釣りといこうじゃありませんか。わしはこの夏じゅう、ボートを借り切ってあるんです。いかがです？　魚釣りはお好きじゃありませんか？」

「鮫《さめ》を捕えるのが好きなほうでね」

聖者《セイント》はすました顔で、謎のようなことを答えていた（鮫――シャーク――には詐欺師の意味がある）。

部屋は大きいばかりで、あまり居心地はよくなかった。雑多な調度を、様式も時代もおかまいなしに寄せ集めた、いたって趣味の低級なものだった。すでに中央には、カード・テーブルが用意してあった。つまり寄せ集めの家具のあいだに、さらにひとつ不調和なものが付け加えられてあるのだが、それがまた、遠い昔からこの部屋に備え付けてあったように見えるから不思議だった。そのそばの小卓の上には、酒びんとアイスペイルとが載っていた。キルガリイ氏は椅子を並べ、ヨーリング氏はマーサーの肩をたたいた。

「さあ、エディー君。一杯やって、元気を出したまえ。まずもって、くつろぐのが先決だよ」

彼はまず、テーブルに向かって腰をおろした。鼻眼鏡をはずし、息を吐きかけると、ハンカ

チでみがきはじめた。その瞬間、マーサーの視線が、聖者《セイント》の目をとらえた。サイモンはうなずくと、手を鼻頭に当てがって、自分の眼鏡の位置を直した。

「エディー君、今夜の成績はどうでしょうね」

キルガリイは相手の機嫌をとるようにして、新しいカードを二箱、テーブルの上に置いた。

「さあ、わたしもしっかりやるとしよう!」

景気づけるように、ヨーリングが叫んだ。

サイモンがチラッとそのカードを見ると、まさしくネイスキル氏特製の品にちがいない。マーサーはうしろ向きで、グラスに酒をついでいた。ヨーリングはまだ眼鏡をふいている。マーサーはグラスに酒をつぎおわると、こちらに向き直って、まずグラスをひとつヨーリングの前に、それから次のひとつを、聖者《セイント》の前に置こうとした。そして、手を差し出したとたん、袖のカフスがヨーリングの指にふれて、彼がまだみがいていた鼻眼鏡をはね飛ばした。聖者《セイント》はいそいで受けとめようとしたが、眼鏡はその手先を逃げて、絨毯《じゅうたん》の上に転がった。手を伸ばしていた聖者《セイント》は、はずみで腰がよろめいたとみえて、思わず足もとの眼鏡を踏んづけた。鈍い音がして、レンズがくだけた。あとには気まずい沈黙がつづいた……。

しばらくして、聖者《セイント》のしょげきった声が響いた。

「とんだ粗相をしてしまった」

ヨーリングは、泣き出しそうな顔で、その残骸《ざんがい》を見詰めていた。

「申しわけないことをしたな」

聖者《セイント》はそういいながらかがみこんだ。金縁は折れたように曲がっていた。聖者《セイント》はそれを拾い上げて、テーブルの上に置き、あとは熱心にレンズの破片を集めていた。いまさら無駄とわかった仕事だった。

「むろん、弁償させてもらいますよ」

「ぼくにも責任がありますから」と、マーサーもいった。「弁償はふたりってわけです。今夜勝ったら、そのうちから差し引いてもらいましょう」

ヨーリングは実際に涙ぐんで、その場の人々の顔を見まわしながら、

「わたしは――わたしは、眼鏡がなくては、勝負ができんのだ」と、口のなかでつぶやいた。

「なんとかできんかな?」聖者《セイント》はうながすようにいった。「ぼくがせっかく、勝負をしたくなったのに、三人になっては興味がうすい」

またしても、沈黙がもどってきた。前よりも深い沈黙だった。ヨーリングは、ただ絶望的なひとみを左右に動かしているだけだ。そのうちにキルガリイは、口にしていた葉巻きをグイッと灰皿に押しつぶして、うなるようにいい切った。

「それはそうだ。いまさらやめるわけにもいくまい」

ことばと同時に、もうひとつのカードの封を切って、

「ストレイト・ポーカーで勝負だ――さあ、切って。始めよう!」

その勝負は、サイモン・テンプラーにとって、まるで神さまが、千里眼の能力を授けてくれたような、奇々怪々な印象を与えるものだった。配られるカードが、自分の手にはいらぬうち

から、どんな札であるか、あらかじめわかってしまう。相手の手札もおなじことだった。タネは子どもだましみたいなものだが、暗やみで視界を失った人間たちが闘っているのを、目を光らせた黒猫が、かたわらで冷笑を浮かべながら見守っているような、奇怪きわまる経験だった。

　ふしぎなことではあるが、約一時間のあいだ、勝負にそれほどの差はつかなかった。サイモンはチップを数えてみたが、二百ドルほどしか勝っていなかった。相手の手札が強いときは、サイモンはテーブルの下で、マーサーの足をギュッと踏んで教えてやった。すると青年は、その指示に従って、すぐに札を投げていたので、怪我《けが》はいたってすくなくてすんだ。しかしまた、そうかといって、勝つというところまではいかなかった。

　ネイスキル氏の魔術も、どんな札が配られるかという、その運命までは左右することはできぬので、かえってヨーリングとキルガリイのほうに、よい手が付きがちなのを、黙って見ているよりほかに方法がなかった。そしてまた、聖者《セイント》の眼鏡は、相手の持ち札をハッキリと教えてはくれたが、相手に疑惑の念を起こさせぬためには、そこは如才なく、ときどきは負けてみせることも忘れなかった。

　それでも彼は、積極的に勝負を進めていった。いまのところは、どうも相手のほうに手が付いているかたちだが、そのうちには運が変わるにちがいない。彼はあくまで冷静だった。頬に微笑を浮かべ、事実、勝負そのものを楽しむ気分にさえなっていた。しかしまた、腹のそこでは、獲物をねらっていまにもとびかかろうと、爛々と目を輝かしている豹の気持ちを片時も忘れているわけではなかった。

そのうちにマーサーは9のスリーカードを作って、三回せり上げていった。キルガリイがそれに張り合って失敗した。勝った。マーサーは、目の前にチップを積み重ねたが、それでもまだ不満足そうな声でいった。

「今夜はいったいどうしたんだろう。ちっとも活気づかないな。いつもはこんなじゃないんだが――」

「ほんとだね」と、サイモンがあいづちを打って、「最初の賭け金を、増額したらどうなんだ?」

「百ドルにするか」マーサーがいった。「ぼくもすっかりたいくつしてしまった。ちょうど手が付きかけたところなんだが、こんな勝負じゃ張り合いがない」

サイモンは紙巻きをつよく吸って、

「ぼくも同感だね」

ヨーリングは下唇を、たえずふるえている指でなぶりながら、

「しかし、わしは――」

「いや、いいだろう。賛成だ」

キルガリイは断固とした口調でそういうと、五十ドルのチップを二つ重ねて差し出した。

「百ドルにしよう」

それから彼は、肩を丸めこむようにして、一段と緊張した面もちで勝負をつづけた。

「まだどうも勝負が低調だな、テンプラーさん。あとをつづけておやりになりますか?」

「もう少しつづけてもいいな」

「それはけっこう！　これで、ヨーリングさんが、新しい眼鏡さえ手にすれば、もっと勝負が活気づくでしょうに――」

「眼鏡なんかに恐れはせんさ」

聖者《セイント》は機嫌よく答えた。

彼の手にはツー・ペアがあった。一枚札を取ってみたが、依然としてツー・ペアは変わらなかった。キルガリイは、最初からキングを三枚にぎって離さなかった。マーサーは三枚カードをぬいて、やっとのことでツー・ペアにした。

ヨーリングのほうは二枚山から取ると、フラッシュになった。

「百ドル」

ヨーリングは自信なさそうな声を出した。マーサーはちょっとためらってから、あっさりと手を投げた。

「二百ドル！」

キルガリイは叫んだ。

「おれもだ！」

聖者《セイント》もつづいて叫んだ。

ヨーリングはぼんやりと、みなの顔を順々に見まわしながら考えていたが、やがてため息とともに、札を捨てた。

「わたしは、勝負しますよ」キルガリイは宣言した。

ニヤリと笑いながら、聖者《セイント》は札を示した。キルガリイも勝ち誇ったように、自分の手を見せた。もちろんキルガリイの勝ちだった。ヨーリングは、軽いうめきをもらして、

「エディー君。一杯ついでください」

そういいながら、さらに新しいカードの箱を取り出すと、無器用な手付きで切りはじめた。指はずんぐりして、まるでソーセージを並べたようだった。キルガリイは目で笑いながら、その様子を見守っていた。その目はしかし、奥のほうでギラギラ輝いていた。ヨーリングはその視線を避けるように、札を配っていった。

そして、サイモンの眼鏡に映ったところでは、ヨーリング自身の手もとには、ダイヤの6、7、8、9が集まっていた。違った札は、スペードの女王だけだった。サイモンのほうは、またしてもただのツー・ペア。が、それでも、札をひいているうちに、フルハウスになった。ヨーリングは、スペードの女王を捨てた。山を見ると、つづいてヨーリングの手にはいることになっている札は、なんと、ダイヤの10であった!

ヨーリングはそれをひくと、ふるえる指で、手札に加えてのぞきこんだ。一瞬、彼のからだは静止した。口だけが無意識に動いている……。彼はカードを押えて、からだを乗り出すと、ふるえる手で百ドルチップを数えはじめた……。

マーサーは、7のペアを持っているだけだったが、二回まわるあいだ虚勢を張っていた。それでも聖者《セイント》にテーブルの下で蹴飛ばされて、札を投げた。

聖者《セイント》はチップの山を二つ、テーブルの中央に押しやって、

「二千ドル」といった。

ヨーリングはギョッとした。そして、決心がつきかねる様子で聖者《セイント》の顔を見詰めていたが、やがて、おなじようにチップを二山積んで、

「これがあなたとおなじ二千ドル――わしはもっと強気ですぞ」

残りのチップを数えながら、思案していたが、急に思い切ったまなざしで、全部のチップを積み上げると、

「あと二千九百ドル」

サイモンの手もとにあるチップは、千二百ドルだけだった。取りあえずそれを出しておいて、さらに紙入れを開いて、手の切れるような新しい紙幣を取り出した。

「では、ぼくはこれだけ賭けよう。きみがこれに応じるには、さらにまた三千ドル必要だね」

落ち着きはらった声だった。マーサーが口のなかでアッ！　と叫んだ。

キルガリイは何もいわずに、テーブルの上をのしかかるようにしてながめていた。ヨーリングは目をパチパチさせながら、相棒のほうを向いて、

「チップを貸してくれんか」

「だいじょうぶかい？」

キルガリイはしゃがれたような声できいた。ヨーリングは、グラスを取りあげると、一気に半分ほどあけた。手がふるえているので、あごを伝って酒が流れた。

「安心しておれ」

そういいながら、キルガリイのチップをかき集めて、山に積んだ。

「千八百ドルある。もっと追加したい。いま小切手を書かせてもらうとしよう」

するとサイモンははげしく首を振って、

「これは現金勝負のはずだ。そういう打ち合わせのつもりだが――」

ヨーリングはじろりと彼を見て、

「わしの小切手が、信用できんといわれるか？」

「気にされては困る。最初の取り決めが、そうだからいうだけさ。きみの信用を疑っているわけではないんだ。きみの望むようなのも、近日お手合わせ願うつもりだが、今夜はとにかく、約束どおり現金取り引きだ」

彼はそういいながら、キルガリイの席の前にある葉巻き箱をあごでしゃくった。そのなかには、勝負の開始に先立って、チップと替えた現金が、敵味方おのおの五千ドルずつ、合計一万ドルの紙幣がはいっていた。

ヨーリングはからだじゅうのポケットに手を突っこんで、あちらから一束、こちらから一束と、いろいろの隠匿場所から、しわだらけの札束をつかみ出した。数えてみると、三千二百五十ドル。それではまだたりぬとみえて、キルガリイをふりむいて、

「おい、現金がいくらある？　持ってるだけみんな貸すんだ」

「だけど、あんた――」

「いいから出すんだ！」

不承不承にキルガリイは札束を渡した。ヨーリングは指をなめて数えてみたが、全部で四千百五十ドルあった。彼は、グラスの残りを一気にあおった。酒がこぼれて、胸に流れた。

「さあ、いこう！」両眼をギラギラさせて叫んだ。「これを全部賭けるんだ！」

サイモンは最前から、テーブルの上に千ドル紙幣を四枚並べていたが、さらにもう一枚取り出して、その上にしずかに置いた。頬に冷笑を浮かべながら口を開いた。

「きみのほうが、まだ少したりぬようだな。まあいい。両替して、きみとおなじにしてあげよう」

ヨーリングの手は反射的に口もとに上がったが、それだけで、あとは身動きもせずに、目だけがますます血走っていった。しばらくして、テーブルのはしに伏せておいたカードを取り上げると、ふるえる手で一枚一枚、あけていった。ダイヤの6、7、8、9――そして10。だれひとり口をきかなかった。聖者《セイント》も数秒間、黙ったままだった。彼は腹のなかで、もう一度彼のシナリオを復習してみた。計画はみごとな！　と、思わず叫びたくなるくらい完璧で、演出は幾何学のように正確だった。マーサーの手が、おどおどと彼のからだにさわっていた。さきほどまでかぜをひいたようにうるんでいたヨーリングの目は、急に勝利の火に燃え立って、彼に向かって注がれていた。

キルガリイもうれしくなったとみえて、ゲラゲラ笑い出した。中腰になって、テーブルをドンとたたくと、

「さあ、ヨーリング！　遠慮なくちょうだいするんだ。札束が重すぎるようなら、手伝って運んであげるぜ！」

ヨーリングは手を伸ばして、葉巻き箱の現金をつかもうとした。

「ちょっと待った」

聖者《セイント》がいった。落ち着いた声だった。いままでよりも、もっと物静かな声だった。が、その声は空中を圧して響き渡った。ヨーリングは凍りついたように、伸ばした手もそのまま動かなかった。

こうした輩《やから》を扱うときは、じらしてやるのも薬であろう。しかし、聖者《セイント》という人間は、悪漢に対しても、その没落には憐憫《れんびん》の涙を注ぐだけの情けを持っていた。彼はおもむろに、おのが手札をあけていった。エースばかりだった。四枚ともエースである。きれいなものだ――サイモンはそう思った。しかも、もう一枚――それは鬼札としてのジョーカーだった。

「ぼくの勝ちのようだね」

彼は、むしろ申しわけなさそうにいった。

キルガリイが最初に、椅子をがたつかせて立ち上がった。

「とんでもねえやつだ！」と、わめくようにいって、「てめえ、そいつァ――」

「配った札と、札がちがうというのか」

サイモンはじろりと札に、あざけるような視線を浴びせた。そしてことばだけはあくまで穏やかに、

「そっちのほうも、配られたのとは別の札のようだね――眼鏡をこわされてからは、また新手を使いだしたとみえるが――」

と彼は謎のようなことばを付け加えながら、葉巻き箱のなかの紙幣を取りだすと、さっさと紙入れにしまいこんだ。と、ギルガリイの手が動きかけた。が、一瞬早く、聖者《セイント》の右手がポケットに突っこまれた。

「今夜の勝負は、どうやらこれで終わったようだ」

彼はそうつぶやいただけで、表情はみじんも動かさずに、さもものうそうに立ち上がった。

「そろそろ引き揚げるとしようか」

マーサーも、やっと我にかえった面もちで、

「そういたしましょう。いままでさんざんまきあげられていたが、これでいくらか取りもどせた。テンプラーさん、早いとこ帰るとしましょう」

ふたりはオーシャン・ドライヴを歩いていた。道路に沿って、数多くのホテルが、色とりどりの近代建築を誇っていた。耳のはたでは、波の音がささやいていた。

「いまの勝負で、どのくらいお勝ちでした？」

「ざっと一万四千ドルかな」

聖者《セイント》は満足そうにいった。

「ちょうどそれで、ぼくが負けたくらいになります……取り返していただけて、なんとお礼を

申し上げてよいか。おかげでぼくも、息を吹き返したようなものです。ぼくなんかには、とてもあのまねは、しようと思ってもできるものではありません……それにしても、ヨーリングにストレイト・フラッシュの手を見せられたときは、思わずぼくも、ドキッとしました。これはたいへんだ——さすがのあなたも、とんだし損じをやられたと思いました」

聖者《セイント》は紙巻きをくわえて、ライターをつけた。

「し損じなんかするものか。たいていの人間なら、誤りをするところだろうが、こちらはとうに気づいていたんだ。むしろあんな勝負には、たいくつしていたくらいなものだ。ああいう場面をやってのけたのも、いわば職業的な矜持《きょうじ》とでもいうか、こっち自身がなめられてカモにされるのがしゃくだったからだ。おかしな話だが、どうも世間のやつらは、こちらの腕前をためしたがって困るんだ。

相手がああいう手を用いてくるのは、こちらもじゅうぶん予想していた。眼鏡のおかげで、こちらが有利な地位に立っているのを逆用して、その油断の裏をかこうというのが、やつらの考えた手だったんだ。腹が立つほど悪辣《あくらつ》なのは、こちらがそれに対して、文句のつけようがないのをねらったところさ。なぜって、苦情をいうには、こちらがイカサマ眼鏡を使っているのを自認せざるを得ぬからだ——どうだね。エディー君、うまくたくらんだものじゃないか」

マーサーとしては、聖者《セイント》のことばの意味を残らず理解するには、ちょっと時間がかかったようだ。

「それにしても、やつらはどうして、あなたがインチキ眼鏡をかけていると知ったんでしょう!」

「おい、おい、エディー。いつまでしらばっくれているんだ。あのJ・J・ネイスキルと名のった男を、だれが列車のなかへ送りこんだか、この聖者《セイント》の目が見破らなかったと思っているのか? いいかい、エディー。きみはなかなか器用に立ちまわったが、おれはもっと上手《うわて》なんだぜ。昼間砂浜で、きみがビーチ・ローブのどこからか、あのいかさまカードを取り出したとき、すぐにそれと、おれは感づいた。——あんな品物を海浜にまで持ち歩くやつがいるものか。あれはやはり、きみのやり過ぎさ。

きみとジョセフィンとのやりとりを、おれが耳にするやいなや、すぐにあの品にお目にかかれるなんて、なんといっても重宝過ぎた話さ。なるほど、きみはたしかにうまく芝居をやってのけた。だが、ちょっとばかしやり過ぎたので、舞台効果はめちゃめちゃになってしまった。だからあのとき、おれはすぐにきみのことを、いいカモだぜといったろう」

聖者《セイント》はまるで、子どもに叱言《こごと》をいうようにことばをつづけた。

「早くきみは引き返して、仲間のヨーリングとキルガリイを慰めてやるべきだな。いまごろ、あいつらは、きみが果たしておれの手から、今夜の賭け金を拝領できるか、そればっかりを心配しているだろうが、あいにくおれには、そんな慈悲心は持ち合わせがないんだ。まああきらめて、早く帰って知らせてやるさ」

しかし、マーサーはすぐには引き返さなかった。長いあいだ、ポカンとした顔つきで、聖者《セイント》を見つめて突っ立っていた。

自分たちのうぬぼれが、淡い霧のように消えうせて、なるほど世間がほめたたえるとおり、このニヤニヤ笑っている物静かな人物が、悪魔に劣らぬ手腕を持っていると、いま初めて知ることができたのだ……。

クリスマスに帰る

ジョン・コリアー
宇野利泰 訳

Back for Christmas　一九三九年

ショート・ショートの名人達人というと、このコリアー John Collier (1901.5.3-1980.4.6) や後述のフレドリック・ブラウンなどだろう。この短い小説は推理小説の条件を充分備えている。犯人も被害者も完全犯罪も。そしてまた、ヒッチコック好みの痛烈なオチも。

「今年のクリスマスも」シンクレア大佐がいった。「ぜひまたごいっしょに祝いたいものですな、カーペンター博士」

お茶が出るところで、カーペンター家の客間は、博士夫妻に別れの言葉を述べにきた人たちでいっぱいだった。

博士に代わって、カーペンター夫人が答えた。

「ええ、ええ。それはもう、きっと帰ってまいりますわ。わたくしがお約束いたします」

「そう簡単には請け合えんぜ」博士はいった。「ぼくだって、そうしたいのはやまやまなんだが――」

すると、横からヒューイット氏が口を出して、

「だけど、きみ。出張講義の契約は三月だけなんだろう?」

「しかし、どんな事が起こらんとも限りませんからな」

「なにが起こりましょうとも」カーペンター夫人は客たちの顔を見渡しながら、あとをひきとっていった。「クリスマスまでにはもどってまいります。わたくしを信用してくだすってだいじょうぶですわ」

人々はみな、彼女、カーペンター夫人の言葉を信じた。博士自身さえ信じた様子である。この十年のあいだ、晩餐《ばんさん》会であれ、園遊会であれ、ないしはまた委員会であれ、どんな会合であっても、博士の出席いかんは、すべて夫人が代わって約束をした。しかも、その約束はかならず実行されていたのであった。

別れのあいさつがはじまった。旅行の手順は、夫人のハーマイオニのお膳立てになるのだが、その要領のよさに、だれもが賞賛の言葉を浴びせた。出帆《しゅっぱん》は翌日であるが、博士夫妻はその夜のうちに、自動車でサウサンプトンに向かう。ここで別れのあいさつをかわしてしまえば、汽車のホームでの、発車まぎわのわずらわしさに悩まされるおそれはない。

実際、博士は仕合わせな男である。彼の行動には、幸福であることに夫人の配慮が何から何まであたたかくゆきわたっている。アメリカに渡ったにしても、幸福であることに変わりはあるまい。夫人のハーマイオニが、万事に気を配るにちがいないからである。その夫人もまた、アメリカの空の下で、幸福な時間をすごすことができるであろう。広壮なビルディングに、目をみはって驚くであろう。博士夫妻の町には見られないものだ。それにしても、彼女がいったん約束したからは、博士を連れてもどってくることは、疑う必要のないことである。

「ええ、ええ、わたくし、かならずいっしょにもどってまいります。どうぞみなさま、わたくしの申しあげることをご信頼あそばして――」

おそらく博士には、いろいろな誘惑の手がさしのべられることであろう。講義期間の延長、大病院からの引き抜き。だが、博士をほんとうに必要としているのは、祖国イギリスの病院なのだ。どんなことがあろうと、クリスマスまでには帰ってきてもらわねばならぬのである。

「ええ、ええ、だいじょうぶですわ」カーペンター夫人は、最後に帰って行く客とも話していた。「わたくしが考えています。クリスマスには、かならず帰っているようにはからいますわ」あと片づけの手順もじょうずにつけてあった。召使たちが皿を洗いおわって、ご無事でと最後のあいさつをすませたのが、ちょうどディーヴァイザズ行きの午後のバスに間にあう時間だった。

召使たちが帰ってしまったあとは、大した用事も残っていなかった。ドアに鍵をおろして、あと片づけがすんだかどうかを調べればよいのだった。

夫人のハーマイオニがいった。「あなた、二階でお着替えになるといいわ。焦げ茶のツイードですわよ。お服をかばんに詰めるまえに、ポケットのなかの物を、全部お出しになってね。あとはわたくしがいたしますわ。あなたはただ、じゃまをなさらなければよろしいの」

博士は二階へ上っていって、着ていた服をぬいだ。だが、焦げ茶のツイードには着替えずに、ひどくよごれたバスローブを、衣装戸棚の奥からひきずりだした。それから、簡単な用意をととのえると、階段の上から妻を呼んだ。

「ハーマイオニ！　ここまでちょっと、来てくれないか」

「ええ、すぐまいりますわ。やっといま、手があきましたから」

「はやくきてくれよ。なんだか、おかしなことがあるんだ」

夫人のハーマイオニは、すぐに上がってきた。そして、夫を見ると、いきなり叫んだ。

「まあ、どうなさったの、なぜこんなきたないものをお召しになっていらっしゃるの。ずっとまえに、燃しておしまいなさいって申し上げたでしょう」

「だれか、浴槽《よくそう》の水はけに、金鎖を落としたやつがあるんだ」

「そんなことはありませんわ。金鎖なんて、きょうはどなたも着けていらっしゃらなかったわ」

「じゃ、どうしたわけだろう。そこに、懐中電灯があるから、のぞいてごらん。光っているのが見えるよ。ずっと奥のほうだけど」

「召使のだれかが、安物の腕輪を落としたのよ。それ以外には、考えられませんもの」

夫人はそういって、水はけを懐中電灯で、かがみこむようにしてのぞきこんだ。その後頭部を、博士は短く切った鉛管で、二度、三度、力をこめてなぐった。そしてそのからだを、両ひざでむりやりに、浴槽のなかに押しこんだ。

それから彼はバスローブをぬぎすててまっ裸になると、タオルいっぱいに包んでおいた道具類を洗面器にあけた。床の上に新聞紙を何枚かひろげて、もう一度犠牲者をのぞきこんだ。

彼女はもちろん死んでいた――無残にも、からだを二重に折りまげられ、とんぼ返りを打ったようなかっこうで、浴槽の一方のはしに押しこまれていた。男は長いあいだ見おろして立っていた。が、その目つきは、何も考えていないことを示していた。しばらくして彼は、浴槽におびただしい血がたまっているのに気づいて、はじめて頭脳の活動を開始させた。

最初彼は、死骸《しがい》を押したりひっぱったりして、浴槽のなかいっぱいに手足を伸ばさせた。次の仕事は、服をぬがせることだ。せまい浴槽のなかのことで、骨の折れる仕事だった。それでも、どうにかやりとげると、水道の栓《せん》をひねった。水が浴槽にほとばしったが、じきに勢いが弱まって、出が細くなっていった。最後の一滴が、ゴクンと音を立てて、水はけに吸いこまれると、それきり、水の出は止まってしまった。「しまった！　家内が、元栓をしめておいたんだ」

こうなっては、することはひとつ――博士はいそいでタオルで手をぬぐうと、浴室のドアの取っ手をタオルのよごれていないところで握ってあけると、裸足で階下へ駆け降りていった。猫のようにすばやい動作だった。

地下室のドアは、玄関のホールのすみ、階段の下にあった。元栓の位置は、彼にはわかっていた。それには理由があった。二、三カ月まえに地下室にはいりこんで確かめておいたのだ――ハーマイオニには、ぶどう酒の容器を捜し出すのだといって……

彼は地下室のドアをあけて、急勾配《こうばい》の階段を降りていった。ドアをしめなくても、階段の下はまっ暗だった。彼は手探りで元栓をあけた。それからまた、じとじとした壁に沿って、階段の下までもどってきて、いざ上ろうとすると、玄関のベルが鳴った。

博士には、ベルの鳴るのが、音だとは思えなかった。鉄の大くぎを、胃の腑《ふ》のあたりに、めりめりと刺し込まれるように感じられた。いつかそれは、頭の芯《しん》にまで突き込まれて、そこで、ついに炸裂《さくれつ》した。彼は、石炭の山にからだを投げだして、「これでおわりだ、もうだめだ！」と、くりかえしていたが、ふと、またひとりでにこんな言葉も口に出た。「よその人間を、勝手に入れさせることはないんだ！」彼ははっきり、自分で自分のあえぎを耳にしながらつぶやいていた。

「だれにだって、そんな権利があるものか。そんな権利が――」

そこで彼は、気をとりなおした。立ち上がったとき、またベルが鳴った。こんどは平気な顔で、聞き流しておくことができた。

――ほうっておけば、行ってしまうだろう。

ところが、玄関のドアの開く音がした。

――かまうもんか。

彼は、ボクサーが顔を防衛するときのかたちで、肩をあげた。

――勝手にしろ、どうなろうと、かまうものか！

玄関で、口々にどなっている……

「ハーバート！」

「ハーマイオニー！」

ウォーリングフォード夫妻らしい。彼らははいってきた。どうせ、すぐ帰っていくであろうが、こちらはまっ裸だし、それが血と石炭くずによごれて……いよいよだめだ、どうしようもない！

「ハーバート！」

「ハーマイオニー！」

「どこへ行ってしまったのだろう？」

「車はありますわ」

「リデル夫人のところへ行ったんじゃないかな」

「行ってみましょうか?」

「買い物かもしれないぞ。何か、買い忘れた物でも思い出して——」

「ハーマイオニらしくないことね……あらっ! だれか、おふろにはいっているわ。呼んでみましょうか。ドアをたたいてごらんになる?」

「シイーッ! それはいかんよ。ちょっと無作法だ」

「呼んでみるぶんにはさしつかえないでしょう」

「一度帰って、出直すとしよう。さっきのハーマイオニの話では、七時まえには出発しないようだ。途中、ソールズベリイで食事をすると言っていた」

「あらそうですの? それならそれで、食事はやめにしてもいいわ。ただもう一度だけ、ハーバートさんと別れのさかずきをかわしましょうよ。あのひとだって、きっと寂しいわ」

博士の耳は、ふたりが出ていく足音を聞いた。つづいて、玄関のドアが、しずかにしまるのを聞いた。彼は思った——六時半か。それまでには、だいじょうぶ片づけられるだろう。

彼はホールに飛んでいって、玄関のドアのかけがねをおろした。それから二階へ駆け上がり、用意の手術器具で処置をすませた。すませてはじめて、裸身にバスローブをはおった。つぎに、タオルや新聞紙で手ぎわよく包み、安全ピンでとめたものを、ひとつずつ階下に運びおろした。地下室の奥まで持っていって、すみに掘った深い穴に、注意して埋めた。シャベルで土をかけ、その上に石炭がらをかぶせた。念のために、あたりを見渡してみて、どこにもぬかりがないのを確かめてから、また二階にもどった。浴槽の血をきれいに流し落とし、自分のからだを洗い、最後にもう一度、浴槽のよごれを洗った。服を着おわると、妻の服と自分のバスローブを、ごみ焼き炉に投げ込んだ。その他二つ、三つ、こまかな点を片づけると、仕事はそれで完了した。まだ六時を十五分しかすぎていないし、ウォーリングフォード夫妻はいつだって時間どおりに来たためしがない、あとはただ、自動車で出かけるだけだ。

できることなら、日が暮れきるのを待って出かけたかったが……いや、心配することもなかろう。ちょっと回り道をして、本通りさえ避ければ、人目につくこともまずなかろう。仮にまた、彼がひとりで車を走らせているのを見た者があっても、ハーマイオニは、何かの理由で、一足さきに出かけたのだと考えるのが関の山だ。そしてそれも、じきに忘れてしまうにちがいないのだ。

それでも、だれの目にも触れずに、車が国道にまで達したときは、さすがの彼もホッとした。暮れきったことも、うれしかった。車は注意して走らせた。距離感がすっかり狂ってしまったのだ。運動神経も奇妙なくらい反応がにぶっていた。だが、それも大して気にするほどのことではない。やみのなかで、車をとめて休んだ。丘陵の上だった。

星くずがいっぱいに散っていた。遠く近く、町の灯が小さく光っている。彼の胸には喜びがわいてきた。これでもう、あとの手配に懸念はない。マリオンはシカゴで、彼の到着を待っている。いまごろは、おれがひとり者になれたものと喜んでいるだろう。講義のほうだって、なんとかごまかしてのがれることができよう。あとはただ、どこかアメリカの新開地で開業医としての段取りをつければ、それでもう、おれたちは一生幸福だ。

スーツケースのなかには、ハーマイオニの衣類がはいっているが、それは船室の窓から、海中へ投じればよいのだ。さいわい、彼女はいつも手紙をタイプで打っている——筆跡みたいな些細なことから、周到な計画がくずれる場合もないとはいえぬのだ。——だが、その点も心配はない。彼女はモダンで能率的だった。万事その方針で、あざやかにやってのけた。殺される手配まで、いわば自分であざやかにやってのけたようなものだ。

気をもむことなんかあるものか。彼女に代わって、もとの知人にたよりを出す。それを次第に、間遠《まどお》にしていく。自分自身の手紙は、はやく帰国したいが、講義の都合で思うにまかせない。家の管理は、よろしく頼む……。一年、二年、三年。隣人たちは、いつのまにか関心を失ってしまうだろう。年に一度か二度、おれひとりが掃除に帰ってもおかしくはあるまい。簡単なことだ。が、クリスマスにはもどれない！……彼はエンジンをかけて、車を走らせた。

ニューヨークに着いて、はじめて彼は自由を感じた。真の意味の自由を味わった。もうだいじょうぶだ。安心して、過去をふりかえることができる——食事のあと、たばこに火をつけると、あのときのことが何かこう、楽しいような気持ちで、思い出された——地下室で、ベルが鳴り、ドアがあいて人声を聞いたときの瞬間が……そして、マリオンに会えるうれしさに、こころがおどっていた。

ホテルのロビーを歩いていると、ボーイが笑いながら近よってきて、手紙を何通か差し出した。イギリスからの最初の便であった。なにも気にすることはない。ハーマイオニの飾りけのない文体で、タイプをたたきとばすのも、むしろ愉快なことではないか。署名だけを、彼女のそれにまねればよいのだ。どの手紙にも、講義はおかげで評判がよいと書く。良人《おっと》はアメリカで、見るもの聞くものに、わくわくするような感激を受けています。ですが、ご安心ください。クリスマスまでには、きっと連れてもどりますから——疑惑が起きるにしても、そのさきのことだ。

彼は手紙を見ていた。あらかたは、ハーマイオニに宛てたもので、シンクレア夫妻、ウォーリングフォード夫妻、牧師、あと一通は、建築および室内装飾業ホルト商会からのものだった。喫煙室のざわめきのなかで、彼は立ったまま、手紙を読んだ。親指で封を切る彼のその頰に、しずかな笑いが浮かんでいた。どの手紙も、彼がクリスマスにもどってくることをうたぐっていない。ハーマイオニの言葉を信じているのだ。

「それがすなわち、大きなミステークさ」博士の言葉は、もうアメリカ風に染まっていた。建築屋の手紙は最後にあけた。どうせ、請求書か何かだろう……

前便見積書、早速御承認賜り、誠に有難く御礼申し上げます。なお、同便にて御送付の鍵、まさに受領致しました。クリスマスプレゼントとしての御趣意に添い、必ずそれ迄に工事完了致すべく、改めて確約申し上げます。今週早々、工事員を差し向けます故、御休心の程願い上げます。

敬具

奥さま

（見積書）

ぶどう酒貯蔵場建造のため、地下室の改良工事。

地業、建造、外装《ライニング》、すべて図面通り。

一金　十八ポンド也

ポール・ホルト商会

爪

ウィリアム・アイリッシュ
門野集 訳

The Fingernail　一九四一年

コリアーにつづいてもうひとり、短編の名手をお目にかける。**ウィリアム・アイリッシュ** William Irish (1903.12.4-1968.9.25) と彼の最大にして最小の短編「爪」を。五年、十年たっても、読者はレストランでシチューのさじを口へ運びながら、ふとこの作品のことが脳裡をかすめる瞬間があるにちがいない！

引退したモロウ元警視は、友人に連れられて壁際の小さなテーブルについた。「この店の料理は有名なんだ」彼を誘った友人が、腰を下ろしてナプキンを広げながら言った。「ここは初めてだよな?」

モロウは、おぼつかなげに店内を見まわした。そして、「レストラン・ロベール」とつぶやいた。「待ってくれ、思い出したぞ。まだ殺人課で現役だったとき、この店で殺人犯を追いつめたことがあった——なのに、取り逃がしてしまったんだ。注文がすんだら、その話をするよ」彼はメニューを手にとったが、ちらりと見ただけだった。「きみは常連なのだろう——おすすめは?」

「ロベール自慢のスペシャリテ、兎肉《うさぎ》のシチューを試すといい」友人はそう勧めた。「注文ごとに、一人前ずつ小さな陶器の鍋で煮込むんだ。秘密にしているレシピがあるらしい」

「それにしよう」モロウは答えた。

「シチューを二つ」友人はウェイターに注文を伝えた。「それと、ロベールに今夜は新しい客を連れてきたと伝えてくれ」そしてモロウに向きなおった。「きっとあいつは食事の最後に顔を見せるよ。きみが料理を褒める言葉を聞くためにね——いつもそうなんだ。兎肉のシチューを自慢したくてたまらないんだ」彼はゆったりと椅子に背をあずけた。「料理が来るまでしばらくかかる。それまで、さっきの話を聞かせてほしいな」

「いいだろう」モロウはパンを手にとった。「あれからもう五年になる。ある晩、一人の男が殺された……」


五歳若く、ウエストが五インチひきしまっているモロウ警視は、ぐらぐらする鉄の階段を降りて地下のアンティーク・ショップに入った。若い男が入口まできて彼を出迎えた。「お待ちしてました、警視」

「やあ、フレッチャー。これまでにわかったことは？」

「はあ、おおまかな状況はつかめました」彼の部下が答えた。「被害者の名前はウェイリン・ハミルトン、この店の奥の部屋に一人で暮らしてました。犯行時刻は昨夜の早い時間で、強盗目的とみられます。被害者はどうやら、かなりの金を貯め込んでいたようです。金を隠していた箱がこじ開けられてました——なかは空です。被害者に親戚や近親者はいません」

店のなかは、外から見るよりもいっそう雑然としていた。アンティーク・ショップを名乗っているが、実のところモロウの目にはがらくた置き場にしか見えなかった。誰もほしがらないような品物をわざわざ選んで並べたとしか思えない。片隅には、気味の悪い日本の鎧《よろい》がおかれていた。壁には偃月刀《えんげつとう》、槍、それに古い火縄銃がかけられていた。中国の坐像、南洋の戦太鼓、小さな飾り棚の上にはトルコの水パイプまである。

「気をつけてください、そこに被害者が」モロウが売り物らしきものが詰め込まれている二つの陳列棚のあいだを通り抜けようとするのを見て、フレッチャーはあわてて呼びかけた。モロウは床に横たわる動かぬかたまりをあやうく踏みそうになってよろけた。

彼はいらだたしげに手を振った。「散らかっているがらくたを片づけて、スペースをつくってくれ。これではしゃがむこともできない」それから彼はかがんで、床の死体をじっと見つめた。「さて、拝見しようか」その胸には、フェルトでくるまれたフィレンツェ製の古い短剣の柄《え》が突き刺さっていた。

「あそこの壁にかかっていたようです」フレッチャーが説明した。

「ということは、計画的な犯行ではないな。犯人は凶器を用意していなかったわけだから。ハミルトンは奥から出てきて強盗を取り押さえようとしたが、犯人は手近にあったこの剣をつかんで突き刺したんだ」彼は指さした。「こっちの足の甲に包帯が巻かれているのは？」

「検視医の見立てでは関節炎のようで、そちらの足は靴も履けなかったみたいです。ここしばらくは、まともに歩けなかったとか」

「それなら、路地につながってるあのあぶなっかしい鉄の階段など、とても上れなかったろう。引きこもりみたいになっていたんだな」モロウは立ち上がった。「よし、金が入っていた箱というのを見せてもらおうか」

「金があったのはたしかです。一ドル札の切れ端が――五ドル札か十ドル札かもしれません――蓋《ふた》の裏に引っかかってました。犯人がかっさらおうとしたとき、ちぎれたのではないかと。

ぎっしり詰め込まれていたんでしょう。これです」

モロウは、まず最初にちぎれた紙の切れ端を見つめた。「たしかにこいつは紙幣だ。青と赤の地模様がはっきりわかる」それから彼は、箱そのものに目を移した。東洋の漆《うるし》塗りの木箱で、内側には薄い銅板が張られている。蓋の縁《ふち》の部分は端から端まで、漆がこすれたり剝げたりしていた。

「鍵がついているわけでもないのに、犯人はこいつを開けるのに苦労したようだ」モロウはそう指摘した。「この蓋の仕組みがわかるか？ ここに小さいでっぱりがある。これを押すと開く仕掛けだ。犯人はそれがわからず、蓋と箱の隙間に爪を突っ込んで、こじ開けようとしたんだ」彼は用意されていた携帯用の拡大鏡を箱に近づけ、裏張りを調べた。「そのあげく、いきなり蓋が跳ね上がって指をはじき飛ばした。それで犯人は怪我をしたようだ。金属製の縁取りに、うっすらと黒く細い線がついてる——血だ。この箱はどこに落ちていた？」

フレッチャーは警視をその場所まで案内した。モロウはかがんで床を調べはじめた。「ここに血痕がある。ここにもだ。指に何か巻く前に垂れてしまったんだろう——」彼は部下に身振りで命じた。「紙を一枚くれ、どんなのでもいい」そしてその紙で何かをすくい上げ、差し出してみせた。「これが何かわかるか？」

フレッチャーは小さな貝殻のようなものに目をこらした。「これは——爪じゃないですか」

「その通りだ。犯人は爪を剝がしたんだ。こんなふうにそっくり剝がれたということは、そもそも痛めていた可能性もある。いずれにせよ、箱の縁に引っかかって剝がれたに違いない。もしかしたらちぎれかけてぶらぶらになったのを、犯人が自分でむしり取ったのかもしれない。これが運のつきだ。爪が伸びて元通りになるまでには時間がかかる。その前に捕まえるまでだ」彼はおぞましい小さな証拠物件を包み、ポケットにしまった。

「犯人は、ここに何度か来たことがある――がらくたが山のようにあるなかで、金が隠してある箱がどれかわかっていたのだから。ハミルトンは、不用心にも犯人の前で箱を開けて金を出したことがあったに違いない」

「とすると、犯人が客として何か買ったんじゃなくて、ハミルトンが犯人に金を払ったということになりませんか」フレッチャーがつぶやいた。

「奥の部屋を見たいな」

簡易寝台と食器棚しかない、殺風景な小部屋だった。モロウは些細な点まで何一つ見逃さない、練達の目で周囲を見まわした。食器棚を開けると、なかには薬の瓶がいくつかあるだけだった。彼は振り向いてフレッチャーを見た。「医者の話だと、最近は関節炎に悩まされて、階段の上り下りもろくにできなかったのだったな。おまえの調べでは、親戚も親しい友人もいないという。だとすると、食事はどうやって調達していたんだ？　見たところ、クラッカーの空き箱くらいしかない」

フレッチャーは頭をかいた。「そうか、そこまで思い至りませんでした――」

「きっと、どこかから食事を届けてもらっていたんだ。たとえば、出歩けなくなる前には行きつけだった、近所の店から。とすれば、ウェイターか出前係だな。犯人の条件にぴったり当てはまる。蓋をかぶせたトレイかバスケットを持って、何度もここに来たことがあるわけだ。店の客じゃなく、ハミルトンが箱から金を出して払っていた相手だ。見えてきたぞ。どこかこの近く、せいぜい三、四ブロック以内にある店で働いている、指の爪が剝がれたウェイターを探すんだ」彼は両手のてのひらに息を吹きかけ、こすりあわせた。「もう解決したも同然だ！」

レストラン・ロベールのウェイターであるアンディは、妙にそわそわしていた。彼は厨房でシェフに背を向けて立っていた。シェフは自慢のシチューの調理中で、皮を剝いだ兎をぶつ切りにして、炭火の炉にかけてある六つの小鍋に放り込んでいた。

ロベールは人のよい大柄なフランス人で、シェフキャップの下の頭はつるつるに禿《は》げあがっていた。厨房に誰かいるときのくせで、一人でしゃべっている。「今日の午後、おかしなことがあった。店を開ける前、二階のおれの部屋にいきなり男がきて、話があるという。あれは刑事だな。ほら、制服は着てない連中だよ」

アンディはラディッシュを刻む手を止めてうつむき、白手袋をはめた手で皮むきナイフを握りしめたまま、じっと耳を傾けていた。彼はひとこともしゃべらなかった。

「そいつはフクロウみたいにおれをじろじろ見た。そして、うちのウェイターのなかで指を怪我したやつはいないかきくんだ」ロベールは肩をすくめた。「言ってやったよ、そんなことわからんて。おれの店には厳しい決まりがある。ここで働くやつは、白い木綿の手袋をはめて、いつでも両手をきれいにしとかなきゃならんのだ」

アンディは身じろぎもせず聞き入っていた。

「そしたらそいつは、それなら自分で確かめる、言いたくなけりゃそれでもいいと答えた」ロベールはダイニングルームに通じるドアを指さした。「その男、今はあそこに座ってる。さっき通ったときに見た。いったいどういうことだと思う?」

「わかりません」アンディは、くぐもった声で答えた。

ロベールはエプロンで両手を拭いた。「よし、十分に火が通った。あとは仕上げの風味付けだ。下からスパイスをとってくる。そのあいだ火加減を見ていてくれ、アンディ。火が弱まったら、少し炭を足してくれ」彼は地下の貯蔵室に通じるドアを開け、どたどたと階段を下りていった。

アンディは喉が詰まったのか、ごくりとつばを飲み込んだ。振り向いて、赤く輝く炉の炭を見つめる。それから部屋の隅に積まれている炭の袋に近づき、ひとすくいして身をかがめ炉に投げ入れた。そのあと彼は肩越しに周囲の様子をうかがった。そのとき、厨房には彼一人だけだった。ディナーの時間帯にはめったにないことだ。

彼はシャツの内側から何かを取り出した。白い手袋をはめた指を震わせながら、それを一度、二度と引き裂く。そして、ちろちろと炎の舌がのぞく炉に投げ込んだ。その切れ端が一枚ひらひら舞って床に落ちた。白地に緑で「20」という数字が記され、赤と青の地模様がついた紙片だった。彼はそれを素早く拾い上げ、火に投げ入れて炉の蓋を閉じた。赤々と輝く炎に照らされても、彼の顔は土気色のままだった。

スイングドアがさっと開いて、ウェイターが一人飛び込んできた。アンディはぎこちなく調理台に戻った。しかしウェイターはアンディには目もくれず、皿をとると肩まで持ち上げてダイニングルームにまた戻っていった。

アンディはそのあとを追いかけるようにして、ドアの前で立ち止まった。片手でドアを押さえ、上部にはめ込まれているガラス窓を用心深くのぞいた。まだ早い時間だが客の姿がちらほら見える。おおかたは常連客で、見知った顔ばかり——一人を除いては。奥の壁際のテーブルに、男が一人で座っていた。これまで一度も来たことがない男だ。それは間違いない。食事を楽しみにしているふうでもなく、メニューには目もくれない。ウェイターが注文をとりに近づくと、その男は何やら声をかけた。ウェイターは驚いた顔になり、つかのまためらうそぶりをみせた。男は険しい顔で、有無を言わさぬ調子で同じ科白《せりふ》をくり返した。そしてアンディは、ウェイターが手袋をゆっくり片方ずつはずして、てのひらを下に向け両手を差し出すのを見た。男が素っ気なくうなずくと、ウェイターはのろのろと手袋をはめなおしはじめた。

アンディは、それ以上ぐずぐずしていなかった。ドアから離れ、エプロンを乱暴にはずすと背後に投げ捨てて厨房をすばやく横切り、路地に通じる裏口に向かった。しかし、ドアを開けたところで立ち止まった。路地の入口には、街灯を背にして動かぬ男のシルエットが浮かび上がっていた。じっと動かぬその影が、逃げ道を完全にふさいでいる。その前を通る以外に道はない——路地の反対側は、行き止まりなのだ。

アンディは振り向き、呆然として厨房に戻った。追いつめられ、あせりもあらわに周囲を見まわす。地下室の階段をゆっくり上るロベールの重たげな足音が聞こえてきた。

猶予は一分しかなかった。その一分が過ぎた。

一分後、ロベールがのっそり姿を見せたとき、アンディは調理台にのしかかるようにして立っていた。顔は生気を失い、真っ青だった。ロベールはぎょっとして呼びかけた。「どうした、気分が悪いのか？　腹でも痛いのか？」

「シェフ、今夜は帰らせてください」消え入るような声だった。「もう限界です」額《ひたい》には汗がにじんでいる。

別のウェイターが飛び込んできた。「四番テーブルのご婦人、兎のシチュー一つ！」

ロベールは思いやりのある雇い主だった。「わかった、アンディ、帰っていい。たしかに具合が悪そうだ。ジョージ、すまんが今夜はアンディのテーブルも受け持ってくれ」

アンディの顔はまだ死人のように青ざめていたが、直後よろよろと路地に出たときには吹っ切れたように落ち着きを取り戻していた。しかし、立ちはだかっていた男がすかさず手を伸ばしてアンディを呼び止めた。「ちょっと待て、手を見せてくれ」

アンディはおとなしくその命令に従い、両手を震わせながら下向きにして差し出した。手袋ははめていなかった。右手の人差し指には、ぐっしょり濡れた厚手のガーゼが巻かれている。

「それをはずせ」男が怒鳴った。

アンディは何もする必要がなかった。手をわずかに下に向けただけで、濡れた包帯は自然にずり落ちた。その下には支えとなるものは何もなかった。親指と中指のあいだには、ただ血まみれの空間があるだけだった。

「犯人はそいつだったんだろう?」モロウの友人はすっかり夢中になってたずねた。

「間違いない」モロウは顔をしかめた。「だが、わかっていても証拠がなければ意味がない。食事を運ぶときには白い仕事用の手袋をはめていたから、現場で指紋が見つかる見込みはなかった。血がついた手袋はどこかで処分したのだろう。ハミルトンのところに何度か食事を届けたことがあるのは認めたが、それは他のウェイターも同じだった。前の晩やつが皿を持ち帰ったあと、ハミルトンは生きている姿を目撃されている。問題は、皿が回収されたあと、じいさんの金を奪おうと忍び込んだのは誰なのかだ。なんとしても指を見つけなければならなかった。

部下がそいつを引っ張ってきたとき、おれはかっとなって、思わず〝間抜けども、指を見つけてこい!〟と怒鳴りつけていた。〝こいつより指が重要なんだ!〟とね。

おれたちは全員、この店に飛んで戻った。やつを捕まえてから十分もたたないうちに、店じゅうをひっくり返していた。ただちに炉の火を消して、燃えさしをかきまわした。ごみも捨てられてしまう前に差し止めて、とことん調べた。小麦粉の袋も容器も一つ残らず空にして、徹底的に調べつくした。しかし、指はとうとう出てこなかった。

もちろんやつは事故だと言い張った。手がすべって、ナイフで指を切り落としてしまったのだと。そのショックで気を失い、意識が戻ったあとも激痛のせいで爪がどうなったかまったくわからないとしらを切りつづけた。

そのあと何日も絞りあげたが、結局やつは口を割らなかった。金は見つからず、やつがそれを使った証拠も出てこなかった。犯行時刻のアリバイを崩すこともできなかった。見事にしてやられたわけさ。やつが犯人なのはわかっていた。だが、爪が剝がれた指がないことには、それを証明できないのだ。

あの事件のことを思い出すたび、今でもまだはらわたが煮えくりかえるよ。あの事件は、完璧だったおれの刑事人生で唯一の汚点だ。いまだにあの指がどこにいったのかわからない。あいつがどうやってあれほどすばやく――しかも跡形もなく消し去ったのか、わからないんだ」

「ロベールが来たぞ。ほら、言ったろう。自慢の料理をきみが気に入ったか知りたがるから」彼の友人が言った。

「やあ、兎のシチューは実にすばらしかった」モロウは年老いたシェフに呼びかけた。「最高に美味しかったよ」

「気に入っていただけましたか?」ロベールは胸を鳩のようにふくらませた。「おかげさまでこの二十年、一度も不満をいただいたことは――」それから彼はきまじめに言いなおした。「いや、そういえばただ一度だけありました。ある晩、常連のちょっとうるさい金持ちの奥さんに呼びつけられまして。ずいぶんと昔のことですが、その晩店はいろいろ取り込んでいたもので、たぶんそのせいで私は気が散っていたのかもしれません。

奥さんは言いました。〝ロベール、本当に全部兎の肉なの? 思い違いかもしれないけれど、ときどき味が違うような気がするのよ……〟」

ある殺人者の肖像

Q・パトリック
橋本福夫 訳

Portrait of a Murderer　一九四二年

Q・パトリック Q. Patrick (Richard Wilson Webb, 1901.8-1966.12 & Hugh Callingham Wheeler, 1912.3.19-1987.7.26) というよりは、名作『二人の妻をもつ男』の作者パトリック・クェンティンといい直したほうが、日本では通りがいいかもしれない。これは作者自身が推す、自分のベスト。子供や少年を使った推理小説はその無邪気な残酷さとでもいうべき効果によって、読者の印象を強烈にする。クイーンの有名な長編も、ベイリーの「黄色いなめくじ」も、そしてこの「ある殺人者の肖像」も。

これはある殺人事件の話である。殺人事件といっても、その犯行の方法があまりにもなめらかであり、巧みだったので、犯行の前後にわたって知らず知らず幇助者《ほうじょ》の役割を果たしたことになっているわたしですらが、その当座は犯罪が行なわれたのだとも気がつかなかったほどであった。

年月がたち、当時は罪のない出来事に思えた一連の事件が、しだいにわたしの頭の中で組み立てられてゆくにつれて、わたしがマーティン・スレイターといっしょにオリンズコートに滞在していたあいだに起きた事件の全貌《ぜんぼう》が、ようやくはっきりとその姿を現わしてきたしだいである。

マーティンとわたしとは、第一次世界大戦の後半に、あるイギリスの学校でともに学んだ仲であった。十四歳のころマーティンは、色の薄いもつれた髪、すばしこく動く茶色の目、おまけに、小学生特有の消しゴムと白墨《はくぼく》のにおいをただよわせた、べつにこれという特徴もない少年だった。どこといってほかの生徒たちと違ったところもない少年だったが、ただ、彼にはオリン・スレイター卿という父親があった。

このオリン卿という父親があるだけで、マーティンは悪い意味でとんでもなく有名にされてしまった。自尊心のある両親たちは、運動会や賞品授与式などの式典に学校に姿を現わして、自分たちの子供をはにかませる程度だったが、オリン卿とくると、まるで情熱のとりこみたいにむすこにつきまとった。ほとんど毎週のように、この福音主義者の准男爵《じゅんだんしゃく》が、桃色の顔、小ぶとりの、河馬《かば》のようなからだつきをして、いやらしいほど熱っこくマーティンをだきかかえ、校庭を歩きまわっている姿が見えないことはなかった。その上に、あいているほうの手にはいつもチョコレートを入れた大きな袋を持っていて、出会った生徒にはだれにだろうと、りっぱな良い生涯をおくるようにというお祈りを添えて、そのチョコレートをやるのだった。マーティンは、こんなふうにこれ見よがしに抱擁されている時には、からだをもじもじさせていた。彼にとってはなおつらいことには、この父親はのどに重い病気を持っていたので、口にする言葉の一つ一つが、気の毒で聞いてはおれないほどこっけいな英語になってしまうことだった。オリン卿自身はこの病気を（たぶん喉頭癌《こうとうがん》だったのだろうと思うが）全然苦にしていなかった。ひとが自分のおかしな発音を意識しているということさえ信じてもいなかった。彼は、わたしたちが非礼にもおもしろがり、マーティンは拷問をうけているようなつらさを味わされたことには少しも気づいていなくて、少なくとも一学期に一度は学校に招待されて、全校の生徒に宗教的な訓話をやった——生徒たちの言葉で言えば、ごったまぜ説教というやつだった。わたしは、講堂でマーティンの横にすわっていた時など、友だちがいもなく、くつくつ笑いだしたくなるのをがまんしながら、オリン卿が「若者たちよ」体をじょうぶにし、心を清らかにして、神様のお慈悲に身をゆだねるがいいと、それが「かみしゃまのおちひに」と聞こえる発音で説いているのを聞いていると、マーティンの握りしめている手の甲が青白むのを目にしたものだった。

　自分の最愛の「若者」のためを思ってのオリン卿の敬虔《けいけん》な願いは文字でも表現された。毎朝、イギリスの太陽の顔の出し方なんかよりはずっときちょうめんに、マーティンの朝食の皿の上には、スレイター家の紋章入りの青い封筒が載った。マーティンは口数の少ない少年だった。「おい、またかばいいわきゃものへのてかみだぞ」というささやき声とともに、あざけりのくつくつ笑いがテーブルを伝っていった時でも、彼は父のあふれるばかりの愛情が自分にとっては苦痛だというようなことは、ひと言だってもらしたことはなかった。それにしても、わたしが注意していると、彼は持ち前の敏感な指で封筒を上からさわってみて、紙幣がはいっているとわかった時以外には、それらの手紙も封を切らないままにしているようだった。

　こういう常識破りな父親を持っているというので、ほかの生徒はたいていマーティンを軽蔑《けいべつ》する傾向があった。わたしにしても、親しくしてやっていることを恩にきせたいところだったのだが、そうもいかなかったというのは、スレイター夫人がオリンズコートからかごに入れてとどけてくるご馳走《ちそう》のことがあったからなのだ。それがまたすばらしいご馳走ときていた——おまけに、ドイツの潜水艦による封鎖のおかげで、全部のイギリス人が革帯を堅くしめている時でもあった。なにしろわたしは、やせっぽちの始終おなかをすかせている子供だったのだから、同室の生徒ふたりだけでこっそり部屋を抜け出て、汁気の多いタンや、チキンの煮凝《にこご》りや、肉のしまった甘い桃や、口のとろけそうな糖衣でかためたチョコレート菓子に、襲いかかった時ほど、マーティン・スレイターの親友になる気持ちをかためさせられたことはなかった。

こういう秘密の饗宴《きょうえん》にはマーティンもわたしと情熱をわかちあったが、彼はほかにも自分だけの夢中になれる情熱の対象を持っていた。彼は発明家だった。なかなか精巧な機械仕掛けを工夫したが、材料はたいてい目ざまし時計で、いつでもいろいろな分解過程にある目ざまし時計を五、六個は持っていた。そのころの彼の専門は泥棒よけの警報装置だった。夜になると、彼はよくソーセージやプラム・ケーキで誘惑して、七、八人の腕白小僧どもをわたしたちの部屋へ連れ込んだものだったが、その連中の顔が今もわたしの目の前に浮かぶようだ。マーティンの最新の工夫にかかる、泥棒の裏をかく装置の実験を見ようとして、みんなでまっ暗な中で待ちかまえていた時の、わたしの心臓の鼓動までが今も耳に聞こえるような気がする。

ところが、わたしたちが心をときめかしたそういうエピソードも、心ない先生に現場を見つけられ、マーティンは目ざまし時計を全部没収された上に、秩序を乱したという理由でさんざお説教をくわされて、簡単にけりがついてしまった。

そういう禁じられた楽しみもなくなってみると、戦時の灯火管制下の長い夜がいっそう暗く、いっそう寒々とした感じになった。そこで、夜ごとに沼気のように寄宿舎をおおい包んでしまうわびしい冷気を追いはらい、わたしたちの冷えきった寝床や栄養不良のからだを暖めるための方法を案出したのは、マーティンだった。彼はレスリングを案出した——と言っても、この競技のルールを単純化し、わたしたちの当時の非常事態に合うようにしただけのことなのである。彼の作ったルールはほとんどないのも同然なほど簡単なものだった。あらゆる手段を利用してもよかったし、合法的にやれるかぎりのあらんかぎりの苦痛を加えてもよかった。相手に、「まいった、おまえの勝ちだ」という文句で、敗北を認めさせるまでは、その目的だけを目ざして仮借なく攻撃を加えてよかった。

こうした遊びは、どんな子供の心にもひそんでいる残虐性《ざんぎゃくせい》をおたがい同士に発散させあったことになり、大して悪影響は残さなかったようだった。それに、からだを暖め、強靭《きょうじん》にする効果があった。おたがいのあいだに親密感や尊敬心をかもしだす微妙な効果もあったようだ。

マーティンはわたしよりも年齢も体重も上だったが、幸福なことに、こちらは針金のような強靭な体をしていたし、どうやら抜け目のないところもあったらしい。わたしはしだいにマーティンのテクニックがわかってくるにつれて、有効な反撃手段を発揮し始めた。実を言うと、この反撃手段は効果をあげすぎたくらいであって、わたしは毎夜のように勝ちだし、結局は常に例外なしに優位に立つことになった。

ところが、これはマーティン・スレイターとの交際に、わたしの犯した最初の、そして最大の、失策だった。どんな競技にせよ、あまり勝ちすぎるのは賢明ではないぐらいなことは、心得ておくべきだった。まして相手が潜在的な殺人本能の持ち主とあってはなおさらだった。というのは、すでにもうそのころから、彼は、精神的にせよ肉体的にせよ、ひとに屈従させられることには、ほとんど病的なほどの、しだいに凶暴さをましてゆく憎悪《ぞうお》のとりこになっていたからだった。

わたしはある夜その憎悪の凶暴さを味わわせられた。わたしがベッドのそばにひざまずいて、寒さに震えながら、「お祈りを捧げる」まねごとをやっていた時に、彼は、クローディアスに対するハムレットよりもなお容赦のない激しさで、わたしに襲いかかってきた。この時の襲撃は全然ルールにはずれていた。特に指定されている安全時間前のことだし、現に寮母さんが巡回しているあいだの出来事だった。おまけに、道具や武器を使うのは厳禁ということになっていたのに、この時には彼はいきなりぬれタオルをわたしの頭にかぶせて、首筋でしめ、ぐいとうしろへ引っ張った。しかもそれがぐしょぐしょのぬれタオルときていて、布地を通して呼吸するなんてことは問題外なほどのしろものだった。

この最初の攻撃で、息の根がとまるほどうしろへぐいと引っ張られるとともに、わたしの足は前のベッドの下に飛び出したが、ベッドの下では、マットレスのスプリングをバタバタと蹴《け》り上げるぐらいがせきの山で、マーティンを払いのける梃子《てこ》の役には立たなかった。マーティンのやつは、わたしの両腕を自分のひざの下で締めつけておいて、全体重をかけてわたしの顔の上にすわりこんだ。わたしはぬれタオルと相手の百ポンドばかりの体重とで全然動きがつかないだけでなく、息をすることもできなかった。

わたしは、まいったと言おうとして、必死になってのどの奥でゴロゴロ声を立てた。降参のしるしに両手で床をたたきもした。だが、マーティンは容赦なくすわり続けていた。わたしは一瞬間は、いまにも窒息するのではないかという恐怖感を味わわされた。つめで床をひっかき、口をパクパクさせた。だが、まるで地下数百フィートの所に埋められてでもいるみたいだった。やがて、あらゆるものが、あとで知ったことなのだが、わたしの顔までが、黒くなりだした。

その時、おりよく、やたらに歩きまわるくせのある寮母さんの足音が近づいてきたおかげで、わたしは救われたのだが、寮母さんはそれから数分後にせかせかとはいってきて、自分の預かった生徒のひとりがもう少しでマーティン・スレイターの最初の犠牲者になりかかっていたことも気がつかずに、ろうそくを吹き消していった。

マーティンはその翌朝わたしにあやまったが、そのあとでこうつけ加えた時には、顔に奇妙な表情が浮かんでいた。「毎晩のようにおれを負かしたりしやがって、きみは生意気になりかかっていたからなあ」

言葉だけでなく実際的な宥和策《ゆうわさく》として、彼はわたしを休日にオリンズコートへ招いてくれた。わたしは四週間もオリン卿の信心深い訓育のもとに暮らすおもしろくなさと、かごに入れて送られてくる例の頰の落ちそうなうまい食い物の、本元《ほんもと》に口をつけられるという楽しみとを、はかりにかけてみた。結局は、いじきたないもので、わたしの小学生らしい胃袋のほうが勝ちを制し、わたしは出かけていった。

最初にオリンズコートに着いた時には、ありがたいことに、オリン卿は西イギリスの感化院や刑務所への訓話旅行にまわっていて、留守だった。毎朝マーティンの朝食皿に青い封筒が載るのを除けば、わたしたちにとってはこの父親はこの世にいないのも同然だった。

スレイター夫人は女主人としては模範的な控えめなひとだった――かかとの低い靴に、わたしの頭には「ギャバジン」という言葉が浮かんでくる嗅《か》ぎたばこ色の服を着て、なんということもなくぞろぞろとまわりを歩きまわっているだけの、おとなしい人物だった。「育ちざかりの子供たちなんだから」というわけで、実質的な食べ物を出すように命じ、敬神の言葉の芳香を添えて少々その食べ物をじめつかせはしたが、あとは自分の瞑想室《めいそう》か何かにひっこんでしまって、感心にわたしたちのじゃまをしないようにしていてくれた。

こちらの気ままにまかせられると、マーティンはきれいに道具がそろえてある自分の工作室に閉じこもって、長い一日を熱狂的な活動にすごし、学校で阻止されていた発明への衝動を存分に解放した。わたしにも、おやじが帰ってきたら、どうせまたじゃまされるにきまっているんだからという意味のことを言って、弁解した。わたしのほうは、都会育ちなので、オリンズコートの広々とした庭や農園を、ロッディという名前の愛敬《あいきよう》のないスコッチ・テリアにとぼとぼとついてこられながら、ひとりで歩きまわるのを何よりの楽しみにした。

いやに雑然とした建て方の古い家のほうも庭に劣らずわたしの好奇心をそそった。ことにここへ来て二日目に、なぞの部屋を、地階にある大きな錠《じよう》がかけてある部屋を、見つけてからはなおさらだったが、これはあとでオリン卿の書斎だとわかった。マーティンも、ふだんはあまり使われていなかったこの部屋が閉め切ってあるのに、わたしに劣らず好奇心をそそられた。召使たちに聞いてみても、どういう性質のものかは知らないが、改造が行なわれたということと、オリン卿が帰ってこられるまでは閉めておくように命じられているということが、わかっただけだった。

オリン卿だけがなぞを解くことができるというこのロマンチックな神秘は、あのひとの帰還を待ち望む気持ちをわたしたちに起こさせたほどだった。ところがそのオリン卿が、それから数晩後に、思いがけなく到着して、わたしたちが夕食を食べていたふたりの部屋へ、まるまるとした愛情をにじみ出させながら、姿を現わした。マーティンには夕飯はいちばん楽しみな食事で、彼はできるだけそれを長びかせるのが好きだった。ところが、その晩のわたしたちはおいしいマヨネーズをつけた鮭《さけ》も食べ終わらずじまいになった。オリン卿が、自分の愛する若者との霊的な交流を開始するのに熱心なあまりに、早々に皿を片づけさせて、いわゆる「黙想の時間」なる課業にわたしたちをすわり込ませたからだった。これはその後オリンズコートでのわたしたちの毎日の試練のうちでももっとも屈辱的なものになった。

これはまずオリン卿が、自分で書いて自費出版した「成長期の若者との五分間のおしゃべり」と題する著書を、朗読して聞かせることから始まった。この一方的なおしゃべりなるものが終わると、オリン卿は椅子に背をもたせかけ、そのだぶだぶしたおなかの上に両手を組んで、親しそうな微笑を浮かべながら、わたしたちに、それぞれの当面している問題や、最近犯した罪や誘惑のことを語るがいいと言った。わたしたちは、何か適当な罪なり誘惑なりを思いつこうとして、しばらくは体をもじもじさせていた。すると、オリン卿は即席の長いお祈りを始めてわたしたちの窮境を救ってくれ、そのお祈りも、階下で晩餐《ばんさん》のゴングが鳴り響いたおかげで、中止になった。そこでオリン卿は、わたしたちの頭に祝福の手を載せ、どちらにも――わたしには額に、マーティンにはぴたりと口に――接吻《せっぷん》して、わたしたちを寝床に解放してくれた。

寝室にはいったとたんに、わたしがオリンズコートへ来て以来初めて、マーティンは、今までに学校で見せた獰猛《どうもう》さをはるかに凌駕《りょうが》する猛烈さで、いきなりわたしにおどりかかってきた。

わたしはのど笛を指で押えられて、たちまちのうちに無力にされてしまい、降参するしかなかった。

「学校のやつらに、おやじがおれたちにおやすみのキスをしたなどと告げ口しないと誓え」と彼はだみ声で要求した。

「誓うよ、誓うよ」とわたしは口ごもりながら言った。

「おやじが毎晩おれたちにごったまぜ説教を聞かせるなんてこともだぞ」

わたしは厳粛《げんしゅく》な誓いをたてて、やっとのことで手を離してもらった。

その翌朝には、オリン卿が帰ってくるとともに黄金時代は終わったことが、すぐ明らかになった。彼が帰ってくるとともに、スレイター夫人も、今度は自分の伝道旅行か何かに出かけてしまった。どうやらこれは母親のほうも、わたしたちに劣らず、父親が家にいるのをありがたく思っていない証拠のようだった。食前の祈禱《きとう》も、スレイター夫人の短いが熱のこもったお祈りの代わりに、オリン卿が、わたしたちだけでなく召使たちも全部集めて、十分間にわたるお祈りをささげた――しかもそれが、横のテーブルの上で、シュウシュウとうまそうな音を立てている、かき卵のレモン色の輝きや、ソーセージや燻製《くんせい》にしんのつやつやしたマホガニイ色が、目にちらつき、それぞれのにおいをただよわせている時にである。

それにしても、准男爵は錠をおろしてあった書斎のなぞは解いてくれた。しかも、それがすこぶる芝居がかった解き方だった。家へ帰ってきた最初の日の朝御飯のすぐあとで、彼はわたしたちをその細長いずらりと書物のならべてある部屋へ呼び入れて、くつくつ笑いながら、こう宣言した。「マーティン、おまえをびっくりさせてやることがあるんだぞ。さあ、ふたりともその中央の書棚を見ていろよ」

わたしたちが息をつめて見まもっていると、オリン卿が、目にはそれともわからないスイッチに手を触れたと思うと、その書棚がゆらりとこちら側へ開き、その奥に、鈍い金属色をしたどっしりとしたドアがあるのが目に映った。そのどっしりとしたドアの中央には真鍮《しんちゅう》の文字合わせ盤《ダイアル》がキラキラ光っていた。

「ああ、秘密金庫ですね、お父さん！」マーティンの顔は情熱に輝いた。

オリン卿は、またくつくつ笑いながら、ずっしりとした金の狩猟用懐中時計を取り出した。ついで、まるで合わせ文字の数字でも調べるかのように、時計の裏ぶたをあけてみたと思うと、ドアの真鍮のノブを左右にまわしはじめた。ついに重いドアが油のひいてある車輪に乗って、向こう側へ開いたと思うと、ただの金庫ではなくて、近代的な銀行の貴重品保管室を思わせるような、小さなデスクや、大小さまざまの無数の引き出しをそなえた、穴倉のような部屋が姿を現わした。中へはいってみろと言ってくれたので、わたしたちは興奮にふるえながらその言葉に従った。オリン卿は驚異的な装置の幾つかをわたしたちに見せてくれて、ロンドンの取り引き銀行から動産を引き出してきたのも、愛するむすこの財政上の将来をドイツのツェッペリンによる空襲の破壊的脅威から守るためなのだと、説明してくれた。彼がノブをまわすと、金貨が燦然ときらめいている引き出しが開いた。彼は、スレイター家の流通可能なこの世の資産のいっさいが、抵当証文、保険証書、公社債、不換紙幣、などの札をつけてしまってある、ほかの神秘的な引き出しもあけて見せてくれた。それはまるでウィリアム・ルキューの冒険物語やH・G・ウェルズの空想小説を思わせた。

こうしたむすこの将来への思いやりの手のこんだ表明に当面させられた時、マーティンはわたしの予期していたとおりの質問をした。「お父さん、泥棒よけの警報器はつけてあるのですか」

「いや、まだなんだよ」オリン卿はかわいくてたまらないように、ふとった指でむすこの髪をなでた。「どうだい、暇な時におまえが作ってみては」

ところが、暇な時なんてものは、オリン卿がそばにいるかぎりは、すこぶる手に入りにくい貴重品だということを、わたしはすぐに悟らせられることになった。この准男爵は、熱狂的なイギリスの田舎《いなか》紳士だっただけに、自分と同じ情熱を跡継ぎのひとりむすこにも吹き込む決心をしていた。マーティンは、毎朝朝食が終わると、自分の工作室に心をひかれながらも、父親のあとにくっついて所有地内をひとまわりさせられた。納屋《なや》や厩舎《きゅうしゃ》を通り抜け、牧場や畑を歩きまわりながら、十一代目の准男爵オリン卿が、十二代目の准男爵、将来のマーティン・スレイター卿のために、いかにいっさいを申し分なく処理しつつあるかについての、いつはてるともしれない独白を傾聴させられるわけだった。わたしはと言うと、たいていオリン卿の唯一の崇拝者である例のロッディといっしょに、ふたりのあとにくっついて行き、雌牛たちのなめらかな横腹に見とれては、こいつのミルクがいずれは来学期のご馳走のかごの中身を富ませてくれることだろうと思ったりした。豚を見れば、その体のかっこうそのものに将来のソーセージを思い浮かばせられ、鶏を見れば、そのふとりかたから、料理した足の下部や、第二関節部や、身のしまった白い胸肉が、夢見るように頭に浮かんできた。

オリン卿は、毎日きっかり一時五分前に、この山野の跋渉《ばっしょう》からわたしたちを家へ連れて帰った。その時にはもう昼御飯までに手を洗う暇が辛うじてあるきりだった。この准男爵は精神上の問題だけでなく、遊びにもマーティンの仲間入りをするのに熱心で、昼御飯からお茶の時間までのあいだには、わたしたちを乗馬に連れ出したり、わたしたちをクリケット・ネットの前に陣取らせてゆるく曲がる球を打ってみせ、こちらはふたりとも大きらいな競技なのに、わたしたちのバッティング・フォームを直してくれようとむだな努力をしたりした。

四時半のお茶のあとでは、一日にその時だけの、わたしたちのほんとうの休み時間がやってきた。というのは、五時には、オリン卿の金側の狩猟用時計に劣らないほどの正確さで、所有地の管理人がブリッジウォーターから到着し、ふたりは七時まで書斎に閉じこもることになっていたからだった。七時に晩餐のための着替えの時間を告げるゴングが鳴るとともに、オリン卿は文書や台帳を貴重品保管室にしまい、管理人は辞去した。

言うまでもないことだろうが、わたしたちは毎日この管理人の名前を祝福したものだった。もっともそれが、祝福するにはおよそ不似合いな、ラムズバザムなんて名前ではあったのだが。それからまた、これも言うまでもないことだとは思うが、管理人の到着がわたしたちの抜け出す合図になり、わたしはいつものぶらぶら歩きに、マーティンは彼の工作室に、逃げ出して、夕飯までの時間をすごしたものだった。

夕飯そのものも、かつては一日のもっとも祝福された時間だったのだが、今はその光輝を失ってしまった。それというのも、オリン卿は、夫人と違って、いたって食べ物に無関心だったからである。彼は「黙想の時間」に熱心なあまりに、わたしたちがそれぞれの子供の肉体を養うのに、わずか十二分間の余裕しか与えてくれなかった。彼が赤紫色のディナー・ジャケットを着て姿を現わすと、それを合図にすぐさまわたしたちの皿は片づけられてしまい、おかげでわたしは幾片《きれ》ものおいしい食べ物が奪い去られてゆくのを見ていなければならない始末だった。マーティンもわたしに劣らずうまいもの好きだったが、わたしよりも真の意味での美食家だったので、がつがつ食べるなんて芸当ができなかった。そのため、しばしば彼は、からっぽに近い胃袋のままで「黙想の時間」や父親のおやすみの接吻に耐えぬかねばならなかった。

それから数日後には、オリン卿はまた一つマーティンには拷問の苦しみになることを始めた。彼は、自分のむすこも、将来いつかは自分のものになるはずの資産の実際面のことを、多少は知っておいてもいい年ごろになったと判断したのだった。そこでマーティンは、週に三度、五時から七時まで、父親やラムズバザムといっしょに書斎に同席することを要求された。おかげで、彼が自分の大好きな工作室で道具をいじくりまわせるのは、火曜日と木曜日と土曜日の二時間だけになった。それだけでなく、少なくとも週に三度は、夕飯を楽しむ時間がなおいっそう切り詰められることにもなった。

わたしが、マーティンの様子が変わってきたことに気がつきだしたのは、このころだったと思う。彼は前よりもいっそう口数が少なくなり、顔色も青白くなり、目の下にくまができた。

これは、一つには、真夜中にこっそり工作室にしのびこんで、今までに失った時間を取り返そうとしたせいもあるのではないかと、わたしは疑っている。疑っていると言うのは、彼は一度もわたしに打ち明け話をしてくれたことがなかったからである。しかし、わたしが偶然夜半過ぎに目をさました時に、彼のベッドがからになっていて、開いた窓から工作室の中のちらちらする明かりが見えたことが、二度あったのだ。

わたしの推測では、決定的な段階は、実際には、わたしがオリンズコートに来て三週目の、土曜日の夜に始まったのではないかと思う。着替えの時間を告げるゴングが鳴り終わったばかりの時に、偶然わたしが書斎のそばを通りかかると、ベルのチリンチリンと鳴る音が耳にはいった。わたしはびっくりした。というのは、電話のベルが鳴ることはめったになかったし、たいてい何か重要な要件の時だけしか電話はかかってこなかったからである。マーティンは、階段の中途でわたしといっしょになると、わたしが口には出さないでいた希望を言ってのけた。

「おい、どうやらだれかがお父さんを呼び出しているらしいじゃないか?」

そのあとで、わたしが急いで手を洗っていた時に、自動車の始動の音が聞こえ、窓のそばにいたマーティンが興奮した声を上げた。

「あれはラムズバザムのやつの自動車だし、お父さんもいっしょに乗り込んでいるのが見えるような気がするぞ。待っていろ、書斎に見に行ってくるから」

彼は数分後には吉報をもたらして引き返してきた。書斎にお父さんの姿が見えないところをみると、おそらくラムズバザムといっしょに出かけたに違いないし、それだと、夕飯を楽しくのんびりと食えることになる、というわけだった。それに、その晩はおいしい夕飯でもあった──新鮮な川ますに続いて、クリームをかけた木いちご──しかも運んできた人間はだれあろう召使頭のプリングルだった。

「失礼ですが、マーティンさま」と彼は弁解するように咳ばらいをひとつして言った。「オリン卿は晩餐に降りていらっしゃるかどうか、ご存じじゃありませんか？」

「ラムズバザムさんといっしょに、ブリッジウォーターへ行かれたのだと思うよ」とマーティンはグリーンピースをほおばったままで答えた。「いつか土曜日に少年感化院で話をしてくれと頼まれていたことは、ぼくも知っているんだ。それに、どこからか電話がかかってきていたようだからね」

「そうですか、わたしには何もおっしゃいませんでしたものですから」プリングルは、いかにももってのほかの行動だと言いたげな様子で、ひき下がり、わたしたちは、今夜はもう「黙想の時間」もおやすみの接吻もないのだといううれしさを、しみじみ味わった。

その翌朝も、オリン卿はまだ帰ってきていなかったので、家族の者たちを集めてのお祈りもなかった。たぶんオリン卿は感化院の少年たちを改心させるのに疲れきり、ブリッジウォーターのラムズバザム氏の家へとまることになったのだろうということになった。それに、その日は日曜だったから、主人の帰ってこないことにべつに疑問も起きなかった。

マーティンは朝御飯を終わるとすぐに、目を輝かせて工作室へ飛んで行き、わたしは散歩に出ることにきめた。その時だったのである、当時は些細《ささい》なことのように思えたが、あとになって考えてみると、非常に大きな意味を帯びていたと思えるちょっとした事件の一つが起きたのは。

わたしは口笛を吹いてロッディを呼んだ。ところが、いつもはあんなにうれしがってわたしと散歩をともにしていたのに、口笛に応えてバタバタと走ってくる足音がしなかった。わたしはまた口笛を吹いた。ついで、名前を呼びながら、こちらから捜しに出かけた。

「ヘイ、ロッディ……ねずみだぞ……！」

書斎からクンクンという鳴き声が聞こえてきて、やっと疑問がとけた。どうやらロッディは自分でねずみを見つけていたらしいのだ。というのは、歌でも歌っているような奇妙な声をたてて、しきりに中央の書棚をひっかいていたからだった。

わたしは彼を外へ連れ出したが、しばらくしてふりかえってみると、ロッディは姿を消していた。こんなことは、それだけでも、全然前例のないことだった。

もう一つ、ちょっと見たところ問題にもならないような事件が、その朝おそく、わたしが散歩から帰ってきた時に起きた。その日は暑かったので、わたしは出かける前に制服のブレザーコートを脱いで、玄関のそばのホールの帽子掛けにかけておいた。帰ってきた時にも、上着はそこにあるにはあったが、逆さにかかっていた。わたしがそれを帽子掛けからはずしたとたんに、ポケットから何通もの手紙が落ちた。手紙はオリン卿からむすこにあてたものだったので、わたしはすぐに、マーティンが上着を間違えて着て、わたしよりさきに昼御飯にはいっていたのだなと悟った。わたしは手紙をひろい上げて——自分では全部拾ったつもりだ——ポケットに押し込んだが、すぐにそうしたことは何もかも忘れてしまった。あとで上着を交換したかどうかさえもはっきりとはおぼえていない始末である。

次の朝、マーティンは珍しいことをした。わたしよりさきに起きて、わたしが降りてきた時にはもう朝食のテーブルについていた。彼の前には一通のまだ封を切らない手紙が置いてあったが、封筒の筆跡から父親からだということがわたしにはすぐわかった。

プリングルがコーヒーを運んできて、いつもの弁解するような咳ばらいとともにこう言った。「マーティンさま、ホールに投げ込んであった郵便物を拾い上げました時に、あなた様あてのオリン卿からのお手紙が一通混じっているのに気がつきました。お帰りの日のことでも書いてあるのではないかと思っていますのですが」

「ちょっと待ってくれ、プリングル」マーティンはキチュリイ(魚肉、卵、米などを調理したインド料理)を自分の皿に盛った。「読んだら、話してやるよ」

プリングルが威厳のある姿でひき下がると、マーティンは封筒をビリリとひき裂いて、見慣れたひねくれた文字で書き流してある便箋《びんせん》を二枚ひき出した。彼は最初の一枚にすばやく目を走らせていたと思うと、こうつぶやいた。「相変わらずのごったまぜ説教だけだよ」

「いつ帰ってくるか書いてないかい?」とわたしは聞いてみた。

「待ってくれ。おしまいの所に何か書いてあるようだ」外の廊下からプリングルの足音が聞こえてくると、彼はわたしに最初の一枚と封筒を渡し、せかせかした声でこう言った。「おい、こいつをその火の中にくべてくれ。プリングルにこんないやらしい文章を見られるのは死ぬよりいやだから」

わたしはそのいやらしい文章なるものを、封筒といっしょに、急いで火の中へつっ込んだ。マーティンが、プリングルに聞かせるために、わざと軽い口調でこう言うのが聞こえた。「きみ、ちょっとこれを読んでみてくれよ。お父さんの字を判読するのはきみのほうがうまいからなあ」

彼はわたしに二枚目の便箋を渡し、わたしはそれを読み上げた。

そういうわけで、わしも三、四日後にはおまえのところへ帰れると思う。それまでのあいだは、どうか神様のお導きによって……

手紙にはオリン卿の今の居所については全然ふれてなかった。

わたしたちがその手紙の内容のあらましを話して聞かせると、プリングルも満足したようだったが、主人が直接自分に今度の不在のことを告げてくれなかったことが、多少お気にめさないようだった。プリングルよりもなおいっそう憤慨もし、はるかになっとくのゆかなそうな顔つきをしたのは、その午後いつもの時間に到着したラムズバザムだった。いいえ、ブリッジウォーターへもどこへも、オリン卿をお乗せして行ってはおりません。感化院での講演は次の土曜日とはっきりきまっていたのです、といったような話だった。もちろん彼もマーティンが当然提出した手紙の証拠を認めはしたが、それにしても不可解きわまる……まったく奇妙だ、というわけだった。おまけに、オリン卿を停車場まで自動車で送って行った者もひとりもいないことがわかったので、いっそうわけのわからない奇妙なことになった。

オリン卿の不在が続いていることに、実際に懸念が感じられだしたのはいつごろからだったかは、わたしも正確には知らないが、とにかく、ある段階に達した時に、ラムズバザム氏が、スレイター夫人に、帰宅してくれるようにという電話をかけたに違いないのだ。ところが、夫人がまだ帰ってみえないうちに、もうわたしの頭からは行方不明の准男爵のことは消え去ってしまって、わたしは、ただもうあの人のいない生活の享楽に夢中になった。

先に述べたような事情から考えると、わたしが全然オリン卿の身の安全に不安を感じなかったなどということは、おとなの頭には奇妙に思えるかもしれない。わたしとしては、ただ、子供の頭は論理的にはできていないということと、当時のわたしには、准男爵の失踪に先立つ出来事が、全然不吉な影をおびていたようには思えなかったからだと、答えるしかない。今になって当時をふりかえり、一つ一つの出来事を正しい順序につなぎ合わせてみた時、初めてわたしにも、当時形造られかかっていた不可避的な恐ろしい事件の構造が、見てとれるだけなのである。

次にわたしの耳にはいった知らせは、わたしの心をときめかせるようなものだった。召使たちの給料の支払いや月末の支払いの必要から、ほかの資産とともにスレイター家の手持ちの現金全部がしまいこんである例の金庫室を、ぜひともあけるしかないことになったのだった。とところが、あの組み合わせ文字を知っているのは、オリン卿だけだったので、ついに、あれを作った職人をロンドンから連れてきて、複雑な錠前を爆破させることにきまった。

わたしたちは、実際にダイナマイトに点火される時には離れているように警告されたが、その作業の現場から離れているなどということは、とうていわたしにできることではなかった。わたしは奇妙にしりごみするマーティンを口説いて、作業員たちがヒューズをつけにはいってきた時には、ふたりともほこりよけのシーツがかぶせてある書斎の長椅子のうしろに隠れていた。

その長椅子のうしろで待ちうけていた時の緊張した瞬間は、今でもわたしの頭によみがえってくる。今でもそのずっしりとした掩護物《えんご》のカビ臭いにおいがただよってくるような気がするし、待っている時間がたつにつれて速まってゆくマーティンの息づかいも、聞こえるような気がする。彼の青ざめ硬《こわ》ばった顔が目の前に浮かぶようだし、危険な仕事にたずさわっている男たちのかわすささやき声も、耳に聞こえるような気がする。

やがて、わたしの予期していたよりも早く、爆発が起きた。それはすさまじい音を立てて書斎をゆるがし、オリンズコート屋敷の土台までもゆるがせたかのように思えた。マーティンとわたしは、飛び上がった瞬間に、痛いほど頭をはち合わせたが、わたしはその痛みさえも気がつかなかった。わたしは金庫室のドアから流れている黒い煙を見まもっていた。煙を通して、「これでかたがついたはずだ。さあ、手を貸してくれ」という声が聞こえた。

マーティンとわたしが見まもっていると、みんなは力を合わせて金庫室の重いドアを押しあけにかかった。プリングルがやきもきしながらその背後をうろついていた。わたしには晴れかかった煙の間からその姿が見てとれた。わたしはまたマーティンの重苦しい息づかいや、じりじりと開いて行く金庫室のドアをじっと見つめている、彼のなんとも気持ちの読みとれない灰色の目も、意識していた。

やがて、だれかののどのつまったような叫び声が聞こえ、続いて、どうやってはいってきていたのかわからないが、ロッディのほえ声がした。ついで、そのほえ声をかき消すほどのプリングルの叫び声が鳴り響いた。「たいへんだ、オリン卿が！」

その時にはわたしもそれを見た――金庫室の内側の小さなデスクにぐったりと倒れかかっている、ふとった男のからだを見た。わたしは、その男の手にしている拳銃の鈍い金属の輝きや、右のこめかみの上の紫色がかった血痕を、目にした。みんながその死体を抱き起こそうとして、ためらいがちに近寄るのが目に映った――と思うと、またプリングルの声が警告するように鳴り響いた。「警察に見せるまで動かしてはいかん。もう亡くなっておられる。自殺だ」

一瞬間、わたしは、死というものを初めてみる子供の子供らしい魅惑にひかれて、そのぐったりとなった死体を見つめた。漠然《ばくぜん》としたにおいが鼻に入りこんできた。たぶんそれは火薬のにおいだったのだろうが、わたしの子供っぽい頭にはそれが死のにおいのように思えた。わたしは、不意に目も見えなくなるほどの恐怖を味わった。わたしはマーティンを押しのけ、階段を駆け上がって、三階の便所に飛び込んだ。胸がむかむかしてたまらなくなったからだった。

どのくらいのあいだその便所に閉じこもっていたのかは、自分でも知らない。そのあいだ何を考えていたのかも思い出せないが、ただおぼえているのは、無性に家へ帰りたかったことだけだ――やむをえなければ歩いてでもいい、ツェッペリンの空襲下のロンドンへ帰りたい――さっき金庫室で見た物の恐ろしさから逃げ出したい――と思ったことだ。

どうやらわたしは何時間も便所の中にいたに違いないのだ。

だれかがわたしの名前を呼んでいた。わたしは便所から姿を現わし、少々きまりのわるい思いで、下の踊り場にいたプリングルの顔を見た。彼はこう言った。

「パットさま、奥さまが化粧室でお呼びですよ。あなたさまも、マーティンさまも」

行ってみると、マーティンが母親の部屋の戸口でうろうろしていた。彼もむかついたらしい顔つきをしていた。スレイター夫人は自分の部屋の窓のそばにすわっていた。いつもの嗅ぎたばこ色のギャバジンの服が黒の喪服に変わっていたが、彼女の顔には全然悲嘆の色も涙のあとも見えなかった。こういう危機に際した時ですらも、人間的になることは、彼女の能力をこえていたらしいのである。彼女は、敬神的な言いまわしの靄《もや》をはりめぐらしながら、わたしのすでに知っていることをわたしたちに語って聞かせた――つまり、オリン卿が自分で自分の生命を絶たれたということを。

「あののどの恐ろしい病気が――わたしたちは知らなかったけれど、お父さんはそのためにずいぶん苦しんでおられたらしいのです――わたしあてのお手紙に何もかも書いておいでです……わたしたちはあの方を批判してはいけません……」

やがて、彼女は分厚い封書をマーティンに差し出していた。「お父さんはおまえにも遺書を残しておられたのですよ」

マーティンはその封筒を受け取り、彼の指が、学校でしじゅうやっていたように、中に紙幣がひそませてあるかどうかを知ろうとして、本能的に封筒をまさぐっているのにわたしは気がついた。

「それから、お父さんはおまえに何か包んだ物も残しておられるのだよ」スレイター夫人は丁寧に包んである四角な物をマーティンに渡し、こんなふうに言葉を続けた。「上に書いてある言葉はお手紙の上書《うわがき》と同じです。どちらもおまえだけにあてたものなのだからね、あけてみて、おまえが適当と思ったとおりにすればいいんだよ」

そう言い終わると、スレイター夫人はわたしたちを階下の広い居間へ連れて行った。部屋の入り口には村の駐在巡査が立っていた。軍人風な身ごなしの男が召使頭のプリングルやラムズバザム氏と話をしていた。はっきりしないうなだれた人物がひとりそのそばをうろついていた――このあたりの医者だった。

軍人風な男は、剛《こわ》い口ひげの下から、マーティンやわたしにオリン卿の姿が見えなくなった当日のことを何かと尋ねた。その時にはもうびっくりするほどしっかりした態度になっていたマーティンは、わたしたちの知っている簡単な事実を語った。ふたりとも書斎で電話のベルが鳴るのを聞いたような気がしたということ。マーティンは、オリン卿がラムズバザム氏といっしょに自動車に乗って行くのをちらと見たような気がしたので、お父さんは感化院へ講演をしに行かれるのだなと思ったということ。月曜日の朝、オリン卿からの手紙がマーティンの皿の上に載っていて、それには数日間帰らないと書いてあったということ。

だれもがそのために間違った安心感に誘いこまれたその手紙のことが、次に問題にとり上げられた。口ひげの男は、それはもっと前にオリン卿がむすこさんあてに出されたもので、それが、何かの偶然で、玄関の敷物の上に投げ出されていたその朝の郵便物の中に、まぎれこんでいたに違いない、と指摘した。その時になって、わたしは、オリン卿の姿が見えなくなった翌日、昼御飯に急いでいて、ホールにかけてあったブレザーコートをひったくるようにしてはずしたことを思い出した。そのブレザーコートのポケットから、マーティンあてのオリン卿からの未開封の手紙が幾通か落ちたことも、思い出した。わたしは、子供だけの感じる罪の確信から、今度の悲劇のすべては自分の責任のような気がした。そこで勇気を出して、というよりも、どうしていいかわからなくなって、口ごもりながら良心にとがめられていたその秘密を白状した。

マーティンは、じっとわたしの顔を見まもっていたが、わたしの述べたことを裏づけてくれてきまり悪そうに顔をあからめながら、父親からの手紙は受け取るとすぐには封を切らない場合もあったことを認めた。軍人風な男はちょっとまゆをひそめたが、これではっきりした、「マーティンの友だち」なる者が、マーティンのブレザーコートにはいっていたオリン卿からの未開封のままの古い手紙を、幾通か落とした、彼はその一通を拾い忘れた、翌朝、召使頭がそれを玄関の敷物の上で見つけて、いつもの朝の郵便物の一つだと思いこんだ、……まったくの不運な偶然の出来事だった、ということになった。

ついで、軍人風な男はスレイター夫人のほうを向いた。「奥さん、ここに一つ問題があるのですがね。オリン卿は土曜日の晩に金庫室にはいって行かれ、それ以後あの方の姿を見た者はありません。出て来られなかったのだと推定できるわけです。また事実、その気になられたにしても、あの重いドアを中からあけることは不可能だったに違いありません」

マーティンは、今は目をキラキラさせて、剛い口ひげの男を見まもっていた。

「ところがですね、奥さん、ここにおられるウェッブ先生の話だと、ご主人のご遺骸《いがい》は、死後二十四時間はたっていないということなのです。きょうは木曜日です。してみると、オリン卿はきのうの何時ごろかにご自分でこめかみを撃ち抜かれたことになります。別の言葉で言いますと、その前の三日間は金庫室の中で生きておられたに違いない、ということになるのです」

彼は咳ばらいをした。「この奥さんにあてられている遺書からは、ご主人がご自分で生命を絶たれたことには全然疑問の余地がありませんが、なぜそんなに長くぐずついておられたりしたのか――なぜそんなに長い期間を不愉快な金庫室の中などで過ごされたりしたのか、という点について、何か奥さんの思いつかれる理由でもありましたら――できることなら――その――お聞かせ願いたいのですがね。どういうわけで、酸素がほとんどつきたに違いないころまで、待っておられたりしたのか、どういうわけで……」

「主人は手紙を書かなきゃならなかったのですわ。最後の贈り物のこともありましたし」スレイター夫人は目をしばたたいた。彼女は夫の死といういやな出来事をできるかぎり小さな問題にしてしまおうと、心をかためているかのようだった。「最後の整理を正しくしておこうとも思ったことでしょう」彼女の声は小さくなり、ささやくような声になった。「そういうことには時間がかかるものですわ」

「時間がねえ。そりゃそうです」軍人風な男はほとんど目にはつかないほど肩をすくめた。「ですが、三日間の大部分もはかかりませんですよ、奥さん」

「たぶん、主人はその最後の三日間を——お祈りに費やしたのだと思います」とスレイター夫人は答えたが、彼女はその言葉で問題のすべてをより高い平面へ押し上げてしまったような形になった。

また事実、そう言われると、返答のしようもなかった。

わたしたちはそのほとんどすぐあとで解放された。マーティンは、母親の化粧室へはいっていって、オリン卿が彼あてに残していた手紙と包みを、ていねいに手に取った。彼はわたしより先にたって戸口へ向かった。

試練の終わった今では、わたしはだれか人間の仲間がほしい気持ちを味わっていたが、マーティンのほうはだれからも逃げ出したがっている様子だった。わたしは遠慮していくらか距離をおき、彼のあとから、午後の太陽の輝いている庭へ出ていった。彼はまっすぐに自分の工作室のほうへ行って、後ろ手にドアを閉めてしまったので、わたしは悲しそうにガラスに顔を押し当てているしかなかった。

彼はわたしに気がついていたとは思わないが、わたしはべつにマーティンの様子を探る意図は持っていなかった。ただ、死の孤独にまだつきまとわれていたので、あいだはへだたっていてもいい、マーティンとつながりを持つことで慰めを得ようとしていたのである。わたしが見まもっていると、マーティンは仕事用の腰掛けに手紙を置いた。ついで、無造作に包みをあけかかった。

見ていて驚いたことには、中から出てきたのはただの目ざまし時計だった。この工作室の棚の上にも現に一ダースやそこらは転がっているのと変わりのない、ふつうの目ざまし時計で、針金で作った何かの仕掛けのような物がついている点だけが違っていた。父親の最後の贈り物が目ざまし時計のような貧弱なありふれた物だったのが、奇妙に思えたことを、わたしは今でも漠然とおぼえている。

マーティンはその時計をろくに見もしなかった。ほかのといっしょに棚の上に載せただけだった。ついで彼は、何でもそろっているこの工作室に備えてあったブンゼン灯の一つに、火をつけた。それから、今までに幾通も受け取りながら、読みもしなかった父親の手紙の最後の一通である、彼あての遺書をとり上げた。彼は封筒さえちらとも見なかった。すぐにそれを、ブンゼン灯の炎の中につっ込み、指がこげそうになるまでかざしていた。

ついで、十二代目の准男爵、マーティン・スレイター卿は、ていねいに灰をかき集めてくずかごにほうり込んだ。

わたしは葬式の日までオリンズコートにとどまっていた。式そのものについてはすこぶるぼんやりした子供っぽい記憶が残っているだけである。ところが、葬式の時のミート・パイの記憶だけは割合に鮮明に頭に残っているから不思議なものだ。恥ずかしながら、わたしはそれをむさぼり食った。たしかマーティンもそうだったように思う。

その翌日、わたしの家の者たちは、スレイター家の人たちの悲しみのじゃまにならないように、わたしを帰宅させることにきめた。わたしは、しぶしぶ出発したが、旅行かばんの底にだいじにしまっておいた葬式の残りのくるみ菓子のことを思うと、多少は心が慰められた。

その後わたしはマーティン・スレイターと二度と会わなかった。なぜか彼は、わたしたちがともに寒さに震え、レスリングをやった、あの学校からは退学して、まっすぐハロウ校へ行ったからだった。しばらくはわたしもオリンズコートから届けてきていたご馳走のかごがなつかしかったが、まもなく戦争も終わり、わたしの一家はアメリカへ移住した。わたしは昔の遊び友だちのことはすっかり忘れてしまった。

近ごろになって昔なつかしい気分にとらわれだしたわたしは、もう一度自分の子供時代のことや、マーティン・スレイターのことを、思い浮かべてみるようになった。あの断片、この断片と、記憶を掘り起こしているうちに、徐々に、長く忘却のかなたに追いやっていたオリンズコート訪問当時の情景も、復元できることがわかってきた。

もちろん、あの頃のいろんな事実は今までもずっとわたしの頭の中に存在し続けてはいたわけだ。ただそれらの事実についての解釈が欠けていただけだった。今は、前よりも成人した客観的な目を持つことができるおかげで、わたしにも、かつての子供っぽい目にはただの脈絡のない一連の出来事のように思えたものも、全体として見てとれるような気がする。

ことによると、わたしは昔の学校友だちにとんでもないぬれぎぬを着せようとしていることになるかもしれない。ことによると、冷徹さを気取って、実際には不運な偶然事と奇怪な偶然の一致の複合物にすぎない事件に、むりに一つの型を押しつけようとしているのかもしれない。だが、わたしにはそんなことはないというふうに思える。というのも、わたしには、どちらも子供であったころよりもずっと明白に、マーティン・スレイターの性格が理解できるからである。わたしの目には、彼が、思春期の崖縁《がけつぷち》に立ってふらふらとよろめいていた少年、自分の私生活へのいかなる肉体的な侵入にも、精神的な侵入にも、激しく反抗した少年、として映る。自分の個人としての独立を維持するためには、戦わねばならないことが悟れる程度には成人していても、人生というレスリングではある種のホールドは――たとえば死に至らせるロックなどは――禁じられていることが、頭にしみこむ程度にはまだ成人していなかった少年として。

わたしの目には、彼が、そのために生徒たちの笑いものにされたほど、絶え間なく信仰心を押しつけてきた父親の、誠実ではあるが胸をむかつかせられるような愛情に、窒息させられそうになっていた少年として映る。その父親はまた、「黙想の時間」や、お説教や、口へのおやすみの接吻をもって、マーティンの家庭生活を、私生活の神聖なる城砦《じようさい》に向かっての休む暇のない攻撃戦に、変えた人でもあった。おそらくマーティンの父親への憎悪は、深く根ざしたものであり、彼が青年期に向かって成長してゆくにつれて増大していったものと、わたしは信じる。その憎悪も、この宣戦布告なしの戦闘が外部の者に悟られないままに続いていたあいだは、抑制されていたのであろう。ところで、わたしがオリンズコートへやってきたことによって事情が一変した。というのは、わたしは外部の世界を代表していたわけだし、そのわたしの目の前でオリン卿はむすこから世間的な見せかけのいっさいをはぎ取ってしまったからである。あの口への接吻は、マーティンには、ユダの接吻とも感じられたに違いない。オリン卿は永久に彼を裏切ったわけなのだから。

それに、その裏切りに対する刑罰には別の形も——死刑以外の形もあることを知るには、マーティン・スレイターは若すぎた。

あの犯罪の詳細は事実そのものが充分明白に物語っているように思う。マーティンは、毎夜のようにわたしたちの寝室から抜け出していたころの一夜、わけなしに父親の眠っている部屋へしのび込んで、例の金側の狩猟用時計の裏を見て、金庫の組み合わせ文字を研究することができたに違いないのだ。犯罪を犯す前の夜に、こっそり金庫室にはいりこんで、自分の工作室でのたくみな製品を装置しておくことも、わけなしにできたことだろう。おそらくそれは、目ざまし時計を材料にして作った仕掛けで、オリン卿が必ず金庫室にはいるとわかっている時間に合わせてあり、そのとたんに、彼の背後で重いドアが自動的にしまるようにしてあったか、それとも、彼の注意をそちらへ向けておいて、そのあいだにマーティンが、自分でドアをしめられるようにしてあったものと思われる。マーティンの発明の才能をもってすれば、その彼の最後のもっとも成功をおさめた「泥棒よけ警報器」を作るぐらいなことは、わけなかったはずであるし、わたし自身がそばで聞いていたように、現に父親とそういう警報器を据えつける話をしていたのだから、かりにその金庫室のオリン卿の死体のそばに警報器があるのが見つかったにしても、無邪気な弁解ができたはずなのである。

それからさきのことは、わたしを無意識な、それでいて綿密な計画に踊らされた幇助者にしていただけに、簡単だったに違いない——オリン卿がラムズバザム氏の自動車に同乗して出かけるのを、ちらと見たという作り話にしても、おそらくは蒸気で封をあけて内容をたしかめたうえで、朝の郵便物の中にまぎれ込ませておいて、プリングルの頭に主人の不在について安心感をいだかせ、手おくれになるまでオリン卿の捜索が行なわれないことを確実にした、あの古手紙を使ってのたくみなトリックにしても。

マーティンが自分の証跡を隠すためにわたしを利用したやり方にも、天才的な技巧があった。というのは、何も知らずにあの致命的な手紙の最初の一枚と封筒を焼き捨て、日付や消印からあの手紙がもっと前に出されたものであることがわかる、証拠を消滅させたのは、わたしだったのだから。そのわたしはまた、例のブレザーコートを乱暴にはずしたりしたがために、あの手紙を「不注意に」朝の郵便物の中に落ち込ませたという、責任を負わされたりした。

そうなのだ。十四歳にして、すでにマーティンは殺人者としての抜け目のない生まれつきの才能を示していた。おまけに、殺人犯としての彼は完璧《かんぺき》な成功をおさめたとみなさねばなるまい。疑惑をかけられたことさえ全然なかったのだから。

しかし、マーティン・スレイターの恐ろしい行為を、あまりにも痛切に悟らせられた人間がひとりはいた。そこにこの事件の真の意味の恐怖がひそんでいたように、わたしには思える。いつものとおりに書類をしまいこもうとして、せかせかと金庫室へはいっていったオリン卿、目ざまし時計のブルルと鳴るベルのような小さなリリンという音を耳にした時のオリン卿、くるりとふりかえってみたとたんに、金庫室の大きなドアが背後に閉まりかかっていて、自分がその防音装置をほどこした部屋に閉じ込められようとしていることを見てとり、ついで、どこかに、おそらくはドアの上方だったろうと思うが、置き時計といくらかの針金で作った工夫が仕掛けてあるのに気がついた時のオリン卿。そうしたオリン卿の姿を、わたしはできることなら頭から払いのけたい。

その後に続いたに違いない、彼にとっては悪夢のような日々――彼には自分のむすこの発明にかかる死刑装置だとわかったに違いない、あの目ざまし時計の仕掛けを見つめて過ごした日日。窒息させられそうなほど、しだいに酸素が減少してゆくあの部屋で、むすこが心をやわらげ自分を解放してくれはしないだろうかと、むなしい希望に希望を重ねながら過ごした日々。自分の愛する子供との「完全な」関係の頂点としてやってきた、この恐ろしい結末について、考えこまされながら過ごした日々。それらの日々のことも、できればわたしは頭から払いのけたい。

それらの恐怖の数十時間のあいだには、本来は人間の性質の善良さに根ざしていたオリン卿の福音主義的な信仰も、ゆらいだであろうか？　なぜとなくわたしには、そんなことはないという気がする。彼の英雄的な死に方が、そう考えていい手がかりを与えてくれているように思える。なぜなら、自分の生涯の処理の仕方はあきれるばかりまずかったにせよ、オリン卿は、死に対しては、勝ち誇った成功を収めていたからである。わたしには、飢えと渇《かわ》きに肉体を衰弱させられ、呼吸することも困難な状態におちいっていた、彼の姿が目に浮かぶ。その彼が、残しておいて発見されたならば、マーティンがこの犯罪に関係していたことの証拠になったかもしれない、あの目ざまし時計を、きちんと、ほとんど細心の注意をこめて、包みこんでいる姿が、目に浮かぶのだ。妻にあてての信心深い「自殺」の遺書とむすこにあてての、ついに読まれもしなかった、おそらくはいっさいを許すと書いてあったのであろう、もう一通の遺書を、書いている彼の姿が目に浮かぶ。彼が、あの金庫室の壁の真鍮の引き手のついていた引き出しの一つから、拳銃を取り出している姿も目に浮かぶ――そして、自分のむすこをその大それた犯罪の露見から守ってやるために、義侠《ぎきょう》的に自分の生命を絶とうとしている彼の姿も。

実際、オリン卿については、彼の死の際にとった行動が、彼の生涯のどんな行動にもまして、彼にふさわしいものであったと言ってよかろう。

十五人の殺人者たち

ベン・ヘクト
橋本福夫 訳

Miracle of the Fifteen Murderers

一九四三年

推理小説のトリックは、かならずしも人を殺さんがためのみにあらず……。人を殺しても法律上罰せられないという文明社会の特権者、その名を医師という。その十五人の殺人者の席上に現われた新人の告白は？　読後さわやかな印象を残す珍重すべき作品。

医学者たちの秘密会議には常に神秘のオーラがつきまとう。医学者たちが自分たちの会合に秘密主義の幕を張りめぐらすのは、俗人どもに自分たちの知識の程度を知られるのを防ぐ意図から出たのではないかと、疑いたくもなってくる。そんなことを知ろうものなら、研究材料にされているのではなくて治療してもらっているのだという妄想のもとに、薬品やメスや呪文《じゅもん》のわけのわからないたわごとに身をまかせている、われわれ大昔からのモルモットどもも、勇気を失うに違いないのだから。

現代の医学者たちの集まりのうちでももっとも神秘に包まれているのは、ニューヨーク市で開かれる、Xクラブと自称している有名な医学の大家たちばかりの団体の会合だった。この医師たちの小さな一団は、三カ月ごとに、イースト川を見おろすウォルトン・ホテルに駆けつけ、近ごろの新聞記者の目さえもとどかない、ドアというドアには鍵をかけた室内で、夜明けまでも続く、えたいのしれない謀議をこらした。

いったいその集まりでなにが論じられていたのかは、二十年間にわたって、だれひとり知りえた者はなかった。どこでも顔を出すアメリカ医学会の会長ですら知らなかったし、Xクラブのメンバーの同僚や妻や友人たちも、ひとりとして知っている者はなかった。医者たちのあいだでは秘密を守る才能が高度に発達しているので、彼らは何も隠すことがない時ですらも、しばしば集合地に向かう途中の爆撃機乗りにも劣らないほど、口がかたいのである。

それならば、どうしてわたしなどがその長く秘密を守られてきた会議の内容を知っているかというと、その答えは——戦争なのだ。戦争というやつは、それ自身の神秘だけでなく、ほとんどあらゆる神秘に終止符を打たずにはおかないものなのだが、この秘密会議にも結末をつけさせてしまったのである。世界は、その生活様式と魂との再検討にとりかかったので、小さな冒険には幕をおろさせたというわけだ。Xクラブを構成していた十五人の医学会の泰斗《たいと》のうち、九人は軍服を着て、戦闘地域にある病院の院長をしている。残りの人たちは老齢と病身のせいで故国にとどまらせられている——おかげで増大した仕事に忙殺されながら。科学の一部は、非戦闘員たちの不運にもしぶしぶながら関心を残してくれてはいるが、人間が屈辱的な死に方を続けている陳腐な戦場からも、まだ完全には目を離していない、というわけである。

＊

「あの会は解散してしまったことだし、われわれがふたたび会合を持つことがあろうとも思えないから、もうわれわれの秘密を守る理由はなくなったように思う！」とアレックス・ヒューム博士が、ある晩、晩餐の席上でわたしに言った。「きみは子供っぽいロマンチックな頭の持ち主だから、ぼくの話を聞いたら憤慨するかもしれないね。きっとすべてを何かの形の悪魔的な物語にでも移し変えて、Xクラブの持っていた深い人間的な科学的な意義などは消し飛ばしてしまうことだろう。それにしても、ぼくには小説技術の改善をはかろうなんて野心はないよ。ぼくがそんなことを企てたら、感傷を真理に置き換え、シンデレラをガリレオに置き換えるようなことになってしまうに違いないのだからね」

といったふうな話しぶりだったが、わたしはこの友人のこの世に知らないものはないといった調子の前口上は飛ばすことにしよう。諸君も、ヒューム博士の潜在意識の乱痴気騒ぎを扱った幾つかの著書は、お読みになったことがあろうと思う。もし読んでおられたら、このはげ頭の碩学《せきがく》のことは充分にご存じのはずだ。もしまだだったら、この人は天才であるという、わたしの言葉を信用していただきたい。わたしの知っているかぎりでは、どうやらこの世の中の不完全さや混乱の大部分が発生する源になっているらしい、太陽神経叢《そう》の沼地の中を歩きまわる術《すべ》にかけては、この人ほどたくみな人間はいないからである。それでもなおこの人の偉大な才能に疑問を起こしたりすると、この人は、超心理学者の戦闘のおたけびとも言える、嘲笑《ちょうしょう》や皮肉な笑い声を浴びせかけてくれる。彼の顔はまんまるで、その口は不信と矛盾とのもたらす慢性の苦笑の形にすぼめられている。人間の魂というやつがいかにきたならしく厭《いと》わしい泥沼のごときものであるかを悟った人間は、こういう表情でも浮かべるしかないものなのである。たいていの地下で働く労働者たちと同じように、わたしのこの友人も、分厚い眼鏡の奥の肉眼にいたっては、ほとんど盲目も同然なのである。それからそのからだつきというと、たいていのおもだった精神病医と同じで、ナポレオンのずんぐりした風船型の体格に似ている。

そのXクラブの最後の芝居がかった会合は、三月のある雨の夜に行なわれたのだった。そういう出足をそぐ天気にもかかわらず、十五人のメンバー全員が出席した。それというのも、この会合には別の魅力も加わっていたからである。この会に新たな会員をひとり誘いこむことになっていたのだ。

ヒューム博士はその新参者のために初登場の手はずを整えてやる役割を仰せつかっていた。したがって、この丸顔の、何事にも動じない男のあとにくっついて、サミュエル・ウォーナー博士はクラブの内陣へ足をふみ入れたわけだった。

ウォーナー博士は医学界の天才にしては——つまり世に認められた天才にしては、の意味だが——まだ例外的な若さだった。それに、彼にとっては、Xクラブの一員に選ばれたことが、何にもまして、鋸《ソー》と斧《アックス》と骨パンチとを駆使しての自分の魔術が世に認められた証拠にもなっていた。というのは、彼を自分たちの仲間に加わるように招いてくれた年上の十四人の人たちは、それぞれの領域の第一人者ばかりだったからである。いわば彼らは医学会の貴族階級だった。このことは、必ずしも、門外漢がその名前を耳にしたことがあるという意味にはならない。医業で高位に立つことは、せいぜい、高い山頂に花を咲かせているエーデルワイスの茎のように目立つ程度なのである。小人物たちの虚栄心に魔法的な広告板の役割をはたしてやり、名声への憧《あこが》れを自己犠牲的な愛国の熱情に変形させる戦争というものも、まだ医術の大家たちの無名状態をかき乱すところまではいたっていない。彼らは自分たちの功績を隠すおおいを戦線に移動させたところであり、目下はその下で、自分たちの知識を負傷兵のあいだにひろめることに多忙をきわめている。

新会員は、その落ち着いた黒っぽい目を刻苦精励《こっくせいれい》の熱に輝かせている、ひきしまった、ととのった顔だちの男だった。その大きな口はすぐにぼんやりした微笑にゆるんだが、これは、自分の反応を精神の集中に干渉させないように訓練している、外科医にはよくあるくせだった。

その半数は彼が日ごろから現代の医学会の英雄として敬視していた高名な会員たちと、あいさつをかわし終わると、ウォーナー博士は片すみの席につき、ハイボールもカクテルも、ストレイトのブランデーも、ひくい声で辞退した。相変わらず緊張にひきしまった顔をしていて、そのしゃんとからだを立てたままで椅子にかけているスポーツマン風なからだも、会合に列席しているというよりは、今にも競技に飛び出さんばかりの姿勢だった。

九時になると、ウィリアム・ティック博士がいっさいの飲み食いに禁止命令を出し、Xクラブの五十三回目の会合の開会を宣した。この老齢の名医はホテルの飾りたてた部屋の一方のはしのテーブルのうしろに陣取り、前にならんでいる一団をギョロリとにらみつけた。

ティック博士はその七十五年の生涯を、医術の発展のための努力と、医術を抹殺《まっさつ》するための努力とに、平等にささげてきたひとだった——少なくとも、彼の口やかましい指導をうけてきた幾千人もの医学生たちは、そんなふうな印象をうけていた。東部のある有名な医科大学の内科教授としてのティック博士は、侮辱による教育という教育理論を信奉してきた。したがってこの胆汁質な目をし、関節炎にかかっている腰の曲がった老ティックの、蕾《つぼみ》を開きかかった若い才能に対する批判を思い起こすと、いまだに身のちぢむ思いがするという高名な医師もおれば、彼に聞かされた医学哲学を思い出すと、いまだにぞっとするという医者もいた。

ティック博士は、次から次へと教室を埋める学生の群れに、こういう打ち明け話をしてきたのだった。医学というものは高貴な学ではあるが、同時にまた人間の犯した誤謬《ごびゅう》と痴愚《ちぐ》とのいちばん歴史の古い表現でもあるのだ。天国の神秘を解明しようとした試みですらも、人体の神秘を究明しようとする試みに比べれば、まだしも失敗に終わっている数が少ないと言えよう。もし諸君が科学者のつもりでいるのだったら、これからわたしに学ぶことのすべても、あすにはもう医学の原住民どものナイーブな混乱した言葉と見なされるものと、記憶しておいていただきたい。われわれのいっさいの研究と進歩にもかかわらず、医術は依然として川鱒《かわます》釣りと幽霊話の中間あたりをさまよっているのである。

「医療には二つのハンディキャップがある」とティックは、四十年間にわたる教壇生活を通じて、頑固《がんこ》にくり返してきた。「その第一は、常ににせの病気と幻影的な苦痛を訴えてやまない、患者のインチキ性である。その第二は、偏見なしに観察し、うぬぼれにその賢明な利用を妨げられることなしに知識を受け入れるには、ことに何よりも、虚栄心をぬきにして英知を適用するには、人間の頭は、医学だけでなくどのような問題に対しても、根本的に不完全にできているということである」

今も、テーブルのうしろから、ティックの目は、その場に居合わせた「不完全にできている」人間どもを、ギョロリとねめまわし、教室全体が静寂《せいじゃく》にかえったとみると、ウォーナー博士のととのった緊張した顔に視線を向けた。

「今夜のわれわれの会合には、新たな医学の天才を迎えている」と彼は口をきった。「まだ天才の卵であったころのことは、わしもよく記憶している人でもある。腎臓の障害を伴う副甲状腺《せん》の機能亢進《こうしん》症の徴候を示しておった。それにしても、才能のかけらもないというわけでもなかった。サム、きみの便宜をはかるために、わしからこの会の目的を述べてあげることにしよう」

「それはすでにぼくから話しておいたよ、相当徹底的にね」とヒューム博士が口をはさんだ。

「ヒューム博士から説明を聞かされたのでは、その説明もこの人の印刷物と同種のものとすると、はっきりするどころか、きみは逆に頭を混乱させせられたに違いないと思うね」とティックは冷然と言ってのけた。

「ぼくは充分に理解しましたよ」とウォーナーは答えた。

「ばかなことを。きみは前から精神病学に色気を持っていたし、わしは常にそれに対してきみに警告していたじゃないか。精神病学は医学に対しての陰謀だ。いつかはそいつがわれわれの医学を転覆させないともかぎらないのだぞ。その時が来るまで、われわれとしては、この敵とあまり親しくつきあわないように心がけなきゃいかん」

この言葉に、ヒューム博士がいたずらっぽい微笑を浮かべたことは言うまでもない。

「したがって、わしは、ヒューム先生がきみにどういうことを言われたにせよ、その内容を明白にさせてあげることにする」とティックは言葉を続けた。

「時間を浪費したいお望みなら、どうぞ」新会員は神経質な微笑を浮かべ、ハンカチで首筋をふいた。

でっぷりとしたからだつきの優秀な婦人科医であるフランク・ロッスン博士がくつくつ笑った。「ティックの今夜の出来はいいようじゃないか」と彼はヒュームにささやいた。

「老衰がサディズムに活気づけられたというところだよ」とヒュームは言った。

「ウォーナー博士」とティックは言葉を続けた。「このXクラブの会員がこうして会合を持つのは、ひとつの、興味のある目的を持っているからなのだ。会員たちは三カ月ごとに、前の会合以後にだれかが殺人罪を犯した場合、それを告白するために、ここに集まることにしている。もちろん、わしの言う殺人とは医学上の殺人のことなのだ。もっとも、会員のだれかが、愚かさからよりも、情熱に駆られて犯した殺人を告白してくれたら、われわれもさぞホッとした気持ちが味わえることだろうよ。実際にね、ウォーナー博士、きみが最近細君を殺すなり、叔父を抹殺するなりしていて、胸の重荷をおろしたいということだったら、われわれは敬意を払って傾聴させてもらうよ。きみの述べることは、ひとことだって、警察や医学会の耳にはいるようなことはない。その点は会員全部の了解していることだからね」

老ティックはちょっと言葉をきって、しだいに緊張を加えてゆく新会員の顔をじろじろと見た。

「どうやらきみはまだひとりの親類縁者も殺したことはなさそうだし、今後も、仕事の上で以外は、殺しそうにもないね」彼は残念そうにため息をついて、言葉を続けた。「ヒューム先生のことだから、きっときみにも、告白は魂に良好な結果をおよぼすなどという、精神病医学の根拠の上に立った公式を述べたに違いないが、そんなことは意味をなさん。われわれは魂をやすらげるためにここに集まっているのではなくて、魂を改善するために集まっているのだからね。われわれの真の目的は科学的なのだ。われわれは、公《おおやけ》にわれわれの過誤を認めるだけの勇気を持たないがゆえに、何も知らぬ門外漢から批判を受けるにはあまりにも博学な、偉大な存在であるがゆえに、そしてまた、われわれが外部に見せかけているような非人間的な完璧さは、われわれの弱い人間性にとってよくないがゆえに、この会を設立したしだいなのだ。世界のどこを捜しても、会員がそれぞれの犯した過誤のみを誇ることのできる医学者の団体は、ここ以外にはないと言ってよかろう。

そこで、次にだね」ティックは新参者ににっこりとほほえみかけた。「どういうものを、われわれは真の意味でのりっぱな科学的殺人とみなしているかを、定義させていただきたい。それは、信頼して医者の手に自己をゆだねた人間を殺すことなのだ。いいかね、患者の死そのものは殺人を意味するものではない。われわれが関心を向けているのは、医者が、間違った診断によって、あるいはまた、間違っていたと立証できる医療なり手術なりによって、上述の医者の手にかかりさえしなければりっぱに生きながらえたに違いない患者を、殺してしまった場合に限るのだ」

「そうしたことはすべてヒュームから説明を聞いています」と新会員はいら立たしそうにつぶやいたが、ついで、声を高めて、「ぼくは初めてこの会合に出席したわけですから、こちらがしゃべるよりも、高名な同僚諸氏の話をうけたまわることによって、学ばせていただければありがたいと思います。もっとも、ぼく自身も申しあげたいかなり重要な話を持っております」

「殺人かね？」とティックは聞いた。

「そうです」と新会員は答えた。

老教授はうなずいた。「よろしい。喜んで聞かせていただくことにしよう。しかし、われわれはきみよりもさきに裁かねばならない数人の殺人犯人をかかえているのだ」

新会員はなんとも答えなかったが、あいかわらず棒をのんだようなしゃちほこばった姿勢で椅子に腰かけていた。そのころにはもうヒュームを含む数人の者たちは、この若い外科医の様子にはただの気おくれ以外の何かがあるらしいことに気がついていた。サム・ウォーナーは何か心の底で煮えたぎっている、強烈な、不可解なものをいだいて、彼にとっては初めてのXクラブの会合に出席したに違いないという感じが、一座の者たちのあいだにみなぎった。

高名な神経学者であるフィリップ・カーティフ博士がウォーナーの腕に片手をかけて、静かにこう言った。「きみが何をわれわれに語ろうとしているにせよ、そのために心を苦しめる必要はないのだよ。われわれはいずれも医者としては相当すぐれた人間なのだが、みんなきみの場合よりは――それが何であるにしてもだよ、――もっとひどいことをしてきているのだからね」

「失礼だが、静粛を維持するようにお願いしたい」と老ティックがたしなめた。「ここは、罪の意識からくる精神病患者の医者のためのサナトリウムではないのだからね。ここは誤謬を治療する病院なのだ。それに、われわれは秩序ある科学的なやり方でこの会を運営してゆきたい。カーティフ君、もしきみがサム・ウォーナーの手を握りたいというなら、それはきみの自由だが、どうか黙ってやっていただきたい」

そうは言ったものの、彼は不意に新会員ににっこりと笑いかけて、こう言葉を続けた。

「白状すると、わしも、この若い友人ウォーナー博士のような偉大な物知りが、どうして自分のお客さんのひとりを殺すようなことをしたのか、聞きたくて、好奇心をもやしている点では、だれにも劣らないほどなのだ。しかし、われわれの好奇心には待たせておくしかなかろう。この前の会合には欠席していた人が五人あるので、その人たちのために、ジェームズ・スィーニイ博士の告白をもう一度くり返していただく必要があろうと思う」

スィーニイ博士が立ち上がって、その陰気なキラキラと光る目を五人の欠席者に向けた。スィーニイは、一座のうちでも、老ティックに次いで東部ではいちばん診断にかけては確かな腕を持っている人とみなされていた。

彼はいつもの何かに気をとられているような単調な調子で始めた。「さて、ぼくは前に一度語ったのだが、もう一度試みてみることにしよう。ぼくは、蛍光《けいこう》板透視法をうけさせるために、ある患者をレントゲン室へ行かせた。ぼくの助手は患者にバリウムを飲ませ、蛍光透視機の下に位置させた。それから半時間後に、ぼくは進行状態を見にはいっていったわけなのだが、蛍光板下の患者の様子を目にした時、助手のクロック博士に、これは驚くべき事態であり、こういうことはぼくもいまだかつて見たことがない、と述べた。クロックはぼくの言葉を肯定することもできないほど茫然としてしまっていた。

ぼくの見たところによると、患者の胃全体と食道の下部が、まるで石ででも作られているように動きがなく、膨張していた。その現象を調べているうちに、ぼくはそれがますます明白になり、きわだってくるのに気がついた。そういう事態に当面して何よりもぼくらを不安にしたのは、ぼくらのどちらにもどう手をほどこしたらいいか見当もつかなかった点だった。実際、クロック博士にいたっては明白なヒステリー症状におちいっていた。それから間もなく、患者は瀕死《ひんし》の状態になり、床に倒れた」

「これは驚いたねえ！」とこの前の会合に欠席していた数人は異口同音に叫び、カーティフ博士は、「原因は何だったね？」と聞いた。

「原因は単純だったのだ」とスィーニイは答えた。「患者に飲ませたバリウムがコップの底に堅い固まりになっていた。ぼくらは患者のおなかを石膏粉で充満させてしまったわけだったのだ。その圧迫が致命的な冠状動脈梗塞《こうそく》をひき起こしたのだろうと思う」

「おやおや」と新会員は言った。「いったいどういうわけでそんな物がコップの中にはいりこんだのですか？」

「調剤の間違いからなのだ」とスィーニイはひかえめに答えた。

「その患者は、きみの診察室へ飛びこむような冒険をやる前には、どこかからだに悪い所でもあったのかい？」とカーティフ博士が聞いた。

「解剖の結果は、主として胃と食道の硬化を示していた」とスィーニイは答えた。「しかし、幾つかの徴候から、多少幽門《ゆうもん》部痙攣《けいれん》の傾向があったのではないかと思われるふしがあり、患者があくびが出ると言っていたのは、そのせいだったろうと思う」

「文字どおり人殺しと言ってよさそうだな」と老ティックが言った。「ピグマリオンの逆をいったようなものだ。（ギリシャ神話に出てくる彫刻家。自作の象牙の彫像に恋し、愛と美の女神アフロディテに乞うてその彫像に生命を吹きこんでもらった）

老教授はちょっと言葉をきり、その赤くふちのただれた目をウォーナーにそそいだ。「ところでね、先へ進む前に、このあたりできみにわれわれのクラブの完全な名称を教えておくべきだろうと思う。完全な名称は、Xをその場所の標識となすクラブ、というんだ。もちろんわれわれは、そのほうが社会的な聞こえもいいから、短縮した名称のほうを使うようにしているがね」

「そりゃそのほうがいいでしょう」と新会員は言ったが、その顔は今ではしだいに紅潮してきているようだった。

「さて」老ティックは、何か走り書きしてある紙きれをのぞきこみながら、こう発表した。「われわれの今夜の裁判予定表に載っている最初の被告は、ウェンデル・デイヴィス博士である」

その優美な姿の胃の専門家が立ち上がった時には、一座は静まりかえった。デイヴィスは、医学に対してと同じくらいに、自分の態度にもまじめな関心をはらっている医者だった。背が高く、がっしりとしたからだつきをしており、ごま塩の髪はきれいに整髪してあり、その顔には全然表情がなかった——患者がどれほど重態であり、どれほど苦しんでいようと、一度として動揺を見せたことがない、大きな桃色の仮面のような顔だった。

「ぼくは、この夏の終わりごろ、ある労働者の家に往診を求められた」と彼は口をきった。

「その前に、ベル上院議員がその選挙区の比較的貧しい階級の者たちを幾人かピクニックに招待したことがあった。その事件の結果、ハロウィツという名前の蒸気設備取り付け工の三人の子供が食中毒にかかった。そのピクニックで食い過ぎをやったというわけなのだ。主人役のその上院議員は責任を感じ、熱心に頼むので、ぼくはハロウィツの家へ出かけて行った。行ってみると、子供のうちのふたりは病状が重く、相当吐瀉《としゃ》してもいた。年齢は九歳と十一歳だった。母親は三人の子供全部の食ったいろんな食い物の表を見せてくれた。あきれるばかりの量だった。ぼくはヒマシ油を相当量飲ませた。

七歳になる三人目の子供は、ほかのふたりほどには、病状がひどくはなかった。顔が青ざめていて、いくらか熱があり、多少吐き気を感じていた——だが、実際に吐くまでには至っていなかった。この少年も軽度の食中毒にかかっていることは明白なように思えた。そこで、ぼくはいちばん下の子供にも同じ量のヒマシ油を処方した——ただ用心のためにというだけの意味でね。

その夜の真夜中ごろに父親が電話をかけてきた。その七歳の子供のほうの病状が心配だというわけなのだ。ほかのふたりの子供のほうはすっかり快方に向かったという話だった。ぼくは父親に、心配する必要はない、いちばん下の子供は食中毒の症状の出方が多少おくれただけで、間違いなく朝にはよくなるに違いない、兄や姉と同じように全快することは確実だ、と言ってやった。

受話器をかけた時には、ぼくは、いちばん下の子供の症状を予想し、予防的にヒマシ油を処方しておいた自分の処置に、われながら満足を感じていた。その翌日、正午にハロウィッツの家へ行ってみると、上のほうの子供ふたりは実際上全快しているのも同然だった。ところが、七歳の子供のほうはひどく重態なように見えた。両親も朝御飯ごろからしきりにぼくに連絡をとろうとしていたのだそうだ。子供は体温が四十度強あった。からだが乾ききり、目は落ちくぼんで、まわりにくまができており、表情はとんがっていて、鼻孔《びこう》が開き、くちびるは青みをおび、皮膚は冷たくてねっとりとしていた」

デイヴィス博士はそこでちょっと言葉をきった。有名な肺の専門家のミルトン・モリス博士が口をはさんだ。「その子供はそれから数時間以内に息をひきとったかね？」

デイヴィス博士はうなずいた。

「それなら、かなり明白なように思えるね」とモリス博士は静かに言った。「その子供は、きみが最初に診察した時には、急性盲腸炎にかかっていたのだ。ヒマシ油がその盲腸を破裂させた。きみが二度目におくればせに診察した時には腹膜炎を起こしていたわけだ」

「そうなのだ」とデイヴィス博士はのろのろと答えた。「まさにそのとおりだった」

「ヒマシ油による殺人か」と老ティックが嘲笑をおびた声を上げた。「おまけに貧乏人への無関心さが加わっているときている」

「そんなことはない」とデイヴィス博士は言った。「その子供たちは三人ともピクニックに参加していたのだ。同じように食い過ぎをやり、同じ症状を呈していた」

「全然同じだったとは言えないよ」とヒューム博士が口をはさんだ。

「ああ、きみだったら、その三番目の子供の精神分析をやってみたろう、とでも言うのかい？」デイヴィス博士はにやりと笑った。

「違うね」とヒュームは答えた。「ぼくなら、痛みと吐き気を訴えていたのだから、三文医者のだれでもがやるように、腹部を調べ、腹部が硬《こわ》ばっていて、押した場合も、手を離した場合も、痛みを感じることを、発見したろうと思うね」

「そう、医学生にでもわけなしに診断がついたはずだ」とカーティフ博士も同意した。「ところが、不幸なことには、われわれはもう医学生当時の謙譲さを失ってしまっているからね」

「デイヴィス博士の殺人は道徳的教訓を含んではいるが、すこぶるおもしろみのない事件だと思う」と老ティックは言った。「そこで、ケネス・ウッド博士からもメモがまわってきているから、ウッド博士に発言を願うことにしよう」

医科大学在校当時はオリンピック選手としてその名をうたわれたことのある、その著名なスコットランド生まれの外科医が立ち上がった。まだ今でも彼はたくましい体格の持ち主で、手も大きければ肩ももり上がっており、そのやわらかな声には男性的な力を感じさせる深い響きがあった。

「ぼくの場合は、諸君もどういう殺人名称をつけていいか困りそうな気がするね」ウッド博士は同僚たちをにやにやと見まわした。

「外科手術による殺人とでも言っておくかね」とティックは言った。

「いや、それは疑問だと思うな」とモリス博士が抗議を提出した。「ケンほどの熟練した腕を持っている者が誤って人間の足を切り落とすなんてことはあるまいからね」

「たぶん諸君はこれを愚鈍さによる平凡な殺人と名づけるだろうと思うな」とウッド博士はやわらかな声で言った。

老ティックが嘲笑をおびた声で口をはさんだ。「きみも、砲丸投げよりも診断のほうにもうすこし注意をそそいでおれば、そんなに何人も患者を殺すことはあるまいと思うがね」

「ぼくが報告するのは三年の間で初めてですよ」とウッドは控えめな態度で答えた。「それに、ぼくは毎日、休日も含めて、四人か五人の割合で手術してきたのですからね」

「まあいいよ、ケネス」とヒューム博士が言った。「外科医はだれだって三年に一度は殺人をやる特権を持っていると言っていいのだ。それでも実際はまれにみる記録だよ――きみたちの持たされる誘惑を考慮すればね」

「その犯罪のほうの話を進めたまえ」とティックは言った。

「それでは――」と言いかかって、そのたくましいからだつきの外科医は自分の病院の同僚である新会員のほうを向いた――「きみも急性胆嚢《たんのう》炎の場合の症状は知っているね、サム？」

ウォーナーはぼんやりうなずいた。

ウッド博士は言葉を続けた。「夜おそく運びこまれてきた。激しい苦痛を訴えていた。ぼくはその女を診察した。痛みは腹部の右上側の四分円にわたる範囲から起きていることがわかった。痛みは背中や右肩へ放射していた。完全に胆嚢炎の特徴だ。ぼくは彼女に阿片剤《オピエート》を飲ませた。阿片剤も何の効果もなかったが、このことも、諸君も知ってのとおりに、胆嚢炎という診断を裏書きしている。阿片は胆嚢には影響をおよぼさないものなのだからね」

「そんなことはわれわれも知っているよ」と新会員はいら立たしそうに言った。

「これは失礼」ウッド博士はにやりと笑った。「ぼくはあらゆる点を漏れなく述べておきたいのだ。さて、そこで、ぼくは痛みを緩和させるためにニトログリセリンを与えた。体温は三十八度だった。朝になってみると痛みが激しくなっていて、たしかに胆嚢に穴が開いたものと思われた。ぼくは手術した。胆嚢には何の障害もなかった。患者はそれから一時間後に絶命した」

「解剖の所見はどうだったのだね?」とスィーニイ博士が聞いた。

「ちょっと待ちたまえ」とウッドは答えた。「諸君はそれを言い当てるはずじゃなかったのかね? さあ、言ってみたまえ――その患者の病気は何だったと思うね?」

「きみはその女の人の病歴を調べたのかい?」とカーティフ博士が、ちょっと間をおいてから聞いた。

「いいや」とウッドは答えた。

「アハア!」とティックがあざけり声を上げた。「言わないことじゃない! またしても目隠し遊びだ」

「緊急の場合だったのですからね」ウッドは顔をあからめた。「それに明白な症状のように思えました。ぼくは何百回となくそういう例にぶつかってきているのですから」

「事実は次のようであろうと思われる」とティックは遠慮会釈なく言った。「ウッド博士は痛みの原因を誤解したがためにひとりの女性を殺したのだ。その優秀な外科医の述べたような種類の痛みをひき起こす原因と言えば、胆嚢のほかになにがあるね?」

「心臓だよ」とモリス博士がすぐに答えた。

「だいぶ近づいてきたぞ」とウッドは言った。

「そういう激しい痛みを訴えているうえに、病歴もわからない場合には、わしなら、手術をする前に必ず心臓を調べてみただろうね」とティックは言った。

「そりゃあなたなら、正しい処置をとられたでしょう」とウッドはおだやかに答えた。「解剖の結果は右冠状動脈の下行枝の梗塞でした」

「そんなことは心電図でわかったはずだ」と老ティックは言った。「だが、きみは心電計に近よる必要もなかったのだ。ただ一つの質問をしさえすればよかったのだ。せめてだれかその患者の隣人にでも電話をかけてみれば、そのひとは、前にも激しい運動のあとで痛みに襲われたことがあると、教えてもらえたろう――そうすれば胆嚢ではなくて、心臓だということがわかったはずなのだ。初級医学生による殺人だよ」

「最初の、そして最後のね」とウッドは静かに言った。「ぼくの病院ではもう二度と心臓病による間違いは起きないでしょう」

「けっこう、けっこう」と老ティックは答えた。「さて、みなさん、今までに報告された犯罪は討論の材料にもならないほど幼稚なものであった。科学と愚鈍さとは手をつないでいるものであることを教えてくれたにすぎないし、そういう事実なら、われわれはすでに知りすぎるほど悟らされていたことでもある。しかしながら、われわれは今夜は、若くはあるけれども、医療用の鋸《ソー》のきわめて優秀な使い手を、この会場に加えている。その人物は、すでに一時間前からこの部屋に、もじもじしながら控えており、いかにも真の犯罪者らしく、良心の呵責《かしやく》といっさいを告白したい欲望にひや汗を流しているしまつです。みなさん、わたしはわれわれの新たな最年少の被告、サミュエル・ウォーナー博士をご紹介します」

ウォーナー博士は、急にその態度にも興奮を現わして、十四人の高名な同僚たちの前に立った。目はキラキラ光り、精励と体力を消耗しつくしているかのような疲労とが、すでにその若さの上に跡をとどめているくすんだ表情も、今はその顔から影を消していた。

年上の者たちは、さまざまな度合いのいら立たしさを見せて、静かに彼を見まもっていた。彼の態度に現われている以上の確証はなくても、この若造の医者が、すき間だらけの理論や中途はんぱな医学上の発見をいっぱい頭にみなぎらせていることは、彼らも知っていた。彼ら自身もかつてはそんなふうだったのだ。したがって、彼らは大いに楽しむつもりでゆっくりと椅子によりかかった。白髪の混じりかかった医学者にとっては、科学の子供にダンスキャップ（学校でできのよくない生徒にかぶせる円錐形の紙帽子）をぴしゃりとかぶせてやるほど、愉快な楽しみはないのである。老テイックは、同僚たちの顔をじろじろと見まわし、にやりと笑った。彼らはみんな教師が背中に鞭を隠している時のような顔つきをしていた。

ウォーナー博士は湿ったハンカチで首筋をぬぐい、知っているぞと言わんばかりに、医学界の貴族たちをにっこり見まわした。

「ぼくはこの症例をかなり詳細に述べてみるつもりです」と彼は口をきった。「というのは、みなさんが実地に直面した場合に劣らないほどの、興味のある問題を含んでいると思うからです」

婦人科医のロッスン博士がフンと鼻を鳴らしたが、口に出しては何も言わなかった。

「患者は若い男、というよりはむしろ少年でした」とウォーナーは熱心に話を続けた。「年齢は十七歳で、驚くばかりの才能の持ち主でした。彼は詩を書いていたのです。その関係でぼくはその少年に会うことになったのでした。ぼくはある雑誌で彼の詩を読み、それが非常に印象深かったので、手紙を出しました」

「それは韻《いん》をふくんだ詩だったのかね？」とウッド博士が、老ティックに目くばせしながら、聞いた。

「そうです」とウォーナーは答えた。「ぼくはその少年の原稿を全部読んでみました。一種の革命詩でした。彼の詩は不正に対する叫びだったのです。あらゆる種類の不正に対しての、辛《しん》辣《らつ》で、燃えるような」

「ちょっと待ちたまえ」とロッスン博士が口をはさんだ。「この新会員はこの会の役割を多少誤解しているのではないかと思われる。これは文学の会ではないのだよ、ウォーナー」

「それから、きみが始める前にちょっとひとこと」とヒューム博士がにやにやしながら言った。「自慢話は禁物だよ。自慢話なら外科医の毎年の大会でいくらでもできるんだからね」

「みなさん」とウォーナーは言った。「ぼくは自慢話なんかをする意図は全然持っていませんよ。殺人話に終始しますからご安心ください。それも、あなたがたが耳にされたこともないほどの凶悪な殺人話にね」

「それならいい」とカーティフ博士が口を出した。「続けたまえ。それから、途中でくずおれたりしないように、らくな気持ちでやるんだよ」

「そうだ」ウッド博士がにやにや笑いだした。「このモリスが最初の告白をやった時のことを思い出すよ。ウイスキーを六合ばかりもつぎこんでやって、ようやく泣きじゃくりをやめさせた始末だった」

「ぼくは途中でくずおれたりはしませんから、ご安心ください」とウォーナーは言った。「さて、その患者は、ぼくが呼ばれる二週間前から病気をしていました」

「きみはその男の友人だったはずじゃないか」とデイヴィス博士が口をはさんだ。

「そうでした。ところが、その少年は医者を信用していなかったのです」

「医者を信用していなかったって？」老ティックが笑いをまじえた声を上げた。「なるほど頭のいい少年だ」

「実際、そうでしたよ」とウォーナーは力をこめて言った。「ぼくは、行ってみて、彼の病状が重いことを知った時には、すっかり狼狽《ろうばい》しました。ぼくはただちに彼を病院に移させたのです」

「ああ、金持ちの詩人だな」とスィーニイ博士が言った。

「いいえ、入院費用はぼくが受け持ったのです」とウォーナーは答えた。「できるかぎりそばに付き添っていてもやりました。病気は腹部の左側の激しい痛みで始まったのでした。その少年はぼくを呼ぼうとしたのですが、三日後に痛みが減じたので、もうよくなったものと思ったのだそうです。ところが、二日後にはまた痛みがぶり返してきて、熱も上がりだしました。下《げ》痢《り》も加わりました。粘液や血は混じっていたが、アメーバだとか病原菌といったものは見つからなかったのです。そのころになって、彼もついにぼくの往診を求めてきたわけなのです。

ぼくは病状報告をもとにして、潰瘍《かいよう》性結腸炎という診断を下しました。痛みが左側なので、盲腸ということは考えられませんでした。ぼくは患者にズルファガニディンと未濃縮の肝臓エキスを与え、高度の蛋白食――主として牛乳ですが――を摂《と》らせました。そうした治療と不断の観察にかかわらず、患者は悪化してゆく一方でした。腹部全体が手で押しても、手を離しても痛みを感じ、左側の直筋全体が硬直してきました。二週間にわたって周到な治療を続けましたが、患者は死にました」

「それで、解剖の結果は、どこに障害があったのだね？」とウッド博士が聞いた。

「解剖はやらなかったのです」とウォーナーは答えた。「少年の両親はぼくに完全な信頼をおいていましたからね。少年のほうもそうでした。ふたりとも、ぼくが彼の生命を救うためにあらゆる可能な方法をつくしてくれていると、信じていたのです」

「それなら、きみの診断が間違っていたことが、どうしてきみにわかったのだね？」とヒュームは聞いた。

「患者が、快癒するどころか、逆に死亡したという、単純な事実からですよ」とウォーナーはいら立たしそうに答えた。「彼が死亡した時、ぼくは自分の誤診のためにこの男を殺したのだと悟りました」

「論理的な結論だなあ」とスィーニイ博士は言った。「漠然《ばくぜん》とした医療は全然アリバイにはならないからね」

「さて、諸君」と老ティックがテーブルのうしろから嘲笑をおびた声を上げた。「われわれの有能な新会員は、明らかに、偉大な詩人でもあり親友でもあった男を抹殺したわけだ。それでは、彼の診断に対する告発をやっていただこう」

だが、ひとりとして発言する者がなかった。医者というものは、表面から隠されているものを、口にはのぼらない錯雑《さくざつ》した事情を、感じとるだけの敏感さを持っているものなのである。現にウォーナーの顔を見まもっている十四人の医者のほとんど全部が、この話の裏には何かが隠されていると感じていた。この外科医の緊張ぶりや、昂然《こうぜん》とした態度、どことなく感じられる嘲弄するようなものの言い方、などから見ても、この死んだ詩人の話には何か言い残されていることがあるに違いないと思えるのだった。彼らは用心深くこの問題に接近していった。

「その患者が死んだのはいつごろのことなのかね?」とロッスン博士が聞いた。

「先週の水曜日。なぜですか?」とウォーナーは聞き返した。

「どこの病院でかね?」と今度はデイヴィスが聞いた。

「セント・マイケル病院」とウォーナーは答えた。

「両親はきみに信頼をおいていたし、今もそうだという話だったね」とカーティフが言った。

「それに、奇妙にきみの態度には何かを苦にしているようなところが見える。警察の調べでもあったのかね？」

「いいえ」とウォーナーは答えた。「ぼくは完全犯罪をやってのけたわけですよ。警察はこの事件のことなんか耳にしてもいません。おまけにぼくの手にかかった者までが感謝に満ちて息をひきとったのです」彼はにっこり笑って一座を見まわした。「いいですか、あなたがたですらも、ぼくの誤診を立証することは不可能かもしれませんよ」

この無遠慮な挑戦は会員のひとりを憤慨させた。

「きみの診断をたたきつぶすぐらいのことが、大してむずかしかろうとは思えないね」とモリス博士が言った。

「これには何か罠があるぞ」とウッドは、ウォーナーの顔を穴のあくほど見つめながら、ゆっくりと言った。

「罠があるとすれば、この症例の複雑さだけですよ」とウォーナーはすぐに言い返した。「どうやらみなさんは、今夜ぼくの聞かされたような、単純な型の不正療法による犯罪のほうがお好きのようですねえ」

ちょっと言葉がとだえ、やがて、デイヴィス博士がものやわらかな声で質問した。「下痢をおこす前に、激しい痛みを感じたのだったね？」

「そのとおりです」とウォーナーは答えた。

「そうだとすると」デイヴィスは冷静な声で続けた。「一時的な症状の緩和と数日後の再発は、表面的に見れば、潰瘍を思わせるようだね――一つの点を除けば」

「ぼくは不賛成だね」とスィーニイ博士がひくい声で言った。「ウォーナー博士の診断はまさにぶざまな愚かしさの好例だよ。彼の述べた症状は潰瘍性結腸炎とは何の関係もない」

ウォーナーの顔にさっと赤みがさし、顎の筋肉が腹立たしそうにピクピクと動いた。「そういう侮辱の言葉を吐かれるのなら、多少なりと科学的に裏づけてほしいですね」

「おやすいご用だ」とスィーニイはおだやかに答えた。「きみの述べている、下痢と発熱の来かたのおそさが、百のうち九十九まで、潰瘍性結腸炎を問題外においている。ティック博士、あなたはどう思われます」

「潰瘍ではないね」とティックは、ウォーナーの顔をじろじろ見つめながら、答えた。

「最後の症状の一つに、腹部全体が手で押すと痛みを感じたという言葉があったねえ」とデイヴィス博士がなめらかな声で言った。

「そうでした」とウォーナーは答えた。

「それなら、きみがその症例を正確に述べていたとすればだね、一つの明白な事実が浮かび上がってくる。腹部全体が手で押すと痛みを感じたということは腹膜炎をさしている。解剖してみれば、この場合の穿孔《せんこう》は、中から噴き出し、あふれ出しており、腸の一部が別の腸にはまり込んでいることが、判明するに違いないと思うね」

「ぼくはそうは思わないね」と、癌《がん》研究所員のウィリアム・ジンナー博士が口を出した。彼は小柄な、鳥のような顔をした男で、ほとんど聞きとれないぐらいのひくい声の持ち主だった。彼は室内は静まりかえり、ほかの者たちは彼のひくい声を注意深く待ちうけた。

「デイヴィス博士の述べたような腸の重なり合いはこの場合考えられないよ」と彼は言った。

「患者はやっと十七歳だったのだからね。腸の腫瘍《しゆよう》でもあれば別だが、でなければ、その年齢でそういうことが起きた例がない。ところが、腫瘍がある場合は、それほど長く生命が保てたはずがないのだからね」

「至言だ」と老ティックが感嘆の声を上げた。

「ぼくも腸の重なり合いのことは考えたのですが、やはり同じ理由でその考え方はとらなかったのです」とウォーナーが言った。

「腸がねじれていたと考えてはどうだね？　その場合はさっきのような症状を起こすはずだが」とウッド博士が意見を出した。

「だめだね」とロッスン博士が言った。「腸捻転《ねんてん》は壊疽《えそ》と三日以内の死を意味する。ウォーナーの話だと、二週間その患者に付き添っていたということだし、ウォーナーが呼ばれる前も、その少年は二週間病気していたということだ。その病気期間の長さが腸捻転や腸腫瘍を問題外にしている」

「そのほかにもう一つ考えられる。盲腸が左側にあった場合だ」とモリス博士が言った。

「それはだめだよ」とウッド博士がすぐに言い返した。「盲腸が左側にあった場合の最初の症状は、ウォーナーの述べているような、激しい痛みではないはずだ」

「われわれがただ一つ決定したのは、潰瘍以外の穿孔だという点だ。したがって、その点にそって追究してゆけばいいじゃないか？」とスィーニイ博士が提案した。

「そりゃそうだ」とモリス博士も言った。「潰瘍性結腸炎は、この場合の病気の進行状態から見て、問題にならない。われわれの当面しているのは別の型の穿孔に違いないと思うね」ウォーナー博士は、湿ったハンカチで顔をぬぐい、小さな声でこう言った。「異物による穿孔のことは頭に浮かびませんでしたよ」

「きみは当然考えるべきだったのだ」とカーティフ博士がたしなめた。

「まあ、まあ」と老ティックがさえぎった。「横道にそれてはいかん。何がその穿孔をひき起こしたのだと思うね？」

「患者は十七歳だったのだから、ピンをのみ込むにしては年をとりすぎていたわけだ」とカーティフは答えた。

「ピンへの異常嗜好を持っていたのでないかぎりはね」とヒューム博士も言った。「ウォーナー、その患者は生きたがっていたかい？」

「ぼくの知っているだれよりも生きたがっていましたよ」とウォーナーは陰気な声で答えた。

「それなら、自殺説は無視してよさそうだね」とカーティフ博士は言った。「われわれが当面しているのは、腸の穿孔であって、潜在意識の穿孔ではないことは、確実なようだからね」

「さてと、鶏の骨だったはずはないね」とウッド博士が言った。「鶏の骨なら、食道に突き刺さったに違いないし、絶対に胃まで降りてゆくはずがないからね」

「きみの聞いているとおりだよ、ウォーナー」と老ティックが言った。「われわれは問題をせばめてきたぞ。きみの述べていた痛みのひろがりは感染のひろがりを意味している。その病気のたどった過程は潰瘍性よりも穿孔を意味している。そして、その型の穿孔は異物をのみこんだことを意味している。われわれはピンや鶏の骨は問題外であるとした。ということは、あとにはもうただ一つだけのふつうの推測が残るわけだ」

「魚の骨だ」とスィーニイ博士が言った。

「そのとおり」とティックは答えた。

ウォーナーは、立ったまま、緊張した顔をして、この診断を確認する声々に耳を傾けていた。ティックが宣告を下した。

「これでわれわれの意見は一致したものとみなします。すなわち、サム・ウォーナーは、膿腫を生じさせている魚の骨を手術によって除去すれば、生命を救えたに相違ないのに、潰瘍性結腸炎の手当をなし、そのために患者を殺したのである」

ウォーナーは足早に室内を横ぎり、オーバーや帽子のかけてあるクロゼットのほうへ向かった。

「どこへ行くんだい？」とウッド博士がうしろから声をかけた。「まだ会が始まったばかりじゃないか」

ウォーナーは、にやにやしながら、オーバーを着かかっていた。

「ぼくはぐずぐずしちゃいられないんだが、みなさんの診断には、全部のかたにお礼を申しあげたい」と彼は言った。「きみはこの事件には罠があると言ったが、そのとおりだったのだ。その罠というのは、ぼくの患者はまだ生きているということなのだ。ぼくはこの二週間、彼に潰瘍性結腸炎の手当をしていたのだが、きょうの午後になって、自分の診断が間違っていたことを悟った——真実の病因が発見できないかぎり、この患者は二十四時間以内に死ぬに相違ないということもね」

ウォーナーは戸口に突っ立ち、目をキラキラ光らせていた。

「みなさん、もう一度みなさんの診断に対してお礼を申しあげます。おかげでぼくの患者の生命を救うことができましょう」

それから半時間後には、Xクラブの会員たちはセント・マイケル病院の手術室の一つに集まっていた。彼らは、ウォルトン・ホテルで医学のハロウィンとでも言うべきばか騒ぎをやっていた時とは、別人のようだった。病気に当面した時の医者には、変化が生じるものなのである。老いさらばえた者も、疲労しきっている者も、危機から生気を吸収する。よたよた歩きは彼らから離れ去り、手術室へはいってくる時には戦士のようなまっすぐな背中をしている。生死の問題に当面するとともに、しょぼしょぼした、ふちの赤くただれた目が、偉大さに、美しさにすら、満ちてくる。

手術台の上には黒人少年の無意識なからだが横たわっていた。手術用の白衣を着たウォーナー博士はその上にかがみこんでいた。

ほかの十四人のXクラブの会員たちはウォーナーの手術ぶりを見まもっていた。ウッドはその敏速な手術ぶりに、わが意をえたように、頭をうなずかせた。ロッスンはせきばらいをして何か言おうとしたが、外科医のすばやい手の動きに封じられて言葉が出なかった。だれひとりものを言う者はなかった。幾分かが過ぎていった。看護婦たちは黙って外科医に器具を手渡した。血は彼女たちの手にもはねかかった。

十四人の偉大な医学者たちは、魚の骨をのみこんだ有色人種の少年のやせ衰えた無意識な顔を、希望に満ちて見つめていた。どんな王様であろうと、法王であろうと、これほど多くの医学の天才たちに息をつめてまわりから見まもられながら、病床に臥《ふ》していたことはあるまい。

不意に、汗をたらしていた外科医が何かを鉗子《かんし》にはさんで高くさし上げた。

「これを洗って、そちらのみなさんにお見せしてくれ」と彼は看護婦に小声で言った。

彼は、忙しく手を動かして、膿腫のできているうつろな穴に排膿管を入れ、感染を防ぐために、開いた腹部にズルファガニディンを撒《ま》いた。

老ティックは前に進み出て、看護婦の手からさっきの物を受け取った。

「魚の骨だ」と彼は言った。

Xクラブの会員たちは、まるでそれが形容の言葉もないほどの宝物ででもあるように、そのまわりに集まった。

「このちっぽけな物が除去されたおかげで、この患者も、われわれの世界の貪欲《どんよく》と恐怖を非難する詩が書き続けられるというものだ」と老ティックは皮肉な笑いをまじえたひくい声で言った。

要するに、これが、それから三週間後にはその黒人詩人が全快したこともつけ加えて、ヒュームがわたしに語ってくれた物語だったのである。わたしたちはもうとっくに晩餐を終わっていて、いっしょに戦争でうす暗くされているニューヨークの街へ歩み出た時には、夜ももうふけていた。新聞売り場の各紙見出しは大きさだけが変わっていた。報道されている殺戮《さつりく》の規模の大きさに敬意をはらって、見出しもまた大きくなっていた。

それらの見出しをながめていると、死体の散乱している戦場の荒野が目に浮かぶようだった。けれども、わたしの頭には別の情景も浮かんできた——より良き世界への希望がこめられている情景が。それは、十五人の名高い博学な英雄たちが、魚の骨をのみこんだ黒人少年の生命のためにたたかっていた、あの病院の一室だったのである。

危険な連中

フレドリック・ブラウン
大久保康雄 訳

Dangerous People　一九四五年

話術の妙だけで綴った短編と評しても、いいすぎではないだろう。天性のストーリーテラー、**フレドリック・ブラウン** Fredric Brown (1906.10.29–1972.3.11) が、ある小さな駅の待合室で顔を合わせた二人の男の心理の起伏を、強烈なサスペンスとともに描いてみせる。コリアー、アイリッシュ、ヘクト、ブラウンと並んだ推理短編の質的変化に、読者はお気づきであろうか?

小さな鉄道の駅のプラットホームのはしに立って、ベルフォンテーン氏は、ちょっと身ぶるいした。空気はかなり冷たかったが、身ぶるいしたのは寒さのせいではない。遠くのほうでまた鳴りわたったサイレンのせいなのだ。夜のやみのなかに、遠くかすかにきこえる物悲しい音——悪魔の苦悶《くもん》の叫び。

最初にそれを聞いたのは、三十分ほど前のことだった。そのときベルフォンテーン氏は、このちっぽけな町の大通りにある理髪師ひとりの小さな店で散髪していた。理髪師がサイレンの理由を話してくれた。

（しかし、あれは五マイルもさきの話だ）と彼はひとりごとを言った。だが、そうはいっても、いっこうに気持ちはやすまらなかった。死に物ぐるいの男なら、一時間に五マイルくらい歩くことは不可能ではない。それに、病院では、やつが脱走して、しばらくたってからやつのいないことに気づいたのかもしれない。いや、そうにちがいあるまい。もし脱走のさいに発見していれば、おそらくつかまえることができたはずだ。

きょうの午後になってから脱走したのかもしれない。そうすると、すでに数時間も野放しになっているわけだ。ところで、いまは何時だろう？　七時をあまり回っていない。彼の乗る汽

車は八時近くにならないと、ここに到着しないのだ。（このごろは日が暮れるのが早いな）

ベルフォンテーン氏は理髪店を出ると、いくぶん早い足どりで停車場へ向かった。喘息《ぜんそく》もちの人間にしては早すぎる歩調だった。プラットホームの階段をあがると、すっかり息切れがした。そこで、ホームを渡る前に、書類かばんを下において、ひと休みした。

まだ呼吸は荒かったが、それでも、もうだいじょうぶ、あとは歩いて行ける、と判断して彼は暗やみの外へ踏み出した。書類かばんを拾いあげたとき、いつにないずっしりとした手ごたえに、もうすこしでびっくりするところだった。そうそう、リヴォルヴァーがなかにはいっているのだった、と思いかえした。

彼にせよだれにせよ、拳銃を携帯するというのは、ただごとではない——たとえそれが装塡《そうてん》されてない拳銃で、紙につつまれているとしても、それからまた、薬包箱も別に紙に包まれて書類かばんのなかの別々の仕切りのなかに入れられているにしても。しかし法律上の用件で彼が当地まで会いにきた依頼人のマーゲトロイド氏から、すまないがミルウォーキーまでこの拳銃を持って行って自分の兄に渡してもらえないだろうか、兄にそうすると約束してあるので、と彼は頼まれてしまったのである。

「船便だと、えらく厄介なので」とマーゲトロイド氏は言った。「どうやってこれを送ったものか、小包がいいのか、鉄道便がいいのか、それともほかに方法があるのか、わからないのですよ。拳銃を郵送することが、そもそも法律違反なのかもしれませんね。よくは知りませんが」

「そんなはずはありませんよ」ベルフォンテーン氏は依頼人に言った。「銃器類を郵送で販売するということもおこなわれていますからね。もっとも特別配達にする必要があるかもしれませんが」

「どっちみち、あなたはミルウォーキーへまっすぐお帰りになるんでしょう。でしたら、べつにお手間をかけることにはならないし、それに兄のところへ届けてくださる必要はありません。ちょっと電話をかけてくだされば、兄があなたの事務所まで頂戴にあがりますよ。じつは、あなたに持って行ってもらうようにおねがいするからと、すでに兄に手紙を書いてしまったのです」

こうなると、おとくいの機嫌をそこなわずにそれをことわる適当な口実が見つからなかった。そこでベルフォンテーン氏はピストルを持ってきたわけだが、そういう代物が自分の手もとにあるということを、さして気にしてはいなかった。

（いまいましい喘息め）小さな停車場のドアをあけてなかへはいりながら彼はつぶやいた。（それに、この田舎《いなか》町のボロ薬局ときたら、喘息用のエフェドリンすら売ってないのだからいやになる。こんどくるときには、五、六錠、薬を用意してこよう……）

彼は光線に目をなれさせるために、まばたきをして、それからあたりを見まわした。駅のなかには彼のそばに男がひとりいるだけだった。長身の、やせた男で、身なりはみすぼらしく、血走った目をしている。ベルフォンテーン氏がはいって行ったとき、その男は両手で顔をかかえて腰かけていたが、顔をあげると、「ちわっ」と言った。

「どうも」ベルフォンテーン氏は簡単に答えた。「冷えて――うッ――きますな」

切符売り場の窓口の上の壁にかかっている時計が七時十分をさしていた。あと四十五分待たなければならない。その窓口をとおして駅の内部の部屋が見える。白髪まじりの駅員が、むこうの壁に向いて、旧式のタイプライターを無器用にたたいている。ベルフォンテーン氏は切符売り場の窓口には行かなかった。往復切符を買ってあったからだ。

長身の男は、待合室の壁ぎわにある小型の胴のふくれた石炭ストーブのこちら側に腰をおろしていた。ストーブの反対側に、すわり心地のよさそうなゆり椅子がおいてあった。しかしベルフォンテーン氏は、いますぐに待合室を横ぎって行ってそれに腰かけようとは思わなかった。喘息もちが急いで歩いてきたために、まだ呼吸が荒かったのだ。彼は、まず自分の呼吸を整えたかった。おそらくあのゆり椅子に腰をおろせば、すぐに口をきかなくてはならないだろう。そして、一言しゃべってはやすむ、といった調子で話す羽目になれば、結局は自分の厄介な持病について説明しないわけにはいかないことになるだろう。

そこで、その場にしばらくつっ立っている口実に、彼は、くるりとうしろをふり向いて、まるで外にいる人間を見守っているかのように、ドアのガラスごしに外を見つめた。

しかし、彼が見たのは、ガラスに映った自分の姿だった。まるまるとふとった小男でつやつやした桃色の顔、だいぶ薄くなってきた頭。

もっともそれは帽子の下にかくれていた。しかし、べっ甲ぶちの眼鏡が、彼の顔に、ひどく重々しい感じをあたえていた。眼鏡は彼によく似合っていた。というのはベルフォンテーン氏は、自分自身をかなり重々しく考えていたからである。彼は現在、四十歳だった。おそらく、五十歳になるまでには、一流会社の顧問弁護士になるだろう。

サイレンが、また鳴りわたった。

ベルフォンテーン氏は、その音を聞いてかすかに身ぶるいした。それから待合室を横ぎって、石炭ストーブのそばのゆり椅子に腰をおろした。書類かばんを床の上におくと、ずしんと音がした。

「七時五十五分の汽車に乗るんですか?」と長身の男が声をかけてきた。

ベルフォンテーン氏はうなずいた。

「ミルウォーキーまで行きます」

「私はマディスンで降ります。すると二百マイルほどごいっしょできるわけですな。お近づきを願ってもよろしいでしょうね。私はジョーンズと申します。サックス塗料会社の帳簿係をやっています」

ベルフォンテーン氏も自己紹介をして、それからたずねた。

「サックス塗料会社というのはシカゴにあるのだとばかり思っておりましたが……?」

「マディスンに支店があるんです」

「そうですか」とベルフォンテーン氏は言った。こんどは彼が、なにかいう番だったが、なにを言ったらいいものかさっぱり思いつかなかった。ふたりが黙っていると、またサイレンが鳴った。こんどは前よりも大きな音だった。彼は身ぶるいした。

「あの音を聞くとぞっとしますよ」

長身の男は火かき棒をとってストーブのふたをあけた。「ここは冷えますな」と言って火をかきたてた。「あのサイレンは、なにごとですかね?」

「犯罪人の精神科病院から脱走した男がいるのですよ」彼は無意識のうちに声をひそめた。「おそらく殺人狂でしょうな。そういう手合いばかり収容される病院ですからね」

「なるほど」長身の男は気のなさそうな返事をした。そして、さらに強く火をかきたてると、ストーブのふたをガチャリとしめて火かき棒を手にしたまま椅子にすわった。

それは、こんな小型のストーブ用にしてはかなり重量のある火かき棒であることに、ベルフォンテーン氏は気づいた。長身の男は長い足を左右にひらいて、両ひざのあいだで、火かき棒をぶらぶらさせていた。男はベルフォンテーン氏の顔を見ないで、ぶらぶらゆれている火かき棒を、じっと見つめていた。だしぬけに彼はきいた。

「人相はわかっているんですか? その犯罪者が、どんな顔の男か、あなたはごぞんじですか?」

「う――いや、知らんです」ベルフォンテーン氏は言った。彼は突然、重い火かき棒が弧を描くのを目にした。

そして彼は、はっと息をのんだ。いや、そんなばかな。いや、もしかすると、……そういえば、どうもおかしい――。

とつぜん、彼には、その理由がわかった。はじめ彼は、その長身の男が、いくぶん身すぼらしいなりをしていると思っていた。ところがいま、あらためて見直してみると身すぼらしいところなど全然ないのである。着ているものも上質の——すくなくとも標準以上の品だ。ただ、それが着ている人間に合っていないだけなのだ。

服は並みの身長に仕立てられていた。トップ・コートも同様だった。ズボンの折り返しは下に引きおろされていたが、もともとそれは折り返るようにプレスされていたものだし、現にプレスの折り目がまだちゃんと残っていた。だから、あんなに妙なぐあいにくるぶしに垂れさがっているのだ。折り返しをさげても、なおかつ一インチかそこら短かった。トップ・コートのそでもそうだし、上着もそうだ。

ベルフォンテーン氏は身動きもせずに腰かけたまま、その男を見ないようにしていた。しかし、目のすみのほうで、こっそりと詮索することはやめなかった。男のワイシャツは、どう見てもカラーが大きすぎた。うたがいもなくこのシャツは、もっと首まわりの太い男のために仕立てたものにちがいない。カラーから突き出ているジョーンズのやせた首のまわりには大きなすき間ができていた。

しかも、その目は粗暴で血走っていた。——

脱走した狂人は、おそらくまず鉄道の駅を目ざすにちがいない、とベルフォンテーン氏は考えた。病院からずっと離れた、ちょうどこんな小さな停車場を、まず目ざすにちがいない。その途中で、やつは人家に押し入って衣服を手に入れ、それまで身につけていた患者服と着がえるだろう。あるいは、服を手に入れるために、行きずりの人間を殺すことすらやってのけるかもしれない。ところで、その服は、もちろん、やつのからだに合うはずがない。

ベルフォンテーン氏は、じっとからだをかたくして腰かけていた。そして、自分の顔から血の気がひいて、冷たくなってゆくのを感じた。もちろんベルフォンテーン氏は勘ちがいしているのかもしれない。しかし――。

名前はジョーンズとか言ったっけ。いかにも自己紹介の必要に迫られたときに使うために用意したような名前じゃないか。サックス塗料会社だって、手広く宣伝している大会社だから、まずまっさきに思いつきそうな名前だ。

しかしやつは、マディスンへ行くと言ってそこでボロを出してしまった。

もっとも、支社があるなどと言って、うまくごまかしてしまったが。

スーツケースも持っていないようだ。服は身につけているものだけだし、そのまた服ときたら、どう見てもやつ自身のものではない。盗んだ服だ。もしかすると、人を殺して手に入れた服かもしれぬぞ。ほんの一時間かそこら前に、やつは人殺しをしたのだ。猪《い》くびの、ずんぐりした小男を――。

火かき棒が、ゆっくりと、催眠術をかけるように、ぐるりと弧を描いた。のっぽの血走った目が、火かき棒からベルフォンテーン氏の顔へ、ゆっくりと動いた。のっぽが言った。「あなたは――」そこで口調が変わった。「どうかしましたか? どうしたのです?」

ベルフォンテーン氏は、ごくりと生つばをのんで、それからやっとのことで言った。「べ……べつに」

血走った目が、しばらくベルフォンテーン氏を見つめていたが、それからゆっくりと、ぶらぶら動いている火かき棒へと移った。のっぽは彼が口にしかけた言葉のあとを言わなかった。感づいたな、とベルフォンテーン氏は漠然《ばくぜん》と考えた。見ぬかれてしまったらしい。私がやつの正体を知っていることを、やつは感づいた。もしいま、ここを出て行こうとすれば、私が警察を呼ぼうとしていることをすぐにやつは感づくだろう。私がドアのところまで行かないうちに、やつは火かき棒で私を一撃できるわけだ。

いや、火かき棒を使う必要さえない。その気になれば、両手で私を絞め殺すこともできるわけだ。いや、やっぱり火かき棒を使うだろう。やつが火かき棒を動かしているやりかたや、それを見る目つきから推すと、やつはそれを凶器として使うことを考えているのにちがいない。

仮に私が、じたばたせずに、ここにじっとしているとしても、やはりやつは私を殺すだろうか? やりかねないぞ。なにせ相手は狂人だからな。やつらは理由なんか必要としないものだ。

ベルフォンテーン氏は口のなかが、からからに乾《ひ》あがってしまった。上下のくちびるは、ぺったりとはり合わさったみたいだ。だから彼は、口をひらく前に、舌でくちびるを湿さなければならなかった。なにかしゃべらなければならない。なにか思いついたことをしゃべって、相手を安心させなければならない。つかえたり、どもったりしないように、ベルフォンテーン氏は、ひとことひとこと、慎重に発音した。

「冷えて……き……きましたな」そう言ったとたんに、これとそっくり同じ言葉を前に一度言ったことを思い出した。まあ、いいさ、同じ言葉をくり返すことは、よくあることだ。

のっぽは彼のほうをみた。それからまた目をふせて「そうですな」と言った。その声には抑《よく》揚《よう》がなく、いったい頭のなかで何を考えているのか、さっぱり見当がつかなかった。

そのとき、突如としてベルフォンテーン氏は拳銃のことを思い出した。弾丸を抜いて紙にくるんだ拳銃が書類かばんにおさまっているが、それが装塡されてこのポケットにはいっていたらよかったのに。なんとかして、そうならないものだろうか——。

必死になってその手段を考えている彼の目に、「男子用」と書いたドアが映った。うまくやれるかな？　もし彼がドアに向かって歩き出したら、こいつめ、とめようとするだろうか？

彼は、ゆっくりと立ちあがって、書類かばんを拾いあげたが、額は玉の汗でびっしょりだった。

勇を鼓して、つとめて平静な声を出そうとした。「ちょっと失礼しますよ」そう言って、ストーブと男の腰かけている椅子の背後をまわって洗面所のドアに向かった。

ベルフォンテーン氏は、すばやく洗面所のドアをしめて、錠をおろそうと鍵を捜した。しかし鍵はなかった。差しこみ錠もついていなかった。書類かばんのジッパーを引いたとき、両手がぶるぶるふるえた。

あたりを見まわして捜してみたが、助けになりそうなものは、なにも見あたらなかった。抜け出せそうな窓もない——ちっぽけな窓が一つ、高いところについていたが、とても届きそうもなかった。ドアをバリケードにすることも不可能だった。便所のなかには貧弱な差しこみ錠がついていたが、一人前の男ならだれでも片手で、こんなドアは押し破ることができるだろう。

いや、ここは安全ではない。そうなると彼にできることは、拳銃を装塡して、また外へ出たときに、いつでも使えるようにポケットに忍ばせておくことだけだ。それにあまり長くここにいるわけにもいかない。早くやらなくては、早く……。

ジョーンズ氏は、不思議そうに、洗面所のしまったドアを見つめていたが、それから肩をすくめると、また火かき棒でストーブの火をかきたてた。

なんておかしな野郎だ。どうみても頭がいかれているらしい。汽車のなかでだれか話し相手がほしいとは思っていたが、あんな野郎しか相客がいないとすると、駄菓子でもつまんでいたほうがましだ。そうだ、汽車のなかでひとねむりすることにしよう。

なにしろ昨夜のあとだから、いくらでも眠れるだろう。こんなへんぴな田舎で、あんなドンチャンさわぎになるとは思わなかった。しかし、姉のマッジは、えらくお祭り気分だったし、ご亭主のハンクもそうだった。酒は上等ではないが、たっぷりあった。とにもかくにも記念パーティーだったからな。あの近所のウィルキンズ一家の連中は、じつによく飲んだくれやがった。

しかし、とジョーンズ氏は、にがにがしく考えた。飲んだくれたことにかけては、おれだって同じだ。新鮮な空気を吸いたくなって、千鳥足で裏庭へ出て行って、そのまま泥んこのなかへばったり倒れちまったっけ。はたしておれの服はもとどおりになって返ってくるだろうか？　そのために、マディスンへ帰るまでは、こうしてハンクの服を借りてこなければならなかったのだ。

こんどまた、あれほど大酒をくらうようなことは、当分ないだろう。それは、そのときは楽しいさ。しかし、翌日、いや翌晩でさえ、どんな気分になるものか、まったくいやなものだ。きょうは会社に行かなくてもよかったので大助かりだ。こんな充血した目つきをして行ったら、事務所の連中は、きっとからかうにきまっている。

明日は――ええい、サックス塗料も帳簿の仕事もくそくらえだ。支店長のロジャース老人が、二、三カ月のうちにはきみを地方の出張販売に出してあげられるだろうとぬかしやがったが、その話を聞いていなかったら、あすは辞表をたたきつけるところだ。販売成績は、そんなに悪かろうはずがないし、それにおれは塗料のことはよく知っている。だから、あと二カ月ばかり帳簿ととっくむのも無駄ではあるまい。

洗面所のドアがあいて、妙ちきりんな顔をした小男が出てきた。ジョーンズ氏はふり向いた。そして――さよう、依然として狂気じみた表情がその男の顔に浮かんでいるのが見えたのである。まるで仮面が顔にはりついたようにこわばり、ぎくしゃくした面《つら》つきじゃないか。おまけに、妙な歩きかたで、こっちへやってきやがる――こんどは左手に書類かばんを持って、右手は深々とトップ・コートのポケットにつっこんでいる。

いったいなんだって書類かばんなんか持っていったのだろう？　まさか自分が洗面所にはいっているすきにだれかにかっぱらわれると考えたわけじゃあるまい。ただし、何か貴重なもの、宝石類でもはいっているのなら話はべつだが、いや、最初に、やつがかばんを床においたときには、ずしんと音がしたから、宝石にしては重すぎる。むしろ銃器類のようだ。しかし銃器のセールスマンというやつは、見本を茶色の革の書類かばんに入れて持ち歩くようなことはしないはずだ。

ジョーンズ氏は、小男がトップ・コートのポケットに手をつっこんだまま、書類かばんを床の上において、また椅子に腰をおろすしぐさを、不思議そうに見つめていた。ただし、今度はずしんという音はしなかった。前よりも軽そうに見えたし、音も軽かった。まるで、からっぽか、中身があっても書類が二、三枚というところだ。重味のあるものは、なにもはいっていないみたいに書類かばんは倒れてしまった。小男はそれを拾いあげて、倒れないように、ゆり椅子のわきに立てかけた。かばんはからだな。すくなくとも、なにか重量のあるものが抜かれてしまったらしい。

意味もなく好奇心にかられたジョーンズ氏は、怪しい書類かばんから、その上にある緊張した蒼白な顔へと視線をうつした。

こいつ正気じゃないな？　ほんとに狂人だろうか？

沈黙のなかに、かすかにサイレンのひびきがきこえてきた。そのひびきを聞いて、小男ははっとした。恐怖のあまり、一瞬その表情がくずれたが、またもとどおり、こわばってしまった。

ジョーンズ氏は、頭の皮がちくちくしてきた。そしらぬふりをしながら、彼はすばやく手にした火かき棒に目を落とした。これが殺人狂にたいする唯一の武器だとさとったとき、柄の両わきにある彼のひざが緊張してかたくなった。

なんでもっと早く、それに気がつかなかっただろう？

やつは息せき切って、ここへやってきた。周囲を見まわして、ドアのガラス越しに、だれかにつけられてはいまいかと外をうかがっていたっけ。

そのあとしばらくのあいだは、まともにふるまっていた。えてして狂人というやつは、そうするものだ。やつらは正気の人間と区別できないほど、まともになるときが周期的にあるのだ。こいつは殺人狂だぞ、とジョーンズ氏は考えた。おれを殺すつもりだろうか？　それでやつは、あんな妙なそぶりをしているのだろうか？　刻一刻と狂気がつのって、殺人へとやつをかり立てているのだろうか？

しかしやつは小男だ。こんなやつ、おれなら当然軽くあしらえるはずだ。だが、狂人というやつは馬鹿力を出すそうだからな。だがおれも、腕っ節にかけては、いささか自信がある。もっとも、やつが拳銃をもっていなければ、の話だが。

書類かばんのなかにはいっていたものが、そのとき突如として、はっきりとジョーンズ氏にわかった。狂人が洗面所へ行ったわけがわかった——書類かばんからトップ・コートの右ポケットに移しかえるために行ったのだ。いま、やつの右手はそれをつかんで、指は引き金にかかっている。

依然として火かき棒に目を落とすふりをしながら、ジョーンズ氏は目のすみで横目をつかってトップ・コートのふくらみを見た。たしかに拳銃だ。ただ手をつっこんでいるにしては、ふくらみが大きすぎる。それに銃身の輪郭が、ポケットの下のほうで、小さなひだをつくっている。おそらく銃身五、六インチのリヴォルヴァーだろう。

もしやつが脱走した狂人なら、とジョーンズ氏は自分に言いきかせようとした。まさか、あのサイレンのわけをおれに話すはずはあるまい。しかしあのときは、おれのほうから理由をきいたのだ。やつは、おれがすでにそのわけを知っていて、息せき切ってやつが駅へはいってきたようすから、おれがやつのことを疑っているのではないかと考えたのかもしれない。そこでやつは、おれがすでに知っているとまずいと思って、ほんとのことを話したのかもしれない。それにやつのけちくさい名前はどうだ――ベルフォンテーン――おそらく小説から思いついた名前だろう。そんな妙ちきりんな名前を持っている人間なんて、めったにいるものじゃない。

しかし、こんな推理をしていてもはじまらん。拳銃があることは事実なのだから。殺人狂に拳銃でねらわれているときにどうしてのんびりと推理なんかしていられるだろう。

それにしても、どうしてやつは待っているのだろう?

遠くはなれたところで汽笛が鳴った。ジョーンズ氏は頭を向けずに横目をつかって時計を見た。七時五十五分の旅客列車にしては十五分も早い。してみると、おそらく逆の方向へ行く貨物列車にちがいない。

そうだ。列車が刻々と近づいてくる音がきこえるが、いかにも貨物らしい音だ。速力は落としていない。駅のなかの別のドアがしまる音がきこえた。彼はその理由を推察した。駅員がプラットホームへ出て行くところなのだ。たしかにホームに足音がする。ただ、驀進《ばくしん》してくる列車の轟音《ごうおん》がそれをかき消してしまった。

機関車が駅の正反対のところ、窓のちょうど外側にさしかかったとき――もちろんやつはその瞬間を待っている。耳を聾する列車の轟音なら銃声を消してしまうからだ。

緊張したジョーンズ氏は、指の関節が白くなるほど強く火かき棒を握りしめて、からだの重心を前にうつした。こうしておけば、相手が一歩ふみ出すと同時に火かき棒をふりあげることができる。狂人のトップ・コートの布地をとおして輪郭の見える拳銃の銃口が、もしあがりはじめたら――

列車のひびきは刻々と高まり、近づき――耳を聾する轟音が、しだいに強まり――さらに高くなった。

そしてジョーンズ氏が前にのり出すと同時に銃口があがった。

真鍮《しんちゅう》のボタンのついた紺の制服を着た男が、うしろ手に注意深くドアをしめて、ストーブの両側に腰かけているふたりの男のほうを向いた。ふたりとも妙な顔つきで、ひどくぎごちなく緊張した様子で腰かけている。まるでびっくりして硬直したみたいだ。

一丁やるか？　いや、そいつはどうみても危険《やば》い。こうして制服を手に入れたからには、汽車に乗って、捜査の手のとどかぬところへずらかるのは、ぞうさもないからな。だが、それにしても、こいつらを、腰のベルトにさした拳銃でやっつけるのは、まったくぞうさないな――こうして制服を着ておれば、公然と、はばかるところなく携帯する権利のある拳銃で。

「こんばんは、みなさん」と彼は言った。ひとりが口のなかで何やらつぶやいたが、もうひとりは全然答えなかった。火かき棒をもてあそんでいた背の高い男が、「つかまりましたかね

――狂人は？」ときいて、まるで何か合図をつたえようとするかのように、目のすみで、でぶの小男のほうをちらと見た。

制服の男は声をあげて笑った。「いや、まだつかまらんよ。つかまるとは思えないね」

こいつはおもしろい。まったく、たまらないほどおもしろい。

「もうあの男をつかまえるのは困難だろうね。あいつはウェーンズヴィルで警官を殺し、拳銃と制服を盗んだ。ところが連中はまだそのことを知っちゃいないんだ！」

彼はまた吹き出した。腰の拳銃に手をかけたときにも、まだくっくっと笑っていた。

しかし拳銃がケースから抜かれもしないうちに、だしぬけに小男のポケットから発射されたらしい銃声が一発、火を吐いて彼の耳をかすめた。火かき棒を持った大男はすでに部屋を横ぎって彼に向かってくるところだった。抜いた拳銃をかまえもしないうちに、小男のピストルが二発目を発射して彼の腕の上にあたった。いっぽう火かき棒は早くも彼の頭をめがけておそいかかってきた。彼は頭をかがめて、かろうじて大男の一撃をまともに受けることをさけた……。

格闘がはじまったとき、通過した貨物列車の汽笛が遠くで鳴っていた。同時に構内の駅員室のほうの電話を、だれかががやっきとなってかけていた。

彼は手足をしばられてしまった。ちょっともがいたが、それから力をぬくとため息をついて、彼の上に立ちはだかっているふたりの男を見あげた。彼はいまのことを思い返してみた。

彼がここにはいってきたときには、とっくにこのふたりは用意ができて騒動が起きるのを予期していたのだ。小男はピストルに手をかけていたにちがいないし、大男はすでに火かき棒をぶらぶら動かしていた。人間というものはふつう、とつぜん相手を攻撃するには、それ相応の身がまえをしなければならぬものだが、こいつらときたらダイナマイトみたいに、たちまち爆発しやがった。

やれやれ、こんな物騒な連中が、そこらへんに野放しになっているのなら、おれは精神科病院にかえって、みんなから世話をしてもらうほうが、ずっと安全かもしれないな。まったくこいつらは、すんでのところでおれを殺すところなんだ。こいつらは狂っているかもしれない。きっとそうにちがいない。

証拠のかわりに

レックス・スタウト
田中小実昌 訳

Instead of Evidence　一九四六年

ブラウンの短編がコルト二二口径のピストルなら、**レックス・スタウト** Rex Stout（1886.12.1-1975.10.27）のは同じ短編でも四五口径というところか。蘭の好きなデブッチョの名探偵ニーロ・ウルフが、今回は安楽椅子にすわったまま、五千ドルをかせぐ。

ある種の人間にたいしては、ぼくにも偏見がある。ユージンという名前をもった男が好きになれないのも、その一つだ。しかし、そのわけを聞かれてもこまる。自分でも、つまり偏見だとわかっているからだ。故郷《くに》のオハイオで幼稚園にいっていたころ、ユージンという子供からキャンデーでもふんだくられたことがあったのかもしれんが、記憶にはない。ユージンという名の男が虫が好かんのは、生まれつきの性格の一面みたいなものだというのが事実だろう。

だから、十月の、その火曜日の午後、ユージン・R・プーア夫妻がニーロ・ウルフのところにやってきた時、ぼくがそっけない態度をしたのも、ユージンという名前のためで、ほかには、なにも理由はなかった。だいいち、ぼくもニーロ・ウルフも、それまでユージン・R・プーアはぜんぜん知らず、もちろん、顔を見るのははじめてだったのだ。

会う約束は、その日の朝、電話でした。というわけで、名前をきいた時から、ぼくは好意をもっていなかった。ユージン・R・プーアは、四十の誕生日に細君がなにをプレゼントしてくれたか忘れてしまっているほどの年ではない。だが、四十前ということはあるまい。ほんとに特徴のない男だった。顔も、そこいらに転がっているなかから、あてずっぽうにとりあげたようなものだし、グレーの杉綾《ヘリンボン》の背広も、南カリフォルニアのサンディエゴからメイン州のバンゴーまで、それこそ、アメリカじゅうのどこででも、すぐ買える代物だ。事実、ぼくの注意をひいたのは、その名前だけだった。

しかし、ぼくは、ひかえめだが好奇心をしめして、ユージン・R・プーアを見つめていた。共同で事業をやっているコンロイ・ブレニイという男から、きっと殺される、と彼がニーロ・ウルフにうったえるのを、今きいたばかりだからだ。

西三十五丁目にあるニーロ・ウルフの家の、オフィスとして使っている一室の自分の机に、ぼくはすわっていた。ニーロ・ウルフもデスクのうしろの、四分の一トンまでの重量はささえられる特製の椅子に腰をおろしている。四分の一トンといったが、ニーロ・ウルフの体重がそれをこえるのも、まったく可能性のないことではあるまい。ユージン・R・プーアは、ニーロ・ウルフのデスクからすこしはなれた赤革の椅子にすわった。椅子の右ひじにくっつけて、客が小切手を書く時に便利なように、ちいさなテーブルもおいてある。ミセズ・プーアは、夫とぼくの間の椅子に腰かけていた。

ミセズ・プーアにたいしては、べつに、ぼくは偏見をもっていなかった。ミセズ・プーアもユージンという名だとは考えられないし、ぼくの四十歳の誕生日より、彼女の四十の誕生日のほうがさきにくるともおもえないということなど、むしろ、いくつか好意を感ずる理由があったのだ。もちろん、ミセズ・プーアはそんなに若くもなく、一目見てゾクンとくるほどきれいでもなかったが、その人がいるだけで、部屋のなかがほのぼのとあかるくなるような、そういったタイプだった。

むろん、女ぎらいのニーロ・ウルフは顔をしかめていた。そして、約半インチばかり頭を左右にふった。これは、ニーロ・ウルフにとって、非常にはっきりした否定の態度だった。

「だめですな」ニーロ・ウルフは力をいれて言った。「今までにも、おそらく二百人以上の男女が、現在あなたが腰かけている同じ椅子にすわり、命をまもってくれ、とわたしにたのんだ」ニーロ・ウルフは視線をぼくのほうに切りかえた。「正確にいって、何人だ、アーチイ?」

ぼくは調子をあわせて、こたえた。「二百九人」

「それを、ひきうけたことがあったかね?」

「いいえ、一度も」

ニーロ・ウルフはユージン・R・プーアにむかって、指さきをうごかした。「一年に二百万ドルぐらいの費用をかけて身をまもれば、かなり殺すのはむずかしくなる。事実、国王や大統領の護衛には、それくらいの金はかかってるが、歴史を見ると、それも、あまり役にはたっていないようだ。もちろん、ほかのことをしなければ、もっと安あがりですむ。そう、一年に四万ドルぐらいでいいかな。山腹にほら穴でもほり、そのなかにはいって、一歩も外に出ず、信用できる用心棒を六人ぐらいに、ほかにもまちがいのない人間をあつめ——」

ユージン・R・プーアは、さっきから口をはさもうとしていたが、やっと成功した。「殺されないようにまもってもらいたいと、わたしは申してはいません。そのために、こうして、おねがいにきたのではないんです」

「じゃ、いったい、なにしにこられた?」

「わたしを殺しても、ブレニイが罪にならないようなことがあってはこまるとおもいましてね」ユージン・R・プーアはせきばらいをした。「それを、さっきからいおうとしていたんです。ブレニイから殺されるのをふせぐことはできないというあなたの意見には、わたしも同感だ。だれにたのんでも、それはむりでしょう。おそかれはやかれ、わたしの命はうばわれる。ブレニイはとても抜け目のない男ですからね」プーアの声に、にがにがしい響きがくわわった。「とうてい、わたしにはたちうちできない。あんな男にあわなきゃよかった、とわたしはおもっています。ひとがある者を殺そうといったん決心したら、それをとめることができないのも、わかっている。また、ブレニイはひじょうに頭のいい男だから、殺しそこねる可能性もありません。ただ、わたしを殺したあと、犯人としてつかまるかどうかというのが問題なんです。おそらく、うまく罪からのがれることができるのではないでしょうか。いや、きっと、ブレニイなら罪になるまい。それが、わたしにはたまらないんです」

ミセズ・プーアがからだをうごかした。ユージン・R・プーアは言葉をきり、妻をふりかえって、まるでなにかいわれたように、首をふった。それから、チョッキのポケットから葉巻きをだし、紙のバンドをとり、どっちが口のほうか、両端をくらべ、チョッキのべつのポケットにあった葉巻き切りで、片方のはしを切って火をつけた。だが、そのとたんに、葉巻きは口からはずれ、ももの上でバウンドして、床の敷き物のうえにおちた。プーアは、いそいで葉巻きをひろいあげ、こんどは、しっかり歯の間にはさんだ。

それを見て、ぼくは心のなかでつぶやいた。「やっぱり殺されるとなると、口でいうほど、観念しておちついてるわけでもないんだな」

「だから、わたしは、あなたのところに相談にまいりました」ユージン・R・プーアはニーロ・ウルフに言った。「この事実をお知らせし、わたしが殺された時には、ブレニイがやったという証拠をあげていただきたいんです。ひきうけてくだされば、五千ドルさしあげますが──」口にはさんだ葉巻きのため、よくしゃべれないので、プーアは葉巻きをとった。「ブレニイに殺されれば、わたしはもうこの世にはいません。だれかに、このことを知っておいてもらいたいとおもいまして──」

ニーロ・ウルフは目を半分とじた。「しかし、なぜ、前金で五千ドルもはらう必要があるんです？　なにも、わたしにだけたのむこともあるまい。たとえば、奥さんでもいい」

ユージン・R・プーアはうなずいた。「そのことも考えました。あらゆることを考えてみたんです。もし、ブレニイが家内も殺したらどうなりますか？　ブレニイが、いったいどうやってわたしをかたづけるか、ぜんぜん見当もつきません。家内にもしものことがあった時は、ほかのだれをたよれます？　わたしは、いいかげんなことはいやだ。それに、もちろん、警察にしらせることも考えました。しかし、うちの店に二度ばかり強盗がはいった時の経験からおもうと、一年か二年もたって殺されれば、おそらく警察は、わたしの言ったことなどおぼえていますまい。わたしは商売人です。たよりにならないものに、たのんでもむだなことは、よくわかっています」プーアは、また葉巻きをくわえ、二服ふかして、口からとった。

「なにかお気にいらないことでも？　前金で五千ドルなら、わるくはないとおもいますが……」

ニーロ・ウルフはうなるような声で言った。「五千ドルまるまるこっちの収入にはならん。今は十月だ。一九四五年、今年の収入を計算すると、これからはいってくる金の九十パーセントは税金にもっていかれる。だから、五千ドルといっても、実際にふところにはいるのは、五百ドルというわけだ。ブレニイという人がそれほど頭がいいのなら、五百ドルで殺人の証拠をつかむことは、まあ、むりでしょうな」ニーロ・ウルフは目をひらき、ミセズ・プーアをにらみつけた。

「失礼だが、奥さん、なにがそんなにおもしろいんです?」

女ぎらいのニーロ・ウルフは、とくにおもしろそうにしている女にはがまんできないのだった。

ミセズ・プーアは、あきらかに好意をしめして、ニーロ・ウルフにニッコリほほえみ、やはりおもしろがってるような声で——いい声だった——いいだした。「わたくし、こまっていますの。でも、あなたなら、たすけてくださるとおもいますわ。わたくしは、主人の考えとはちがいます。あなたに、こんなお願いをするなんて、まちがってるとおもうんです」

「いや、まったく——。アトランチック探偵社のような有名なところにいったほうがよかったとお考えなのかな?」

「いいえ、そんな……。もし、どこかの探偵社にたのむなら、もちろん、ニーロ・ウルフさん、あなたのところにまいりますわ。でも——、わたくしのおもってることを、申しあげてよろしいかしら?」

ニーロ・ウルフは柱時計に目をやった。三時四十分だ。四時になれば、彼は屋上の温室にいき、大好きな日課をはじめる。蘭の花をいじってまわるのだ。食うことと飲むことでは、だれにもひけをとらないニーロ・ウルフは、また、蘭の花つくりでも、ニューヨーク一だった。ニーロ・ウルフはぶっきらぼうに言った。「あと十八分だけある」

ユージン・R・プーアはいきおいこんで口をはさんだ。「じゃ、わたしの話を――」だが、ワイフにニッコリほほえまれ、だまってしまった。ミセズ・プーアはウルフに言った。

「そんなに長くはかかりません。たくの主人とブレニイさんが共同で今の事業をはじめて十年になります。ブレニイ&プーア商会です。火のつかないマッチとか、ゴムでつくった足の椅子、石鹸のにおいのする飲み物など、ご存じですか、つまりおとなの玩具《がんぐ》を製造している――」

「わかった、わかった」ウルフはおそろしそうにつぶやいた。

だが、ミセズ・プーアはそれを無視して、言葉をつづけた。「同業者のなかでも、うちがいちばん大きいでしょう。ブレニイさんがいろんな新しいものを考案、製造し、たくの主人が営業面、販売その他をうけもっています。ブレニイさんは、なんと申しますか、つまり自信のありすぎるひとで、事業が成功したのもみんな自分のためだと思いこみ、もう、たくの主人と共同で経営する必要はないと考えたらしいんです。で、二万ドルの金をだすから、たくの主人に事業から手をひくようにいいだしました。もちろん、うちの社の資産内容はそんなものではありません。おそらく十倍のお金をもらっても、あわないくらいです。だから、たくの主人は同意しませんでした。そんなことで、ブレニイさんとは言い争いがつづいていたのです。それがだんだんひどくなり、今では、たとえどんな方法ででも、ブレニイさんはたくの主人を社から追い出すつもりだ、と主人はおもいだしました」

「つまり、殺してでも、そういうわけですな。だが、あなたはそうは考えない……？」

「いいえ、ちがいます。ブレニイさんは、決心したことは、かならずやりとげる人です」

「殺す、と脅迫されたことは？」

ミセズ・プーアは首をふった。「ブレニイさんは、そんなタイプのひとでもありません。おどかしたりしないで、実行するほうですわ」

「じゃ、なぜご主人がわたしのところにたのみにくるのが気にいらない？」

「だって、主人は、あんまり頑固《がんこ》すぎるんですもの」ユージン・R・プーアは、口をはさもうとしたが、またワイフから笑顔をむけられ、グンニャリなってしまった。ミセズ・プーアは、ニーロ・ウルフに視線をもどした。「たくの主人とブレニイさんが共同で事業をはじめた時の契約に、パートナーのどちらかがさきに死亡した場合には、事業はすべて、残った者の物となる、という条項があります。このことも、ブレニイさんが殺そうとしていると、たくの主人が信じる理由で、わたくしも、そう思います。でも、たくの主人の望みは、殺されたあと、ブレニイさんがつかまることですが――そのことばかり考えていて、ひとのいうことはきこうとしませんのよ――わたくしは、ただ、主人に生きていてほしく……」

「ねえ、マーサ」とユージン・R・プーアは口をはさんだ。「わたしがここに伺ったのは――」

ミセズ・プーアの名前はマーサというのか。――ぼくは、マーサという名前の女性には、べつに偏見はない。

しかし、ミセズ・プーアは黙らず、ニーロ・ウルフにうったえた。「つまり、こうなんですの。ほかにしかたがなければ、殺してでも社を自分ひとりのものにしよう、とブレニイさんは決心していると、たくの主人は思っています。わたくしもおなじ考えです。また、あなたも、いったん男がだれかを殺そうときめたなら、とめることはできない、とおっしゃいましたわね。だったら、はっきりしてるじゃございませんか？　事業とはべつに、わたくしたちには、二十万ドル以上の貯金があります。半分は戦時公債です。それに、社から手をひくとすると、ブレニイさんから二万ドル……」

「ほんとは、二十倍もの価値がある事業だ」ユージン・R・プーアはいきりたった。彼が感情をあらわにしめしたのは、この時がはじめてだろう。

「でも、死んでしまえば、なんの役にもたたないわ」とミセズ・プーアはいいかえし、また、ニーロ・ウルフのほうをふりむいた。「それだけのお金があれば、わたくしたち充分らくに、そして幸福にくらしていけます。主人がわたくしを愛し、──ほんとに、心から──生きていてくれるだけで、ほかに望みはありません。わたくしが主人を愛してるのは、自分でよく知っていますから──」ミセズ・プーアはからだをのりだした。「だから、わたくし、きょうもついてきたんです。あなたなら、わたくしをたすけて、たくの主人を説得してくださることができると思って──。ブレニイさんを相手にして勝つ見込みがあるのに、たくの主人といっしょにたたかわないというのではありません。でも、だめとわかってるのに、そう強情をはることもないはずです。勝つどころか、ほんとに殺されて死んでしまったら、なにもかもおしまいですわ。ね、おわかりでしょう、ウルフさん？　あなたは頭がよく、世のなかのことはよくご存じで、またなんでもおできになる方です。たくの主人の立場にいたとしたら、どうなさいます？」

ウルフはつぶやいた。「わたしにきいておられるのかね？」

「ええ」

「うん――。あなたのいうことがまちがいないとすれば、ブレニイ氏を殺すな」

ミセズ・プーアは目をまるくした。「だって、そんな……」そしてまゆをよせた。「もちろん、冗談をおっしゃってるんでしょう？　でも、これは冗談じゃありませんわ」

「いや、わたしでも、すぐ殺してやる」とユージン・R・プーアはニーロ・ウルフに言った。「それで、罪にならなければ――。あなたなら、できるだろう。しかし、わたしはだめです」

「ざんねんだが」とニーロ・ウルフはていねいな口をきいた。「わたしも、やとわれて人殺しはしない」ニーロ・ウルフは柱時計を見あげた。「だが、もしブレニイ氏を殺すつもりなら、奥さんにも相談なさらんほうがいい。完全犯罪というものは、かならずひとりでやるべきだ。しかし、奥さんのいわれることがもっともじゃないかな。そのとおりになさるよう、わたしもすすめますよ」

「いやです」細君の言葉どおり、ユージン・R・プーアはまったく頑固だった。

「ブレニイ氏を殺しますか？」

「いいえ」

「ほう、じゃ、まだわたしに五千ドルもうけさせたい？」

「ええ、まあ」

マーサと名前をよんだほうがシックリするぐらい、ぼくには親しい感じがしてきたミセズ・プーアが、ニーロ・ウルフに話しかけようとしたがだめだった。もっとからだも大きく声もでかい男でも、蘭をいじる時間がきたニーロ・ウルフを、ひきとめることはできまい。彼はミセズ・プーアのほうは見むきもせず、言葉をつづけた。

「それも、おやめになったほうがいい。ただし、つぎのような条件でよければべつだ。アーチイ、ノートをとってくれ。受取だ。《ユージン・R・プーア氏より、本日きいたことを、同氏が一年以内に死去した場合には、警察に知らせ、なお、適当と思われる行動が必要な時にはおこなうという約束で、五千ドル受け取りました》そして、いつものように、名前と頭文字《イニシアル》をいれときたまえ。こまかなことは、プーアさんからきいてくれ」ニーロ・ウルフは椅子をうしろにおしやり、その大きな図体《ずうたい》をおこすために、筋肉の準備をした。

ユージン・R・プーアの目は、涙でぬれていた。思いつめたためではない。二本めの葉巻の煙が目にしみたのだ。そういえば、この話の間じゅう、ユージン・R・プーアの落ち着かなさは、葉巻きに集中しているような感があった。二度もおとし、煙は妙なほうにながれていき、せきばかりしていたのだ。だがともかく、彼は口をきくことができた。

「それではこまります。いったい、どんな行動をとるかもおっしゃってはいないし、すくなくとも――」

「だから、おやめなさいと言ったのだ」ニーロ・ウルフは立ち上がっていた。「これが、こちらの条件です。それでよければ引き受けましょう。どうぞ、あなたのいいように」ニーロ・ウルフはあるきだした。

しかし、ユージン・R・プーアは、やっきになってわりこんだ。ポケットに手をつっこみ、札束をとりだしたのだ。「申しあげるのを忘れていましたが――」彼は札束をちらつかせながら言った。「五千ドル、現金でもってきたんです。これからの収入の九十パーセントは税金にとられる、とおっしゃっていましたね。でも現金ならば、べつに税務署に――」

ニーロ・ウルフの目を見て、ユージン・R・プーアは言葉をきった。

「ふうん」とウルフは言った。「この一カ月、人をどなりつけるチャンスがなかった鬱憤《うつぷん》を、いっぺんにはきだすような口ぶりだった。「わたしは、それほど卑劣な男ではない。だが、聖人ともいわん。怒れば、ある男か女、いや子供でもだますかもしれん。だが、ひとりの男や女、または子供ではなく、一億四千万の同胞を欺《あざむ》けますか！　とんでもない」

部屋を出ていくニーロ・ウルフの背中を、われわれはみつめた。彼自身も、その効果は知っていたにちがいない。やがて、ニーロ・ウルフ専用のエレベーターのドアがあく音がきこえた。

ぼくは、ノートの新しいページをひらき、プーア夫妻のほうに向きなおった。「まえにも、申しましたけど、あらためて自己紹介します。ぼくの名はアーチイ・グッドウィン、いろんなこともやっていますが、ニーロ・ウルフの秘書です。秘書になってから五十年、とまではいかないが、ともかく長い間、彼のために働いています。それに、プーアさん、あなたの奥さんの賛美者でもあります」

ユージン・R・プーアは、もうすこしで、また葉巻きを落としそうになった。「なんですって」

「よき助言者としてのあなたの奥さんを、賛美してるんです。奥さんは、この世のいろんな重要なことのうちで、すくなくとも一つだけは、よくご存じだ。どうせ人生なんてものは完全ではありえないのですから、墓のなかよりも、まだその外にいるほうがおもしろいということです。二十万ドルものお金があれば――」

「ひとの忠告にはもううんざりだ」ユージン・R・プーアの言葉は、うそではなさそうだった。

「決心はかわらないんですから――」

「オーケー」ぼくはノートをかまえた。「必要だと思うことは、なんでもおっしゃってください。まず、わかりきってることからおたずねします。自宅と、オフィスの住所は？」

ノートをとるのに、一時間ばかりかかった。だからプーア夫妻がかえっていった時には、もう五時ちかくになっていた。ユージン・R・プーアの話をきいていると、ぼくはよけい、いらいらしてきた。だから、ますます偏見も強くなったわけだ。それから二、三時間後に彼が死ぬことを、その時知っていたとしても、はたしてぼくの気持ちはかわっただろうか、とあとになって考えたことがある。彼の死がそんなに身近にせまっていたことがわかれば、あるいは、その態度もがまんしやすかったかもしれないと思う。すくなくとも、もっと身をいれて話をきいたことはたしかだ。だが、ノートをとっている間は、ブレニイという男の影におびえている、ただの青い顔をした臆病者《おくびょうもの》としか、ぼくには思えなかった。だから、またおなじような話かと思いながら、書きとめていったのだった。

午後六時、ノートにとったことをまだタイプに打っているうちに、温室での二時間の日課がおわり、ニーロ・ウルフはオフィスにおりてきた。そして、椅子にその大きなからだを落ち着かせると呼び鈴をならし、召使のフリッツにビールをもってこさせた。ニーロ・ウルフはぼくにきいた。「あの男の金は受け取ったかい？」

ぼくはニヤニヤ笑いながらニーロ・ウルフを見た。昔とすこしもかわらない。復員して一週間にしかならないぼくを、もう彼は、まえとおなじに、まるで丁稚《でっち》か小僧のようにとりあつかっている。軍隊でぼくが大佐だったことなど、ぜんぜん知らないみたいだ。いや、大佐というのはうそだが、ぼくだって少佐にまではなったのに——。

ぼくは言ってやった。「なぜ、そんなことをきくんです？　もしぼくがお金を受け取ったと言えば、プーアが自分を侮辱したので怒ったことは、部屋を出がけに、はっきり態度でしめしたはずだ。あんな男のたのみは引き受けんと言うでしょうし、ことわったと言えば、干乾《ひぼ》しにする気か、と文句をいうだろう。いったい、ほんとはどっちが好きなんです？」

ニーロ・ウルフはどなりつけた。「タイプをやってろ。タイプを打ってる音が好きなんだ。その間はしゃべることができんからな」

ニーロを喜ばすために、ぼくはタイプをつづけた。しかしあとで、この晩のうちにタイプしたものが必要になったので、結果としてはよかった。八時にタイプは終わり、フリッツがはいってきて、夕食の用意ができたといった。

食堂からオフィスにもどった時には、柱時計は九時四十二分をさしていた。リアルト劇場の最後の映画にまにあうように、もうかえるとぼくがいいかけた時、電話のベルがなった。なつかしい親友、クレーマーからだった。警視の声は、もう何週間もきいていない。クレーマーは、ニーロ・ウルフをだしてくれといった。ニーロ・ウルフは自分の机の受話器をとりあげた。ぼくも直接、話をきいておいたほうがいいと思い、受話器を置かないで耳にあてた。

「ウルフかい？　クレーマーだよ。死人のポケットから紙きれがでてきてね。あんたのサインがある五千ドルの受取なんだ。日付はきょうになってる。それに、その男が死んだ時には、あんたから警察に知らせることがあると書いてあるんだが――。死んだから、たのむよ。しかし、ここにきてくれとは言わん。あんたは、自分の部屋からは出んからな。それにぼくも忙しくて、そっちにいく時間はない。電話でいってくれ」

ニーロ・ウルフはうなった。「なんで、死んだんだ？」

「爆発だよ。ただ、わかってることを――」

「ワイフも死んだかい？」

「いや、女のほうはだいじょうぶだ。ただ、ショックをうけて寝てる。そんなことよりも、早く――」

「そのことについては、わたしはくわしくは知らん。しかし、グッドウィンがノートしておいたから……。ちょっと待ってくれたまえ。アーチイ」

ぼくがかわった。「ちょっと時間がかかるんでね、警視。すっかりタイプしてあるんですよ。なんなら、そっちにいって――」

「オーケー、すぐきてくれよ。プーアのアパートは八十四丁目で、番地は――」

「番地はわかってます。なんでもわかってるんだ。ぼくがいくまで、まあ椅子にでもすわってやすんでてください」

アムステルダム・アヴェニューに近い八十四丁目のアパートメントの六階がプーアの住居になっていたが、その居間のまんなかに立ち、ぼくはユージン・R・プーアの残骸《ざんがい》に目をやった。爆発のため顔をめちゃめちゃにされていたので、見おぼえがあるのは、グレーの杉綾の背広とシャツとネクタイだけだった。その顔も、あまり長い間は見ていなかった。気が弱いためではない。顔とはいえないようなものを長い間、見ていても、なんにもならないからだ。

パーリイ・ステビンス部長刑事は、まるでぼくがプーアの靴でもかっぱらいはしないかというような顔で、そばにへばりついていた。ぼくは部長刑事にたずねた。「葉巻きが爆発したんだって？」

パーリイはうなずいた。「うん、ワイフの話だと、葉巻きに火をつけたとたんに、ドカンときたんだそうだ」

「まさか……、いや、ミセズ・プーアがいうのなら、ほんとだろう。ブレニイ&プーア商会は、そういったおとなの玩具をつくってるんだからね」

ぼくはあたりを見まわした。部屋のなかは、いつもの連中でいっぱいだった。鑑識の指紋係から警視まで、それぞれ、受け持ちの仕事をやっていた。といっても警視はひとりだけだ。そのクレーマーは壁ぎわのテーブルで、ぼくがもってきた、ブレニイに関する例のノートを読んでいた。ほとんど知った者ばかりで、すくなくとも、みんな顔には見おぼえがあった。だが、ひとりだけは、生まれて初めて会う女の子だった。彼女は、部屋のむこう側のすみの椅子に腰かけ、殺人課のロウクリッフという刑事から尋問されていた。いくらまわりがガタガタしていても、こまかなことを見落とさないだけの経験と訓練をつんだ刑事だ。ぼくは一目見て、その女の子にひかれた。いかにも若々しく、ひきしまったいいスタイルで、こめかみのあたりが可《か》憐《れん》な娘だったからだ。

ぼくは、親指で女の子のほうをゆびさし、パーリイにたずねた。「だれだい、あれは？　やじ馬かい？　それとも、ここの細君の妹？」

パーリイは首をふった。「ちがう。われわれがここについたすぐあとでやって来たんだ。なにしに来たのか、調べてるんだよ」

ぼくは部屋を横ぎり、ふたりの前で足をとめた。女の子とロウクリッフ刑事は目をあげた。「失礼」とぼくは女の子に言った。「ここでの調べがすんだら、ニーロ・ウルフのオフィスに電話していただけませんか？　住所と電話番号は、これに書いてありますから」ぼくは名刺をわたした。近よって見ると、彼女のこめかみはもっとチャーミングだった。「ニーロ・ウルフは、きっとこの殺人事件の犯人をつかまえますよ」

ロウクリッフはがなりたてた。この刑事はいつもそうだ。「じゃまするな。出ていってくれ」

しかし、そうはいかん。警視のほうがぼくを呼んだので、ロウクリッフだってそれは知っている。ぼくは彼を無視して、ミスこめかみに言った。「このおじさんから名刺をとりあげられたら、電話帳にのってますからね。ニーロ・ウルフ、わかった……?」ぼくはふたりのそばをはなれ、写真係やほかの鑑識の技師たちをおしのけて、テーブルのところにいるクレーマーのほうにあるいていった。

クレーマーは目をあげなかった。でも、ぼくは、警視の頭の上から声をかけた。「ミセズ・プーアは?」

クレーマーはうなるように、こたえた。「寝室だ」

「会いたいんだが……」

「とんでもない」ぼくがタイプを打った紙を、警視は指先でめくりながら言った。「ま、すわってろよ」

ぼくは椅子に腰かけた。「依頼人だから、会わせてくださいよ」

「へえ、そんな者がここにいるのかね?」

「あの受取は見たでしょう」

警視は、また、うなった。「ソッとしといてやれよ。われわれだって調べてないんだぞ。そのうち、気がしずまり……、あっ、さわっちゃいかん!」

テーブルの上にあるふたをした葉巻きの箱を、ぼくは指さそうとしただけなのに、警視はあわてでさけんだ。ぼくはニヤニヤしながら、クレーマーに言った。

「たくさんあるほうが、にぎやかだ。いや、指紋はね。それは冗談だが、爆薬が仕掛けてあった葉巻きの箱だったら、ちょっと見せてくださいよ。きょうの午後、プーアがうちのオフィスにきた時も、葉巻きは二本ばかり吸ってたから、くらべてみたいんです」

クレーマー警視はチラッとぼくの顔に目をやると、小刀で葉巻きの箱のふたをあけ、なかの紙をあげた。二十五本入りの箱で、まだ二十四本はいっていた。一本なくなってるだけだ。ぼくはからだをのりだし、近くから葉巻きを調べ、それから、また椅子の背によりかかり、うなずいた。「おんなじだ。見たところもいっしょだし、バンドにもアルタ・ヴィスタスとかいてある。フリッツが片づけてなければ、うちのオフィスの灰皿にも、おなじバンドが二つあるはずです」ぼくはもう一度、ならんだ葉巻きをみつめた。「ほんものとしか思えないなあ。みんな爆薬が仕掛けてあるんですか?」

「わからん。爆発した葉巻きには、たしかに火薬がはいっていたと鑑識ではいってる」クレーマーは小刀のさきで葉巻きの箱のふたをしめた。「とにかく、殺人にはまちがいないよ」そして、警視は、ぼくがつくったノートを指でたたいた。「たいへんなことだな。ミセズ・プーアからもちょっときいた。つれにやったから、このブレニイという男はもうすぐくるだろう。簡単にケリがつくといいが。たいして、手間はとらんかもしれん。きょうの午後は、被害者はどんなふうだったかね? ビクビクしていたか、落ち着かなかったか——?」

「なかなか頑固でね。覚悟はしていました」

「細君のほうは？」

「やはり、頑固だった。事業から手をひいて、生きていていてほしいと、夫にいうんですよ。二十五万ドルもの金があれば、ひばりみたいにたのしく暮らしていけるはずだって——」

それから二十分間、ぼくとクレーマー警視は、ただの一言もあらっぽい口をきかず、話しあった。まったく、こんなことは、初めてだ。しかし、それも二十分しかつづかなかった。警視の部下が、いろいろ言ってくるからだ。最後に、例のロウクリッフ刑事がやってきて、言った。

「あの娘にお会いになりますか、警視？」

「さあ……。なにかわかったかい？」

「ヘレン・ヴァーディスという名前ですが——。ブレニイ&プーア商会の従業員でしてね。勤めはじめて、四年になるそうです。はじめは、ヒステリーをおこして手こずったけど、しかし、やっとしずまりました。ただ、ぶらっとここに寄ったなんてシラばっくれてたんですが、いくらかわかってきたとみえて、プーアと約束かなんかあって、会いにきたといいだしましてね。秘密の用だというんです。とくに、自分がここにきたのがブレニイに知れるとまずい、くびになる、なんて言ってます」

「秘密の用だって？」

「内容はいわないんです。なんとか口を割らせようとしてるんですが——」

「もうすこし、しぼってみろ」

その時、ドアの外でさわがしい人声がすると、刑事が若い男の腕をつかんで、玄関から居間にはいってきた。若い男は怒って、目をギラギラひからせていた。あきらかに、刑事から腕をつかまれているのがおもしろくないらしい。ふたりとも、同時にしゃべっていた。いや、すくなくとも音はたてていた。腕をつかまれた若い男が刑事をひっぱっているのか、それとも刑事のほうが押しているのか、ちょっと、ぼくにもわからなかった。

クレーマーはどなった。「ドイル！　いったい、なにごとだ？　この男は――？」

若い男はキョロキョロあたりを見まわし、大声で言った。「人権蹂躙《じゅうりん》だ。あっ、やっぱり、いたのか！」

ミスこめかみのヘレン・ヴァーディスは、蛇やねずみからはなにもききたくないといった顔でこたえた。「ずいぶん、はやいじゃないの。これで、あの女が自分のものになると思ってるんでしょう？」

若い男はヘレンをみつめた。だが、キッと口をむすんだだけで、表情はうごかなかった。みんなシンとなって、若い男を見ていた。やがて、彼は芝居をやってる舞台のどまん中に自分がはいりこんだのに気がついたらしく、その場につっ立ったまま、ゆっくり頭をまわし、あたりを見た。はっきり、すみずみまで目をはしらせて――。部屋のなかでいちばんセンセーショナルな物、つまり死体に目をやった時も、若い男の視線はたじろいだり、またストップしたりはしなかったようだ。そうやっているうちに、目の光もすっかりおとなしくなり、また口をひらいた時には声も落ち着いて、さっきのように度を失ってはいなかった。頭のはたらきも、もとにもどったのだろう、この部屋でいちばん知的な顔の持ち主はだれかということも、ちゃんと判断がついた。つまり、ぼくだとわかったのだ。

「あんたが、ここでいちばんえらい人かね？」と彼はたずねた。

ぼくはこたえた。「いや、ちがう、こちらのクレーマー警視だ」

若い男は大またで近づき、クレーマーの目のなかをのぞきこんで、いいだした。「ぼくの名はジョー・グロール。ブレニイ&プーア商会の職長です。あの女——ヘレン・ヴァーディスが、今夜家を出た時からあとをつけてたんですよ。どこに行くつもりか知りたくてね。そしたら、ここにやってきた。ところが警察の自動車はくるし、警官は出たりはいったりしている。なにごとが起きたんだろうと聞いてみたら、プーアさんが殺されたという。いったいどうしたんです？　ブレニイさんは？　ほら、共同でやってる……？」

「わかった」クレーマーはうんざりしていた。むりもない。この事件は簡単にケリがつけばいいと思っているのに、いろいろ妙なのがとびだしてくるので、気分をこわしているのだ。「ブレニイは、呼びにやった。しかし、なぜ、きみはあの女《ひと》のあとをつけてたんだ？」

「それはうそよ！」

さわぎは大きくなった。突然、ヘレン・ヴァーディスが部屋のすみの椅子から立ちあがり、ぼくたちのいるテーブルのほうにきたのだ。ヘレンは、ジョー・グロールとはからだがふれ合うほどの距離まで近よったが、もちろん、ふたりとも握手したりはしなかった。だが、お互いににらめっこをするのはやめて、クレーマーのほうをじっとみつめた。

警視はますますうんざりし、ヘレンにたずねた。「なにが、うそなのかね？」

「ジョーがあたしのあとをつけたなんて――」ヘレンはカッとなり、こめかみがピクピクうごいて、まったく絵をみるようにきれいだった。「なぜ、あたしをつける必要があるのよ？　ジョーはここに――」といいかけ、ヘレンはハッと口をつぐんだ。

「うん」クレーマーは誘うように言った。「ジョーはなにしにきた？」

「知らない。でも、プーアさんを殺した者はわかってるわ。マーサ・デーヴィスよ！」

「ほう、で、そのマーサ・デーヴィスというのはだれかね？」

ジョー・グロールが口をはさんだ。「ミセズ・プーアのことですよ。結婚する前、会社ではたらいていた時の名前なんです。ミセズ・プーアが夫を殺したなんてとんでもない。ヘレンはやきもちをやいてるもんだから、そんなことをいうんだ。頭がどうかしてるよ」

「ほんとに、そうだわ」別の方角から、しずかな、だが張りのある声がした。

ミセズ・プーアだった。彼女は、部屋のはしの入り口からあらわれると、テーブルに近づいた。顔色も青く、足もともしっかりしなかったが、どうにか、まっすぐやってきた。ミセズ・プーアはヘレンに声をかけた。それには、カッとなったところはもちろん、怒っている響きもなかった。「ヘレン、自分でも恥ずかしくない？　ことが落ち着いたら、きっと後悔するわ、どうして、今みたいなことをいうのよ。わたしが主人を殺したなんて。――なぜ？」

もちろん、ヘレンはなんとか言いかえしたかっただろうが、その時、警官が、別の知らない男をつれてはいってきた。クレーマーは手をふって、そのふたりに出ていくようにしめした。

だが、男はひきさがらなかった。ツカツカとテーブルのところにやってきて――周囲の状況から、だれが捜査の責任者かわかったのだろう——、クレーマーにいった。「わたしはコンロイ・ブレニイです。ユージン・プーアはどこにいます？」

相手につっかかってるわけでも、また逆上してるわけでもないらしいが、ブレニイの声はかん高く響き、それがまた、顔にぴったりだった。ぼくでも、軽々と持ちあげておろせるような小男だ。鼻はちいさすぎるし、ほとんどあごらしいものもない。おまけに、頭もはげかかっていた。しかし、こうしたハンディキャップがあるのに、彼の出現は、相当な効果をあたえた。ミセズ・プーアは、だまってまわれ右をし、部屋を出ていってしまうし、ヘレン・ヴァーディスとジョー・グロールの表情もとたんにかわり、シュンとなってしまったのだ。もうふたりとも、さっきのように興奮した口はきくまい。それは、クレーマーにもわかったようだった。

ブレニイはあたりを見まわし、床に長くなったパートナーの死体に目がとまると、一歩近づいて見おろし、キンキン声をはりあげた。「これは、また！　いったい、だれがこんなことをしたんだ？」

翌朝十一時、温室での二時間の日課がすんで、ニーロ・ウルフがオフィスにおりてくると、ぼくは昨夜の報告をした。ニーロ・ウルフはいつものように椅子の背によりかかり、目をとじ、起きてるんだか眠ってるんだかさっぱりわからない顔で、ぼくの話をきいていた。いちばん最後に、ぼくはミセズ・プーアから直接おしえてもらったことを、こまかくいった。どうしても依頼人にあいたいと、クレーマーをくどきおとし——警視もとうとう根まけしたのだ——、十二時ごろになって、ミセズ・プーアと話すことができたのだ。

「きのう、プーア夫妻は、自分たちの車で、あなたに会いにきた。そして、五時すこし前にここを出て、マジソン・スクエア・ガーデンにいき、ロデオの午後の部のプログラムを買った。それは事務所をあけていた理由をつけるためです。あなたに相談にきたことが、ブレニイにわかるとまずいので、ロデオを見にいくといったらしい。だから、もしロデオのことをきかれた時の用心に、プログラムを手にいれたんです。それからふたりは、車でウェストチェスターにいった。コンロイ・ブレニイは、ウェストチェスターの丘に家をもっていて、社からかえったあとや週末にはそこにこもって、新しいおとなの玩具を考えだすんだそうです。プーアはブレニイとあって、いろいろ話しあう約束をしていた。

もしかしたら話がつくかもしれないからと、ミセズ・プーアがすすめて、行かせたんです。しかし、本人は乗り気ではなかった。だから途中で、ユージン・R・プーアは会うのはよす、といいだし、ふたりはスカーズデールの近くのモンティという田舎《いなか》風のレストランにはいって、どうするかきめることにしたらしい。だが、ユージン・R・プーアのほうが勝ち、彼はいかないことになった。で、ミセズ・プーアは彼をレストランにおいて、自分ひとりでブレニイのところに出かけていったんです。約束の時間は六時十五分だった。ミセズ・プーアはキッチリその時間に、ブレニイの家についたが……。目をさましてるんですか？」

ニーロ・ウルフはうなった。

ぼくは言葉をつづけた。

「ブレニイはいなかった。ブレニイはひとりで住んでるんです。そして、ドアには鍵がかかっていた。ミセズ・プーアは待っていたが、寒くなったので、七時十分ごろ、いそいで例のレストランにもどってきた。そして、そこでふたりは夕食をたべ、ニューヨークにひきかえし、ガレージに車をしまって、自分たちのアパートにかえった。そのレストランに、いつも吸ってるアルタ・ヴィスタスがなかったので、夕食後もプーアは葉巻きは吸わなかった。あれ以外は、ぜったい手をつけないんです。もう何年も、プーアはアルタ・ヴィスタスを愛用していて、日に十本から十五本も吸ってたらしい。部屋にはいると、プーアは帽子をかけ、あたらしい葉巻きの箱をあけた。葉巻きに火をつけるところは、ミセズ・プーアは浴室にいて、見ていなかった。でも、音は聞こえたそうです。あまり大きな音ではなかったといってます。で、ミセズ・プーアが駆けつけてみると、夫のユージン・R・プーアは死んでいたというわけです。ミセズ・プーアはアパートのオフィスに電話し、エレベーター係とボーイがあがってきて、医者と警察に知らせ……。まだ、起きてますか?」

ニーロ・ウルフは、またうなった。

「オーケー、そんなところです。ミセズ・プーアと話がおわって居間にかえったら、プーアの死体もひっくるめて、みんな引き揚げたあとでした。泊まりにきてくれた、ミセズ・プーアの友だちが何人か、それにもちろん、廊下には警官がひとりいましたがね。ぼくがここについた時には、あなたはベッドのなかでいびきをかいていた」

いびきなどかかんとがんばるのも、もうとっくにニーロ・ウルフはやめてしまった。とくに今は、ほんとにどんなことも、どうでもいいような気持ちでいるのだろう。ただ、椅子のなかにすわりこんだきりだった。しかたがないので、ぼくは温室の花の記録をつくる仕事をはじめた。十二時になり、十二時もすぎた。だがニーロ・ウルフは、五千ドルどころか、五百ドルもかせぐようなそぶりは見せなかった。しかし、やっとため息をつくと、両方の目を九分どおりひらき、ぼくに言った。「プーアの顔はわからなかったんだね？」

「ええ。さっきも言ったでしょう」

「葉巻きのなかに仕掛けてあった爆薬のためだな？　そんなことがあるだろうか――。まあ、いい。クレーマー警視に電話して、まちがいのないように、死体を確認するようにいってくれ。それから、りっぱに息をしていたころの、プーアの写真が見たいな」

ぼくは目をまるくした。「いったい、どういうつもりなんです？　ミセズ・プーアが、自分の夫の死体もわからんということはないはずですよ。それに、いっしょに家にかえってきてるんだ。保険金詐欺ですか？　あなたも古いなあ。クレーマー警視に電話して、あの馬みたいなばか笑いをされるのは、ぼくはいやだ」

「やかましい。言うとおりにしたまえ。クレーマー警視に電話するんだ」

昼食の時には、ニーロ・ウルフはユーゴスラビアの政治のことをしゃべっていた。それはかまわない。食事の時は、けっして仕事の話はしないからだ。しかしオフィスにもどってからも、ニーロ・ウルフは椅子にどっかりすわりこみ、世界地図帖を、念入りに見はじめた。ぼくは、すこし刺激をあたえてやろうと決心した。相当強い刺激をだ。

ぼくは椅子から立ちあがり、ニーロ・ウルフの前にたって言った。「もう、あなたの秘書はやめます」

ニーロ・ウルフは目もあげないで、つぶやいた。「ばかな。自分の仕事をやりたまえ」

「いいえ、ぼくは二階にいって、荷づくりをします。あなたはなまけ者で、小指ひとつ動かそうとはしない。それもけっこう。今はじまったことじゃありませんからね。しかし、すくなくとも、ぼくを図書館にやり……、ブレニイのご先祖のことでも、しらべさせることはできるはずです」

「うるさい！」ニーロ・ウルフは、ぼくをにらみつけた。「プーアが死んだ時には、警察に知らせると約束した。そして、それはりっぱに果たした。またそれ以上、適当と思われることがあればやるともいったが、それも守ったじゃないか」

「じゃ、もう、この事件から手をひいたというんですか？」

「もちろん、ちがう。まだ手がけてもいない。どこからやっていいかもわからないんだ。クレーマー警視が犯人を見つけるかもしれんし、そうでないかもしれん。つかまえてくれるといいんだがな。きみは仕事をしたくなかったら、映画にでも行きなさい」

ぼくは二階の自分の部屋にあがり、本を読もうとした。だが、だめなことはわかっていた。殺人事件がおきた時には、どうしても落ち着けないのだ。で、オフィスにもどり、やかましく書類をめくって、ニーロ・ウルフの気をひこうとした。四時になると、いつものように彼は温室にいき、ぼくは通りのかどで夕刊を買った。しかし夕刊にも、わかっていることしかのっていなかった。

六時、ニーロ・ウルフは温室からおりてきたが、まえとすこしもかわらなかった。夕食まで、ぼくは散歩に出た。いっしょにいると、椅子でもぶっつけやしないか、自分でも心配だったからだ。夕食後、ぼくは映画にいった。かえってきたのは、十一時ちょっとすぎだった。ニーロ・ウルフはビールを飲みながら、雑誌を読んでいた。ぼくは、おやすみなさいともいわず、二階にあがって寝た。


翌日の木曜日の朝も、九時までは、ニーロ・ウルフは仕事のことなど一言もいわなかった。そして、その時間になると、また蘭の花をいじりに屋上にあがっていった。

ぼくは新聞を読み、やたらにコーヒーを飲んだ。

ニーロ・ウルフは、十一時にオフィスにおりてきた。ぼくは、なが年のつきあいから、愛想よくこう言ってやった。

「ねえ、あなたは殺人事件では専門家だ。しかしこのプーア殺人事件では、もう金をもらってるので、やる気がしないらしい。だけど、これはどうです?」ぼくはガゼット紙の朝刊を、彼の机の上にひろげ、指さした。「こいつは、殺人事件のうちでもA級の上だ。ホワイト・プレインズから四マイルばかりのさびしい田舎道のはずれにある古い果樹園から、男の裸の死体が発見されたんです。頭はめちゃくちゃにつぶされていた。あきらかに、車を乗りあげたらしい。あなたのような名探偵には、いろんなおもしろい点があると思うんです。その男は、あるいはヒットラーかもしれん。ヒットラーの死体は発見されなかったんですからね。このあたりは、交通の便利な郊外です。汽車でもバスでも、自動車でも簡単にいける。電気も水道もあります。この男は、今から三十六時間前に殺されている。だから、あなたの好きな古めかしい事件でもあるわけだ。それに、手がかりは――」

もうすこし続けたら、ニーロ・ウルフはつばきをとばして怒りだすところだったろうが、その時、呼び鈴がなった。「この事件を考えてみたらどうです？」とぼくはいって廊下に出ると、玄関にいき、いつものようにカーテンのはしをちょっとあげて、窓ごしに外を見た。

ちらっと目をやっただけで、ぼくはオフィスにもどり、なにげない口調でいった。「クレーマー警視ですよ。クレーマーなんかどうだっていい。警視はプーア事件の捜査をやってるんだし、あなたはぜんぜん興味が――」

「アーチイ、うるさいぞ。警視をお通ししろ」

呼び鈴がまた鳴った。ぼくはじりじりしてきた。そして、玄関にいき、クレーマー警視を中にいれた。警視はレインコートをきて、なにか意気ごんでいた。レインコートは廊下でぬがせたが、警視は意気ごんだ顔のまま、オフィスに入っていった。

ぼくがあとからオフィスにいくと、クレーマーはお客用の赤革張りの椅子にこしかけながら、ニーロ・ウルフに言っていた。「町にいく途中で、ちょっとここに寄ったんだよ。あのことを知らせてくれたんで、義理があるからな。あんたの依頼人を、殺人容疑で逮捕するつもりだ」

いよいよはじまるかと思いながら、ぼくも椅子にすわった。

ニーロ・ウルフはうなった。そして、椅子の背によりかかり、指さきで横隔膜のあたりをさわりながら、むっとしてこたえた。「ばかな。どんな嫌疑《けんぎ》ででも、わたしの依頼人を逮捕することはできん。死んでるんだからな。しかし、やはりプーアの死体だったかい？　はっきり確認されたんだろうな？」

クレーマー警視はうなずいた。「もちろん――あんな顔にお目にかかるのも、われわれにはしょっちゅうのことだ。散髪屋、かかりつけの歯医者、それに医者にみてもらった。あの連中は専門家だからね。いったい、なんだと思ってるんだ？　生命保険詐欺かい？」

「いやちがう。しかし、そうならなおさら、わたしの依頼人は逮捕できんわけだ」

「グッドウィンは、ミセズ・プーアがあんたの依頼人だといってるよ」

「この男は、なんでもでまかせに言うからあてにならん。あの受取は読んだだろう？　すると、ミセズ・プーアを殺人容疑で逮捕するつもりなのかい？」

「ああ」

「ほんとに？」

クレーマー警視は顔をしかめた。「ほんとに、とは失礼だな。わざわざ知らせにきてやったんじゃないか」

「ふん、で？」

「うん」なにから話しだそうかというように、クレーマー警視は唇をまげた。「そのまえに、一つ聞きたいことがあるんだが、答えてくれるかい？　死体を確認しろといったのは、どういう考えからなんだ？　あれがプーアだということは、ほんのすこしの疑いもない。死体をしらべればもちろんわかることだが、ふたりがかえってきた時のエレベーター係も、夕食をとったレストランの者も、はっきり認めてるんだよ。レストランの連中も、まちがいないといってる。それに、なぜ写真が見たいんだ？」

「持ってきてくれたかい？」

「いや。写真は一枚もない。歯医者と散髪屋が死体の確認をしたんで、われわれには写真はいらんのだが、新聞社の連中がほしがるだろうと思って、捜させたんだがね。ぼくがわざわざここに寄った理由も、どうしてあんたが死体を疑ってるのか、ききたかったんだ」

ニーロ・ウルフは頭をふった。「ばかなことだ。ミセズ・プーアを逮捕するつもりなんだって？　いったい――」

「ああ、もちろん、犯人にまちがいない。グッドウィンから、葉巻きの箱のことはきいただろう？」

「うん、いくらかね」

「あれが、証拠なんだよ。二十五本入りの箱を、殺されたプーアは二日で吸っていた。買う時は、いつも十箱まとめて、事務所と工場の近くのヴァリック通りのたばこ店から買ってたんだ。アパートには、まだあけてない箱が四つあった。その四つの箱の中身は、みんなほんものだ。火曜日の夜、家にかえってからプーアが手をつけた箱には、まだ二十四本残っていて、これは、ぜんぶ爆薬が仕掛けてあった。だから、どれを取っても、火をつけて二秒後には、死んでいたはずだ」

ニーロ・ウルフはつぶやいた。「しかし、信じられんなあ。葉巻きのなかに爆薬を――」

「うん、われわれもそう思った。ブレニイ&プーア商会ではもう長い間、バクダン葉巻きをつくってきているが、これは罪のないものでね。火をつけるとバンと大きな音がするだけで、とびあがって驚くのがせいぜいだ。しかし、この残りの二十四本の葉巻きのなかに仕掛けてあった爆薬は罪のないものどころか、ふつうの糸ぐらいの即発信管がついた特殊な爆薬で、戦時中に発明され、今でも軍機密になってる高性能の爆薬なんだ。これも、じつは話してはいけないことになってるんだが、ベッカー製作所の製品だよ。いったい、犯人はどうしてこの爆薬を手にいれたか、ベッカー製作所もFBIも、やっきになって調べてる。世間には公表されんが――」

「わたしはジャーナリストじゃないよ」

「わかってる」

「もちろん、アルタ・ヴィスタス葉巻き会社の連中は、そんなものにおぼえはないんだろ！」

「ああ、残りの二十四本の葉巻きのうち五本を調べさせてみた。信管と爆薬をつめたカプセルを取り除いたあとでね――。葉巻きの中身は、アルタ・ヴィスタスのものだが、外巻き葉はちがうということだった。しかし、だれが葉巻きを切り開き、なかに爆薬を仕掛けて、またもとのように包んだかしらんが、専門家がやったにちがいないとのことだった。これは、みんな認めていた。

ところが、ブレニイ&プーア商会でバクダン葉巻きをつくる仕事に関係があった者は六人もいて、そのうち四人が、こんどの事件にまきこまれてるんだ。ヘレン・ヴァーディスはバクダン葉巻きの熟練工のうちでも、いちばん腕のいいほうだし、ジョー・グロールは職長で、なんでもできる。しかし、ブレニイがいちばんだ。バクダン葉巻きのつくり方を、みんなに教えたのは彼だからね。それから、ミセズ・プーアは、マーサ・デーヴィスといっていた娘時代、四年間、二年前までバクダン葉巻きの仕事をやっていた。そして、プーアと結婚したんだ」

ニーロ・ウルフは肩をゆすった。「六人の者がバクダン葉巻きつくりがじょうずだった。共同謀議の殺人じゃないのかい？　みんな罪にすることはできんのかな？」

「殺人事件を茶化すのは、おもしろくない」クレーマー警視はむっつりした顔でいいかえした。「いや、ぼくも冗談が言えたらと思う。だけど、堅すぎるのが欠点なんだな。それから、プーアのアパートに爆薬仕掛けの葉巻きをもちこむのも、みんなチャンスがあった。というのは、プーアは、いつも、葉巻きを事務所のほうに取り寄せていた。だから、葉巻きの箱は、だれにでも手がとどく、事務所のなかに置いてあったわけだ。二日も三日も置きっぱなしのことも、すくなくなかったらしい。つまり、だれでも、爆薬仕掛けの葉巻きがはいった箱とすりかえることができたんだよ。もちろん、われわれは、葉巻きもその箱も、いろんな面から調べた。まったく、よくできた殺人葉巻きだったが、箱の底から、人間の髪の毛が二本でてきてね。一つは五インチ、もう一つは六インチ半の髪の毛だ。で、われわれは、何人かの関係者の頭から髪の毛をとって、調べてみた。ところが、ミセズ・プーアのものだとわかった。そのことには、疑問の余地もない。だから、ミセズ・プーアを殺人容疑で逮捕することになったんだ」

ニーロ・ウルフは、目を半分とじていた。「わたしだったら、ミセズ・プーアは起訴しないな」

ニーロ・ウルフは、大きな図体をうごかして、立ちあがる準備をし、それから、ドッコイショと腰をあげた。「そのわけを説明しよう。かりにミセズ・プーアが起訴され、法廷に呼びだされたとする。その髪の毛が証拠品だ。その場合、わたしが弁護士なら、陪審員にこう言うだろう」ニーロ・ウルフは、ぼくに目をすえて言葉をつづけた。「紳士、淑女諸君。わたくしは、あなたがたの知性を尊敬いたしております。さて、葉巻きを変じて殺人爆弾にするこの作業には、すでに説明されましたとおり、高度の技術と細心の注意を必要とするのであります。器用な指先と確実な視力、これは欠くべからざるものです。と申しますのは、ほんのちょっとでも外観にかわったところがあれば、被害者のような愛煙家には、すぐあやしまれるからであります。つまり、殺人凶器としてもちいられたこの葉巻きは、一本一本、綿密な検査をして、箱のなかにいれられたものです。こういった用心深い犯人が、しかも、綿密な検査をして箱につめた葉巻きの下に、自分の頭の髪の毛を二本のこしておくというような、愚劣きわまる過失をおかすことがありうるでしょうか？　紳士、淑女諸君、わたしはあなたがたの知性にうったえる。これらの毛髪が葉巻きの箱のなかにあったということは、ミセズ・プーアが殺人をおかしたという証拠ではなく、その反対に、ミセズ・プーアは夫殺害の犯人ではないという証拠を示すものにほかなりません！」

ニーロ・ウルフは椅子に腰をおろし、つぶやいた。「陪審員の評決は無罪にきまってる。すると、つぎにはだれを犯人にしたてるつもりかね?」

クレーマー警視はうなった。「やっぱり、ミセズ・プーアはあんたの依頼人だったんだな?」

「いやいや、ちがう。金をはらったのはプーアだ。わたしがプーアからたのまれてたことを警察に知らせてやった義理で、きみはここにきた、といった。ふん、わたしはだまされんよ。きみはなぜか胸のうちがスッキリしないので、わたしの考えをさぐりによったんだ。むりもない。きみだってばかじゃないからな。陪審員、いや、だれだって知りたいはずだ。もし、ミセズ・プーアの不注意でその髪の毛が葉巻きの箱におちたのではないとすれば、いったい、それはどうしてはいりこんだのか? ミセズ・プーアの頭、ないしヘアブラシに近づくチャンスがあった者はだれか? だが、こういったことから捜査をすすめていっても、成功の望みはあまりない。それよりも、あの爆薬のほうを調べていくのがいちばんいい。ベッカー製作所と容疑者のうちのひとりとの間に、ほんのわずかでも関係があることがわかったら、裁判で勝つかどうかはべつとして、すくなくともそれが犯人にちがいないという確信を、きみも持てる。だが、その捜査にはわたしは役にたたたんよ。もう国防省とは関係がないからね。あの爆薬を、犯人がどうやって手にいれたかということがハッキリしないかぎり、ミセズ・プーアはもちろん、だれも罪にすることはできんな。ところで、ミセズ・プーアの殺人の動機はなんだい? 夫の葉巻きのにおいがいやになったのかな?」

「いや、プーアはすごいしまり屋で、ミセズ・プーアは金がほしかったんだ。全財産のほかに、生命保険から十万ドルはいるんだよ。それに、あのヘレン・ヴァーディスという娘の話によると、ジョー・グロールといっしょになりたいらしい。近々、ふたりは結婚するそうだ」

「証拠は？」

「うわさだよ」クレーマーは、すこしペションとなった。「ミセズ・プーアが会社で働いていたころからのふたりの仲だそうだから――」

　ニーロ・ウルフはまゆをひそめた。「それに、もう一つ、陪審員のことだがね。きみも知ってるように、たとえばどんな目的でも、わたしはこの家から外にでるのはいやだ。ましてあそこの連中が、あれでも椅子と思ってるらしい木でできた、いまわしい代物に何時間もすわっているのは、まっぴらごめんこうむりたい。証人用の腰掛けは、とくにひどいからね。そういったはめにならぬためなら、わたしはあらゆる努力をおしまない。しかし、どうしてもさけられない場合は、わたしとグッドウィンは、ブレニイが自分を殺そうとしていると、その椅子にすわってプーアがいったことを、陪審員たちに訴えるつもりだ。きみだって、陪審員たちがそれをきいてどう考えるかは、よくわかるだろう。かりにわたしがミセズ・プーアの弁護士で――」

「おやおや」とぼくは胸のなかでつぶやいた。「また、陪審員への演説をぶつつもりかい」

　しかし、ちょうどその時、玄関の呼び鈴が鳴ったので、ぼくは席をたつ口実ができた。ぼくはウインクをして、クレーマー警視の前をとおりすぎると、廊下に出た。そして玄関のほうにいき、いつものようにカーテンをあげて、窓ごしに外をのぞいた。ところが、このままなかにいれてはまずい人物が立っていたので、やっとからだが通るぐらい入り口をあけ、外に出ると、すぐドアをしめた。「やあ、ちょっと、お話ししたいことがあるんですが――」

コンロイ・ブレニイは金切り声をあげた。「これはいったい、なんのまねだ？」

ぼくは、愛想よくニヤニヤ笑った。「警察からクレーマー警視がきていて、ニーロ・ウルフのオフィスで話してるんですよ。クレーマー警視の顔は、ここのところ、あなたももう見あきたと思いましてね。もっとも、あなたが警視をつけてきたのなら、べつだが」

「クレーマー警視だって？」

「ええ。つけてたんですか？」

「とんでもない。わたしは、ウルフさんに会いたいんだ」

「じゃ、ぼくについてきてください。なかにはいっても、しゃべっちゃだめですよ。わかりましたか？」

「わたしは、すぐウルフさんに会わなくてはいかん」

「ぼくの言うとおりにするかどうか、はっきりしてください。それとも、クレーマー警視につかまったほうがいいですか？」

「わかった。とにかく、いれてくれたまえ」

ぼくはドアをあけながら考えた。殺人犯人だろうがそうでなかろうが、この男がもうすこし大きければ、事件が終わるまでに一度、あごをぶんなぐってやるのだが――。しかし、ブレニイは、ぼくの命令にしたがった。ぼくはブレニイを表の応接室に通した。隣はオフィスだが、間のドアはしまっている。ぼくはブレニイを応接室にのこし、廊下をまわってオフィスにもどった。

「待たせといてもいいんです。ブレーンの店から、デンドロビウム（熱帯種の蘭）を届けてきただけだから――」

だが、クレーマー警視はすぐ立ちあがって、帰ると言いだした。警視が疑いぶかく、また、そうなった理由がたくさんあったことも知っており、それにおまわりというものは、やたらによその部屋のドアをあけて、のぞいてみるのが好きなのがわかっているぼくは、クレーマーを玄関まで送り、まちがいなく外にだしておいてオフィスにひきかえすと、ブレニイがきたことをウルフにいった。

「なんの用だ？」ニーロ・ウルフはまゆをよせた。

「自白するつもりじゃないですか。すごくキンキンした声だから、あなたの神経にさわらなければいいが」

「つれてきたまえ」

ぼくは、ブレニイとニーロ・ウルフの顔合わせをゆっくり楽しむつもりでいた。事実、けっこう楽しんだが、ただしあまり長くはつづかなかった。まず、ブレニイは来客用の赤革の椅子に腰かけたので、ニーロ・ウルフもそしてぼくも気分をこわした。いつもの習慣がやぶられると、いい気持ちはしないものだ。ブレニイはちいさなからだを椅子の上にのせると、さっそく口をきった。「ここに来る途中で考えたんだが、われわれは顔をあわせる運命になったんですな。あなたは自分の分野の支配者だし、わたしもこの商売ではキングだ。いや、いつかは会うことにきまってたんですよ」

さすがのニーロ・ウルフもどぎもをぬかれ、ただ皮肉につぶやいた。「まったくおめでたいよ」

ブレニイは満足そうにつぶやいた。「われわれには、お互いにいろんな共通点がありますよ。たとえば、その言い方なんかもわたしのお得意で、よくつかうんです。まったくおめでたい――。それはともかく、わたしがなにしにここにきたか、あなたも知りたいでしょう。なにもやましいことがあったり、恐ろしくなったから、あなたの助けをかりにやってきたのではないのを、はじめにことわっておきます。わたしの身が危険になる心配など、まったくありませんからな。しかし、例の火曜日の夜、ユージン・プーアのアパートにいったとき、ある男が別な男とこんな話をしているのを耳にしたんです。このふたりは、たぶん刑事でしょう――。ミセズ・プーアはニーロ・ウルフの依頼人だから、絶対だいじょうぶだ。ニーロ・ウルフはブレニイが犯人だときめているらしい。ニーロ・ウルフにそうにらまれたら、ブレニイもいずれ電気椅子にすわることになるだろう、といった調子なんです。

ただのおしゃべりかもしれません。しかし、もしほんとうなら、あなたが赤恥をかくことになると思うんです。もちろん、あなただって、つまらない間違いはしたくないはずだ。で、わざわざ、きょうはたずねてきました。なにか理由がなければ、あなたのような人がある結論にたっすることはない。わたしがプーア殺しの犯人だと頭からきめてかかるのは、非科学的ですからね。あなたも、そしてわたしも、ある意味で科学者だ。わたしが犯人だという理由を、一つ一つあげてください。かたっぱしから、それが間違ってることを立証しますから——さあ、どうぞ」

「アーチイ」ニーロ・ウルフは、ぼくのほうに視線をむけた。「この方に、帰ってもらってくれ」

ブレニイは、自分以外はだれも、一言もしゃべらなかったような顔をしていたし、ぼくもつい、あまりおもしろくて、動きたくなかった。

ブレニイは言葉をつづけた。「ほんとは、あなたはわたしが犯人だと断定する理由は、なにもないんだ。ユージン・プーアが、わたしから殺されるとおびえていたことは、なんの証拠にもならん。あの男は生まれつきの臆病者でね。たしかに、だれにも見つからず人を殺す方法を、いくつかユージンに話してやったことはある。だがそれは、ユージンがパートナーでいては、事業がうまくいかず、やりにくいことを思い知らせるためだった。だから、手をひけば二万ドル出すといったのも、じつはわたしの好意なんです。わたしは、人を殺すほどつまらん男ではない。殺さなくちゃいかんほどの相手はないし、また、どんなつまらん人間でも命は尊いですからね」

ブレニイは奇跡をおこなった。ぼくはそれを、自分の、この目で見た。ニーロ・ウルフが、いそいでオフィスから出ていったのだ。いままでニーロ・ウルフからオフィスをおいだされた者はいくらでもいる。だが、彼自身が逃げだしたのは、まったくこの時がはじめてだった。ニーロ・ウルフはおなじ階にもいたくなかったらしい。やがて彼専用のエレベーターのドアがあき、バアンとしまる音がきこえてきた。

ぼくはブレニイにいった。「大目にみてやってください。ニーロ・ウルフは変わり者ですから——」

ブレニイはこたえた。「わたしも変わってる」

「天才は、みんなそうなんですよ」

ブレニイは顔をしかめた。「ほんとに、わたしがユージン・プーアを殺したと思ってるのかね?」

「ええ、今ではね」

「今では、というのは……?」

ぼくは手をふった。「そんなこと、どうでもいいじゃないですか。ぼくも変わり者ですよ」

その時、内線の電話が鳴った。ぼくは椅子のなかでからだをまわし、受話器をとりあげた。

ニーロ・ウルフが自分の部屋から電話してきたのだった。

「アーチイ、ブレニイはかえったかい?」

「いいえ」

「追い出したまえ! それから、ソールに電話して、すぐ来るようにいってくれ」

「わかりました」

電話はそれっきり切れてしまった。ニーロ・ウルフも、この事件にいくらか金をつかうほど、やる気になったらしい。ソール・パンザーは、マサチューセッツ州ナンタケットから西では

(ということは、アメリカじゅうで)、いちばん腕ききの万能探偵だが(もちろん、ぼくはべつとして)、調査費のほかに、日当が二十ドルかかるからだ。

ブレニイをかえすには、ほとんどだきかかえるようにして外に出さなければならなかった。

ソール・パンザーはすぐにはつかまらなかった。フリーランサーの私立探偵なので、どこに行っているかきまっていないのだ。だがやっと、ロングアイランドで仕事をしていることがわかった。で、電話をするようにことづてしておいた。ソール・パンザーは、三時ごろ電話をかけてきた。そして、仕事がすみしだい、六時すぎにはこちらに来れると言った。

ニーロ・ウルフは、ほんとに動きだしたのだ。金のことなどは問題ではなくなったらしい。一ドル八十セントかけて、ワシントンにも電話した。めんどうなこともなく、第二幕僚本部長のカーペンター大将に電話は通じた。つい最近まで、カーペンター大将のもとでぼくは少佐として勤務していた。ニーロ・ウルフも、軍事的方面でいくつかの問題を解決し、助力したことがあるのだ。カーペンター大将にたのんだのは、ベッカー製作所の構内に自由にはいる許可をもらえるよう、電報をうってもらうためだった。もちろん、大将はすぐ引き受けてくれた。

ニーロ・ウルフはそれだけでは満足せず、つぎの行動に移った。四時十分前になると、ぼくにこういったのだ。「アーチイ、ジョー・グロールという男と会ったほうがいいかどうか、調べてくれたまえ」

「ええ、いいですよ。しかし、お茶っ葉で占うんですか? それとも、七丁目の手相見にみてもらって」

「グロールにあって、話を聞くんだ」

ニーロ・ウルフが温室にあがっていったあと、ぼくはブレニイ&プーア商会に電話して、ジョー・グロールを呼んでもらった。べつにジョーを説得する必要はなかった。仕事がすんだあとなら、いつどこででもだれとでも喜んであうというのだ。五時半には仕事がひけるとのことだった。ぼくは、十九丁目の、バーとグリルのあるピートの店であうことにした。

ピートの店にはいいウイスキーがあるだけでなく、天井まで仕切ったボックスがあって、内密の話ができるのだった。そのボックスの一つに向かいあって腰をおろしてから、ジョー・グロールはなかなかハンサムだということに気がついて、ぼくはびっくりした。耳はちょっと大きすぎ、それほど色男とはいえないが、及第以上だ。

飲み物がきたあと、なにげない調子でぼくはいった。

「電話でもいったように、この殺人事件のことで、きみの考えが知りたかったんだよ。ニーロ・ウルフの名前はきいてるだろうが、そのオフィスに火曜日の午後、プーア夫妻がやってきたんだ。プーアに事業から手をひかせるために、ブレニイが殺そうとしていると言ってね」

ジョーはうなずいた。「知ってます」

「ほう、警察からきいたのかね?」

「いや、きのうマーサが話してくれたんですよ。ミセズ・プーアがね。アパートにきて、いろんなことを助けてくれといわれて、出かけていったんだ。葬式のことをね」ジョーは肩をすくめた。「戦地で千人の兵隊が死ぬよりも、くだらないシャバの葬式の一つのほうがよっぽどうるさい」

ぼくもうなずいた。「そうさ。いつだって、卸売より小売のほうが頭がいたいもんだよ」ぼくはハイボールをのんだ。「プーアを殺したのは、ヘレン・ヴァーディスだという説には、ぼくは賛成できんな。きみはどうだい？」

「えっ？」ジョーは、まじまじと目をひらいた。「なにをいってるんです？　なんの説だって？」ハイボールのグラスをにぎったジョーの指に力がはいった。

「いや、ヘレン・ヴァーディスは、ブレニイのためならなんでもするというのさ。なぜそうかはわからん。だが、ブレニイのたのみで、ヘレンはあの葉巻きをつくり、火曜日の晩プーアのアパートにいって――」

「とんでもない」ジョーはわりあい落ち着いていったが、またとたんに声が高くなった。「そんなことを考えたのはだれなんです？　ロウクリッフというおまわり？　あの禿鷹《はげたか》野郎かい？それとも、ニーロ・ウルフ？　もしかしたら、あんたが……？」ジョーはもうすこしでヒステリーを起こしそうだった。どうも、ぼくは間違ったボタンを押したらしい。いや、その反対かもしれん。だが、ジョーにむくれられてはこまる。で、ぼくは安心させるようにいった。

「ぼくじゃないよ。ま、落ち着いて――」

ジョーは笑った。にがにがしい響きはあったが、もうヒステリックではなかった。「まったく、いい言葉だよ。落ち着いて――。みんな、とっても思いやりがある。軍服を着せ、だれにでもわかってるようなことを教え、それから海を越してつれていき、爆弾と大砲の弾《たま》と炸裂《さくれつ》弾と火炎放射器のまっただなかにほうり投げる。戦友がバタバタまわりで倒れ、自分の首ったまにも、その血がぶっかかる。そして、二年たったら故郷につれてかえり、おっぽりだして、ま、落ち着けよ、と言うんだから世話はないや」

　ジョーはひと息でハイボールを飲み、グラスをおいた。

「運よく、ぼくは死なないですんだ」ジョーの声はしずかになった。「だから、またシャバにもどれ、もとの職場にもかえった。落ち着きたかったよ。ところが、もとの職場にかえってみると、どうだ。たよりにしていた、マーサ・デーヴィスという女は、とっくにボスと結婚していたのに、だれもそのことは知らせてもくれなかった。しかし、マーサが悪いんじゃない。結婚の約束をしたわけではなし、戦地にいる時、手紙もよこさなかったぐらいだから——だけど、ぼくは自分では、将来マーサのめんどうをみるつもりでいたんだ。いや、めんどうはみたよ。こまってるから助けてくれというんでね。プーアが殺される、とマーサは心配していた。ぼくだってブレニイのことは知ってるから、疑わなかった。で、二、三度会って話をした。マーサは、ブレニイを見張っててくれ、とぼくに頼んだんですよ。どうしてこんなことを、みんなあんたにしゃべってしまったのかな？　あんたは、兵隊にいったことはないんでしょう？」

「いや、行ったよ。しかし、だれの血も首にかかったことはない。ただ、いわれたことをやっただけだ」

「ぼくだってそうだよ、戦友。ぼくたちはみんな戦友だ。ね、そうでしょう？　だけど、マーサが結婚したからといっても、ぼくはべつに失恋もしなかった。おぼえていたよりも、彼女はすこし年とっていたし、それに、兵隊にいくまえには、まだほんの子供だった女の子が、大きくなっていましてね。ことわっとくけど、なにも警察が知らないことを、あんたに話してるわけじゃないんだよ。いやあ、警察の連中にはおどろいた。なんでもしゃべらせてしまうんだからね。その女の子というのは、ヘレン・ヴァーディスですよ。このあいだの晩、会ったでしょう?」

「うん、なんだか、逆上していたようじゃないか」

「逆上?」ジョーはみじかく笑った。「たしかに、逆上してましたよ。でっかいシャーマン・タンクが絶壁からまっさかさまに落ちるように、ぼくはヘレンにまいった。心からね……。あ、もう一杯ですか? ええ、いただきます」

二杯めのハイボールがきた。ジョーはグラスをとりあげ、いっぺんに半分ほど飲んだ。

「いいウイスキーだ……。ヘレンもおなじように、ぼくを好きになったようだった。シャバの連中は、みなあてにならないとぼくは思ったんですがね。ヘレンはたしかにぼくにほれたと信じてた。しかしあのプーアが、もう年なのに、どうして女の子をひきつける魅力があるのか、ぼくにはさっぱりわからん。最初にマーサをつかみ、今度はヘレンだ。ヘレンがプーアとレストランにいるのを、偶然ぼくは見たんですよ。それから、プーアの車のなかにヘレンがすわってるのも見た。オフィスからかえるヘレンをつけていったら、十四丁目でプーアと会い、タクシーをひろって、行っちまったこともある。もちろん、ぼくはヘレンに文句をいった。だけど、勝手にしろ、というような返事しかしない。どうしても、なにも説明してくれないんだ」

ジョーのグラスがからになった。「そしてみんな、まあ落ち着けという。きのうは、おまわりのやつが言うし、きょうはあんただ。ヘレン・ヴァーディスがブレニイを助けてると考えたのは、だれです？　あんた？」

ぼくは首をふった。「ぼくはおまわりじゃない。ただ、そういったことをきいたので、きみはどう思うかたずねたまでだ。殺人事件では、だれのいうこともきいたほうがいいからね」

「どうして？」

「だから、今はきみの話をきいてるじゃないか」

ジョーは笑った。まえよりも明るい笑い声だった。

「あんたみたいな人が殺人事件を調べてるなんて、妙だな。がなりたてもしないし、おだてて、ききだそうともしない。いっしょにきて、ちょっとぼくを手伝ってくれませんか？」

「どんなことか話してもらえれば、助けるかもしれんよ」

「ちょっと待ってください。電話をしてくるから」

ジョーは腰をずらして席をはなれ、ボックスを出ていった。ぼくはハイボールをチビチビやりながら、たばこに火をつけた。ジョーは戦地で、首ったまに戦友の血を浴びた時から、頭のねじがゆるんでしまったのではないだろうか？　それとも、その時だけのショックですんだか――。

五分たたないうちにジョーはもどってきて、また席についた。「ブレニイはウェストチェスターの家にいます。電話して、今やってる仕事のことをきいたんですよ。だけど、ほんとうは家にいるかどうかたしかめたんだ」

「けっこう。で、どこにいくんだい？」

「おや？」ジョーはグラスをみつめた。「飲んでしまったと思ったのになあ。ああ、またついでくれたんですね。ありがとう」ジョーはハイボールに口をつけた。「ともかく、ヘレンの考えはどうかしてますよ。プーアを殺《や》ったのは、マーサかブレニイのどちらかということはあきらかだ。警察《サツ》のやつらだって、すこしは脳みそがあればすぐわかるのになあ。火曜日の六時十五分に、マーサはウェストチェスターのブレニイの家にいき、七時十分前ごろまで待っていたと言ってるでしょう？　ところが、ブレニイのほうは、ずっと家にいた、と反対のことを言っている。もちろん、六時十五分から、プーアが殺されたと警察から電話があるまでの間もね。だから、ふたりのうちどちらかが、うそをついてるんだ。そのうそをついてる者が、プーアを殺したにちがいない。だからブレニイですよ」

「どうして？　ミセズ・プーアはうそはつかないから？」

　ジョーはまゆをよせ、ぼくの顔を見つめた。「そう気をまわすもんじゃありませんよ。いったい、なんのためにマーサはプーアを殺すんです。たった二年前に結婚したばっかりだし、プーアには金もなにもかもそろってる。犯人はブレニイですよ。まちがいない。ブレニイからガミガミ言われるのは、おれも、ほんとにいやになった。ブレニイもおれがきらいらしい。どっちみち、おれはもうすぐおっぽり出されるんだ。だから、ブレニイのことなんか、どうだっていいんですよ。今から会社にいって、調べてみましょう。なにかわかるかもしれん。例の殺人葉巻きのことで、警察は事務所と工場を家宅捜索したいといってきた。ブレニイは、どうぞ、お好きなように、気がすむまでやってくれと返事をしたが、アブディトリイはおしえなかった。もちろん、刑事もアブディトリイには気がつかなかったんですよ」

「アブディトリイ？　どんなつづりだい？」

ジョーはつづりをいった。「ものを隠しとくところです。科学用語だ、とブレニイはいってました。事務所には、いろんなところにアブディトリイがある。火曜日の夜以来、ぼくには、それをしらべるチャンスがなかったが、ブレニイがウェストチェスターの家にいるのならだいじょうぶだから、今からアブディトリイのなかをのぞきに行きましょう。ブレニイみたいな頭のいかれたもののすることは、まったく見当もつかん。だから、なにが出てくるかわからない。いっしょにきますか？」

「事務所にはいる鍵はあるのかい？」

「鍵？　おれは職長だよ」

「オーケー、飲んでしまったら、出かけよう」

ジョーはグラスをあけ、ぼくは勘定書きをとりあげて、レジで払った。そして、帽子をかぶりオーバーを着て、表にでた。

歩道にくっつけて駐車していた車のところまできた時、ちょっと待っているようにジョーに言って、ぼくはうしろに止まっているタクシーに近より、不意にドアをあけ、頭をつっこんだ。

「ヘレン、そんなことをしていても、なにもならんよ。さあ、ぼくたちの車で、いっしょにいこう」

「よう、ちょっと待てよ」タクシーの運ちゃんは、腕力でもふるいそうな顔をした。「出ていったほうが、身のためだぞ」

「ま、みんなおちついて」とぼくは調子よくいった。

「出ていけったってむりだよ。ぼくは車のなかにはいないんだから――。ただ、のぞきこんでるだけだ」ぼくはヘレンにいった。「まったく、子供の遊びみたいだな。きみは、尾行というもののいちばん初歩もしらない。それに、きみがたまたまひろったこの車の運転手君が、また素人《しろうと》だ。どうしてもジョーのあとをつけるというのなら、彼をタクシーにうつし、きみはぼくの車にのって、尾行とはどうするものかおしえてやるよ」

「ほう」腕っぷしの強そうな運ちゃんは、どなった。

「おしえてやるんだって、なにを?」

「ねえ」とぼくはヘレンにいった。「運転手君は、そんなことしか考えてないんだ。わかるだろう?」

「あなた、ずいぶんおりこうそうね?」とヘレンはこたえた。

「そのことは、今にだんだんわかってくる。メーターをカチンカチンあげっぱなしにしているきみよりも、すくなくともりこうだな。金をはらって、いっしょにきたまえ」

ヘレンはからだをうごかした。で、ぼくは横にどき、ドアをあけてやった。歩道におりると、ヘレンはぼくの顔をまともに見て、いった。「あなたが、いろんなことの責任者のようだから、タクシー代も払ってよ」

ぼくはヘレンがちゃっかりしているのにあきれた。だが、すぐ金は払った。まず第一に、ヘレンの言い方が憎めなかったし、それにいくら金をつかっても、あの五千ドルのうちから出るのだから、だいじょうぶだ。ぼくは一ドル札二枚とわかれ、ヘレンの腕をとり、車のほうにひっぱっていった。そして運転席のドアをあけて、ジョー・グロールにいった。「もうちょっと、むこうにいってくれないか。ふたりすわるんでね」

ヘレンが乗ったので、ぼくも車のなかにはいり、ドアをしめた。それからエンジンをスタートし、かどをまがって下町のほうにむかったが、ふたりとも黙りこんだままだった。

「もしぼくなら、合同して、大ニューヨーク相互尾行連盟をつくるな。きょうは、だれがだれを尾行するか、よくこんがらがらないでやってるじゃないか。もっとも、どっちかひとりが殺人犯人として逮捕されれば、もう尾行することもできん。きみたち、結婚するのがいちばんいいと思うな。もしひとりがつかまり、裁判にまわされた時は、夫も妻も、おたがいに相手に不利な証言はしなくていいからね」

ぼくは前の手押し車をよけてまわった。「ヘレン、ぼくたちはブレニイ&プーア商会にいって、アブディトリイをさがすんだよ。なにか隠してあるかもしれないから――」

「たとえば、どんなものを――」とヘレンはたずねた。

「わからない。プーアの命をうばうほど大事な、会社の資産内容の秘密の帳簿があるかもしれんし、もしかしたら、例の殺人葉巻きの青写真が出てくるかもわからん。簡単なスケッチでも、役にたつからね」

「ばかみたい。まるで道化のようだわ」

「ありがとう。昔から、道化がいちばん心のあたたかい人間ということになってる。母親と、そして、ディケンズの本にでてくる情けぶかい人物たちを除いては――」

ぼくは、ヴァリック通りのブレニイ&プーア商会の前で車をとめた。

ブレニイ&プーア商会の事務所は、用のない者がブラッとはいって行けるようなところではなかった。町かどと次のかどとのちょうどまんなかあたりにある、古ぼけた建物の一階の一部が事務所で、のこりの一階と二階が工場になっている、とジョーは説明した。事務所のなかにはいり、電灯をつけるとすぐ、ヘレンはデスクのそばの椅子に腰をおろし、ばかにしたような顔でぼくたちを見た。だが、あちこち、アブディトリイをさがしていくうちに、その目は興味をもってきた。

ジョーは帽子とオーバーを椅子の上にほうりなげ、引き出しからねじまわしを出して、タイプライターのローラーをはずすと、一方のはしのねじをとり、さかさにした。すると、四、五十ものダイスが転がりでた。ジョーは、あいたほうのローラーの口を電灯で照らし、なかをのぞきこんで、またダイスをしまうと、ローラーをもとにもどした。

その指先のうごきが的確ではやいのには、ぼくは感心した。どうやってあけるかわかっていても、ぼくなら、すくなくとも十分はかかるだろう。しかしジョーがやれば、三分もかからなかった。

「いかさまダイスだね？」とぼくはたずねた。

「ええ、しかし、これはストックのうちにはいってる物です」ジョーはうしろのドアのところにいき、それをあけて、蝶番《ちょうつがい》をはずし、ドアを机にたてかけると、床にひざをついて、その下の床板をはずした。こんどは、百二、三十の鉛のペンシルがはいっていた。

「トリック・ペンシルかい？」

「おすと、香水が出てくるんですよ」ジョーは床に腹ばいになって、アブディトリイのなかを調べた。

ジョーはほかのアブディトリイもあけてまわった。部屋のなかのどこにでも、それはあるようだった。電気スタンド、椅子の足、冷水器、灰皿、すみの大きな机の上におかれたデスク・カレンダーの金属の底の部分にもアブディトリイはあった。

それをあけ、なかのものをとりだした時、ジョーはつぶやいた。「こいつは、はじめてだ」ジョーはヘレンのところにいき、机の上になにかおいた。「なんだろう？きみは知ってるかい？」

ヘレンはそれをとりあげ、みつめていたが、首をふった。「見当もつかないわ」

「ちょっと見せてくれたまえ」ぼくは椅子から立ち上がった。ヘレンは、手に持った物をぼくにわたした。それを一目見たとたん、ぼくのからだはハッとかたくなった。だが、顔には出さないようにした。四分の三インチほどの長さで、直径は八分の一インチもない、金属のほそいカプセルだったのだ。割れ目も、またあけるところも見あたらない。なめらかな表面のカプセルで、ただ片方のはしから、ふつうの糸ぐらいのほそさで、人差し指程度の長さの、焦げ茶色のものがでていた。

ぼくはうなった。「どこにあったんだ?」

「見ていたでしょう?」ジョーは、なんだか不機嫌そうにこたえた。「ブレニイの机の上のカレンダーのなかですよ」

「へえ、あれはブレニイの机なのか……。いくつあった? これだけかい?」

「いや、まだ三つ四つあるようだ」ジョーはブレニイの机のところにいき、またもどってきた。「もう三つ――。ぜんぶで四つだ」

ぼくはそれもジョーから受け取り、見くらべた。みんなおんなじだった。ぼくはヘレンのかわいい顔に目をやった。ヘレンも好奇心をしめしていた。耳さえよければハンサムなジョーの顔は、もっとけげんそうだった。

「これは、プーアを殺した葉巻きのなかにあった物だよ。ジョー、なんだと思う?」

「すぐわかりますよ。ちょっと見せて――」ジョーの目がキラッとひかった。

ぼくは首をふった。「いや、それはまずい」ぼくは腕時計を見た。「八時四十五分か。ニーロ・ウルフは夕食の最中だ。ほんとは、警察に届けるべきだが、家宅捜索にきた時にアブディトリイのことをおしえなかったら怒るだろうし、食事中のニーロ・ウルフをじゃまするわけにもいかん。電話をしても怒るからね。それでと……、どこかで、きみたちに夕食をおごるよ。たいしたごちそうではなくても、栄養たっぷりな料理をね。それから三人そろって、これとカレンダーも持って、ニーロのところにいこう」

「あんたが持っていけばいいじゃないですか?」とジョーはいった。「おれはうちにかえる」

「わたしも」ヘレンもおなじことをいいだした。

「だめだよ。どうせきみたちは、またお互いにあとをつけあって、めんどうなことになるだけだ。ぼくがこれだけ持って帰ったら、ニーロ・ウルフはカンカンに怒り、さっそく警察に電話してきみたちをつかまえさせるだろう。そうなれば、ぼくだっておもしろくないしね。どうだい、きみたちもくるかい?」

ヘレンは、せいいっぱい意地悪な声でいった。「こんな人と、いっしょのテーブルでお食事するのはいやだわ」

ジョーも、まけないでいいかえそうとしたが、男なので、そうはできなかった。「おれだって、おなじテーブルでなんかたべるもんか」

だが、これは大うそだった。ぼくはふたりをギャラガーの店につれていったが、おなじテーブルで食事をしただけでなく、大皿にいっしょにいれてきたビフテキを、よろこんでたべたからだ。西三十五丁目のニーロ・ウルフの家についたのは、十時ちょっとすぎだった。

ニーロ・ウルフは机のうしろに腰をおろし、夕食後のビールを飲んでいた。からのびんが一本に、まだはいっているのが二本、目の前の盆の上にあった。ジョー・グロールは赤革の椅子にすわり、そばの、小切手を書くためのテーブルに、ビールとグラスをおいた。ヘレン・ヴァーディスは、大きな地球儀のそばの、時々ニーロ・ウルフ自身もつかう革張りの椅子に腰かけ、写真でもとる時のように足をくみ、ニッコリほほえんでいる。ぼくはいつものように自分の机につき、今夜のことの報告をすませると、デスク・カレンダーの底の部分がはずれる仕掛けを調べているニーロ・ウルフをじっと見まもった。

ニーロ・ウルフはデスク・カレンダーをおき、例のカプセルの一つを、出ている糸のところでぶらさげて見つめていたが、それも机の上におろして、半分とじた目をジョーのほうにむけた。

「グロール君」

「はい」

「きみにはどれくらい常識があるか知らんが、もうすこし頭を働かせたら、これを持って警察にいき、今のような話をすれば、うそつきだと思われることぐらいわかるはずだ。どうして、だれかいっしょにいく者が見つかるまで、アブディトリイを捜さなかったのか、と警察ではきくだろう。そしてそもそも、なぜアブディトリイを調べる気になったのか、とたずねるにちがいない。ブレニイが殺人葉巻きをつくったあと、自分の机の上の、だれでも知っている隠し場所のなかにこの爆薬をいれたままにしておいたということは、まず考えられない。警察ではそのほか、いろいろきくだろうが、それだけでも、きみ自身がこのカプセルをそこにいれたと結論をくだすと思う。いったいきみは、これをどこから持ってきたのかね？」

ジョーはハッキリ答えた。「どれくらい常識があるかは、自分でもわかりません。だけど、ほんとに、アーチイさんが話したとおりなんです。べつにだれかいい証人がみつかるまで、おれは待ってたんじゃない。ブレニイがウェストチェスターの家にいて、おいそれとは会社まで来れないチャンスをねらってたんですよ。ちょうどその時、このグッドウィンさんに会って、いっしょにいかないかと誘っただけだ。ブレニイがそんなことをするはずがないと考えてるようだけど、あの男のことはわかりませんよ。あいつはいかれてる。あんたはブレニイを知らないから——」

ニーロ・ウルフはうなった。「とんでもない。よく知ってる。そういったアブディトリイは、どれくらい前から事務所にはあるのかね?」

「長いのは、もう何年も……。最近つくったのもあります」

ニーロ・ウルフは指さきで、デスク・カレンダーをたたいた。「これは?」

「さあ——」ジョーは考えこんだ。「四、五年になるかなあ。兵隊にいく前からあったから……。ねえ、今夜、これを見つけた時にも、いったいなんだか、見当もつかなかったんだ。今でもそうです。あんたは、あの葉巻きのなかにあった物とおなじだと思ってるようだけど、おれには、わからん」

「わたしだって、おんなじだ」

「だったら、こんなことを議論していても、なにもならないでしょう? シャネルNO5の香水がはいってるのかもしれないし、それとも、なかにはただの空気だけか……」

ニーロ・ウルフはうなずいた。「じつは、わたしもそれを考えていたところだ。クレーマー警視にこれを見せれば、取り上げてしまうにきまってる。また、きみも物的証人として逮捕するだろう。こっちだって、きみが必要なことがあるかもしれん。ひとつ、われわれで調べてみるかな」

ニーロ・ウルフは机の上のボタンをおした。まもなく、フリッツがオフィスにはいってきた。ニーロ・ウルフはフリッツにたずねた。「だれかが送ってくれた、あのパーコレーターをおぼえてるかい？　一度つかって、ばかをみた……」

「はい」

「もう、すてた？」

「いいえ、地下の物置きにございます」

「あれを持ってきてくれ、たのむ」

フリッツはオフィスを出ていった。ニーロ・ウルフは例のカプセルをつまみあげ、まゆをよせて見ていたが、ぼくのほうに視線をうつした。「アーチイ、新聞紙に、なにかのオイルとひもをさがしてきたまえ」

とんでもない実験に立ち会うのはいやだから、ぼくは散歩にでも行きたいところだったが、ご婦人がいるので、まさかの時はまもってやらなければいけないと思い、言われたとおりにした。オフィスにもどってくると、フリッツがパーコレーターをもってきていた。半ガロンはコーヒーがつくれる、厚い金属の、大きなパーコレーターだ。ジョーもフリッツも、ニーロ・ウルフの机のそばにあつまり、彼がすることを見ていたが、ヘレンは椅子にすわったままだった。ニーロ・ウルフは、はさみで新聞紙を横二インチ、縦八インチの矩形《くけい》にきり、その上にオイルをおとして、指さきで全体にぬりつけ、灯心のような、長い細い棒にきつく巻いた。それから、そのはしをカプセルから出た糸にすこしかさねて、くっつけた。それをジョーが手にもったひもで二つかさね、ぐるぐる巻いた。ニーロ・ウルフはパーコレーターのふたをあけた。

「いや」とジョーは反対した。「それじゃ、うまく爆発しないかもしれん。とにかく、ふたについたこのガラスはいりませんからね」

ジョーは、器用な指先をすばやく動かしだした。ジョーがパーコレーターのふたのガラスをはずし、なかのコーヒーこしをとりだして、油をぬった例の新聞紙のしんのはしをもち、ふたのあいだからなかに入れ、しんがぬけないように、片方の手でそのまわりに新聞紙をつめるのを、ニーロ・ウルフとフリッツは見ていた。ニーロ・ウルフは満足そうにうなずき、椅子の背によりかかった。新聞紙のさきは、二インチばかりパーコレーターからつき出ている。

「床におきたまえ」ニーロ・ウルフは指さした。「そこがいいだろう」

ジョーはパーコレーターのほうに近づき、ポケットからマッチをとりだしたが、ぼくはとめた。「ちょっと待った。ぼくにくれ」ぼくはジョーからパーコレーターを受け取った。「みんな廊下にいってください。ぼくが火をつける」

フリッツとヘレンはオフィスを出た。だが、ジョーは部屋のすみに行っただけで、ニーロ・ウルフは椅子から立ち上がりもしなかった。

ぼくは、ニーロ・ウルフにいった。「あなたは、死んだプーアの顔は見てないが、ぼくはよく知ってますからね。さあ、廊下に出てください」

「ばかな。こんなちっぽけな物が……」

「じゃ、パーコレーターの上から毛布をかぶせましょう」

「いや、爆発するところが見たいんだ」

「おれも——」ジョーもいいだした。「ビクビクすることはないさ。きっと、なにも起きないよ」

ぼくは肩をすぼめた。「ヘレンが応急手当のやり方をならってるといいが……」そして、パーコレーターを、ニーロ・ウルフの机から五歩ばかりのところにおき、マッチをすって、例の新聞紙のしんに火をつけ、うしろにさがった。しんが一インチもえるのに二秒かかった。「じゃ、病院で会いましょう」ぼくは廊下にとびだし、なかがのぞきこめるように、ほんのちょっとドアをあけておいた。

爆発が起こったのは、それから十秒後ぐらいだろう。だが、ぼくには三倍も長く感じられた。相当な音だった。つづいて、ほかの音もした。ヘレンはぼくの腕をつかんだ。だが、それを楽しんでいるわけにもいかず、ぼくはドアを大きくあけて、オフィスのなかにはいった。部屋のすみのジョーは、すっかりおったまげ、ニーロ・ウルフはからだをまわし、うしろの壁の漆喰《しっくい》が欠けたところを見つめていた。

「パーコレーターのふただ」ニーロ・ウルフはつぶやいた。「もうすこしであたるところだった」

「そうですね」ぼくは、パーコレーターと壁のきずの角度を見くらべながら、こたえた。「ほんの一インチそれただけだ」ぼくはかがんで、パーコレーターのすっかり形のかわったふたをとりあげた。「こいつが頭にあたったら、いい気持ちだったろうに——」

フリッツとヘレンもオフィスにはいってきた。ジョーはパーコレーターをもって、ニーロ・ウルフに近づいた。「さわってごらんなさい。こんなに熱い。それに、めちゃくちゃに、ひんまがっていやがる。いやあ、こいつはすごいや。ダイナマイトやふつうのTNT火薬じゃ、こうはなりませんからね。これっぽっちの量では——。いったい、なにがはいってたんだろう?」ジョーは、パーコレーターに鼻をおしつけた。「なにかにおいますか? おれにはわからん」

「けしからん」ニーロ・ウルフはいった。ぼくは彼を見て、おどろいた。パーコレーターのふたがあたらなかったので、ホッとして、よろこんでいるのかと思ったら、椅子に腰をおろしたままだが、からだをおこしていたのだ。ニーロ・ウルフがこんなかっこうをするのは、カンカンに怒っている時だけだ。「ほんとに、もうすこしで頭にあたるところだった。プーアにはうらまれる理由があったかもしれんが、なんのために、このわたしを——」

「ちょっと待ってくださいよ」ぼくはとんでもないという顔をした。「それは理屈にあわん。だれも、あなたをねらったわけじゃないんですよ。それどころか、ぼくは、廊下にいくようにすすめたくらいだ。しかし、腹がたったら、すこし仕事をしたらどうです? ここにいるジョーとヘレンから話をきいて——」

「いや」ニーロ・ウルフは立ち上がり、ヘレンに頭をさげた。「わたしはもう寝る。おやすみなさい。ミス・ヴァーディス」そして百分の一インチばかり、顔をジョーのほうにむけた。「おやすみ、グロール君。アーチイ、のこったカプセルは金庫にしまっときなさい」それっきり、ニーロ・ウルフはドアをあけ、いってしまった。

「たいした男だ」とジョーはいった。「あれが爆発し、ふたが耳のところをかすめた時も、まばたき一つしないんだから――」

「うん」ぼくはうなった。「しかし、気まぐれでね。今夜もどうかしてる。ふつうなら、きみたちふたりを、それこそひっつかんで裏返しにするほど、徹底的に問いただすところだが、これからどうしろともいわん。今夜のことは、警察に知らせるつもりかい？ しばらくの間、だまってるほうが、ぼくはいいと思う――。さあ、いこう。時間がおそいから、このあたりではタクシーをつかまえるのはむずかしい。どっちみち、車をガレージにしまわなきゃいけないし、きみたちふたりを、どこかそこいらまで送ろう」

われわれは出かけた。すこしたって、ぼくは帰ってきた。その時、ちょっとした発見をした。毎日、ぼくは寝る前に、金庫をあけ現金をしらべることにしている。ところが二百ドルなくなっていて、ニーロ・ウルフの字で、帳簿にこう書いてあったのだ。「ソール・パンザーに調査費前払い」

ソールも、なにかやっているらしい……。

金曜日の朝は暇だったので、ぼくはこの事件のなぞを推理し、解決した。まったく論理的な推理だった。ぼくの思うとおりなら、なにもかもピッタリあう。ただ、陪審員たちを納得させるだけの物的証拠があればよかった。それを、ソール・パンザーは捜しているのだろう。だが、どういう推理をしたか、ここでは書くつもりはない。だいいち長くなるし、それに、ぼくの推理はまちがっていたからだ。ともかく、九時すこし前には、ぼくの頭のなかでは事件は解決していた。ニーロ・ウルフの部屋にいくと、用をいいつかり、くわしい指示をうけた。警察本部にいく用だったのだ。

クレーマー警視の部下にでも会い、はやく用をすませて帰りたかったのだが、警視のオフィスにぼくはよばれた。腰をおろすと、クレーマーは椅子を四分の一ばかりまわし、腕をくみ、世間話でもするような口調で言いだした。「きみたちうそつきは、こんどは、どんなでたらめを考えてきたんだ?」

ぼくはニヤニヤ笑った。「いつか、ニーロ・ウルフの目の前で、うそつきだと言ってやったらどうです? ぼくのいる時にね」ぼくは導火線のついた例のカプセルを二つチョッキのポケットからとりだし、机の上において、たずねた。「こんなのが、まだいりますか?」

クレーマー警視は一つを指さきでつまみ、じっと見ていたが、机の引き出しにしまい、ぼくの目のなかにねじこんでくるようなするどい視線をむけた。

「さあ」警視はしずかに言った。「郵便で送ってきたなんて、言うんじゃないだろうな? 雑誌からきりとった活字であて名のかいてある――」

「いいえ、どういたしまして。昨夜、あるところに泊まったんですが、その時、いっしょに寝た女のきれいな髪をいじってたら、なにか指さきにあたったんで、とりだしてみると、これだったんですよ」クレーマーは女房孝行の、かたい男だ。これをきいて、あかくなった。ぼくは言いなおした。「いや、ほんとうはこうなんです」

そして、昨夜のことをすっかり話した。

警視はいろいろ質問をした。しゃべってる間にも、また話しおわったあとも――。ぼくは、答えてもかまわないことには返事をした。いちばん最初にきくだろうと思っていたことを、クレーマーは最後にとっておいた。

「ま、今のところ、きみを信じておこう。ことわっとくが、本気でそう思ってるわけではないからな。それはともかくとして、きみは計算はどうなんだい？　二に一をたすと、いくつだ？」

「計算はぼくはおとくいでしてね。二たす一たす一は四です」

「ほう？　そのいちばんしまいの一はどこからもってきた？」

「おや、警視も計算はできるんだな。ニーロ・ウルフは、あなたは数学はだめだろうといってたけど――。とにかく、あなたも、ぼくたちも計算はじょうずだったわけだ。じつは、カプセルは四つあったんですよ。二つはあなたの引き出しのなか、一つは、さっきも話したように、うちのオフィスで科学実験につかい、もうすこしでニーロ・ウルフを殺すところだった。残りの一つは、七月四日の独立祭の時にあげる花火にするために、ニーロ・ウルフがしまっています」

「とんでもない。警察にもってくるべきだ」

「どうぞ、取れるものなら、取ってごらんなさい」ぼくは立ち上がった。

「とっとと消えてなくなれ！　かならずそのカプセルは取りあげてやるからな」

ぼくは威厳をもってまわれ右をし、警視のオフィスを出ていった。

ニーロ・ウルフのところにもどると、ホールまでフリッツが出むかえ、女の人がオフィスで待っている、と言った。オフィスにはいってみると、それはミセズ・プーアだった。

ぼくは自分の机につき、ミセズ・プーアに言った。「十一時まで、ニーロ・ウルフは手の放せない用がありましてね」ぼくは腕時計に目をやった。「もう四十分ばかりしたら、やってきますから」

ミセズ・プーアはうなずいた。「わかっております。それまで待ちますわ」

ミセズ・プーアには、とくべつ悲しんでいる様子も、また、いうなれば悲壮なところもなかったが、もちろん、亭主の死をよろこんでいるような顔でもなかった。火曜日よりも、いくらか老《ふ》けたようにも思える。だれが見ても、ミセズ・プーアがなにかでなやんでいることは、すぐわかるだろう。だが、それが愛する夫を失ったからか、または破産をしたためかは、その表情や、着ている物だけでは判断がつくまい。ともかく、ミセズ・プーアの顔をみれば、男ならだれでも近よって肩に手をかけ、または腕をたたき、「わたしでお役にたつことなら……」と言いたくなるにちがいない。

ぼくは台所にいき、ミセズ・プーアがきたことをニーロ・ウルフに知らせたか、とフリッツにたずねた。フリッツはまだだと言った。ぼくが帰ってきたら、しかるべく取りはからおうと思っていたらしい。で、ぼくは屋上の温室に電話して、ニーロ・ウルフを呼んだ。「今、もどってきたところです。あれは、クレーマー警視にわたしました。残りの一つもほしいといってましたよ。それから、ミセズ・プーアが、あなたに会いにきてるんですが――」

「あの女はいやだ。帰したまえ」

「しかし――」

「なんの用か、わたしはちゃんと知ってる。それぐらいわからんでどうするか――。うちに帰って、受取を読みなおすように言うのだな」

電話はきれてしまった。ぼくは椅子をまわし、ミセズ・プーアに言った。「おうちにもどって、あの受取に書いてあることを読むように、ニーロ・ウルフは言ってるんです」

ミセズ・プーアは目をみはった。「なんですって?」

「ご主人が払ったお金のぶんだけの仕事をしていないので、あなたがやかましく言いにきた、とニーロ・ウルフは思ってるらしい。お金のために働くということは、ニーロ・ウルフは大きらいでしてね。いつも怒るんですよ」

「だって……、妙ですわ。ね、そうじゃありません?」

「たしかに」ぼくは、ミセズ・プーアのそばにより、肩に手をおきたい衝動をやっとこらえた。「だけど今、ニーロ・ウルフを怒らせては損です。あなたがたずねて来てくださって、ぼくはうれしいけど、お帰りになったほうがいいでしょう。この世のなかで、ニーロ・ウルフをうまく取りあつかえるのは、ぼくだけです。もし、ニーロ・ウルフが温室からおりてきた時に、まだあなたがいれば、ただまわれ右をして、このオフィスから出ていくだけだ。なにかおっしゃりたいことがあるのなら、ぼくに言ってください。あとでニーロ・ウルフに相談しときますから。ニーロ・ウルフは、ぼくの言うことはきくんです。ぼくをくびにするか、それとも相談相手にするか、どっちかだ。それに、おいそれとはぼくをくびにはできん。ぼくがいなければ、仕事にならず、やがて干乾しになって死んでしまうからです」

「わたくし――」ミセズ・プーアは言葉をきり、椅子から立ちあがると、一歩ドアのほうにいきかけたが、ふりかえって言った。「冷酷な殺人事件を冗談のたねになさるのは、いやですわ」

ぼくはまた、ミセズ・プーアをなぐさめてやりたい衝動とたたかった。「事実を言ったまでです。いったい、ニーロ・ウルフにはどんな用件で？」

「ただ会って、お話がしたかったんです。ウルフさんも、そしてあなたも、うちのほうにはいらっしゃらないし――」ミセズ・プーアは、笑顔をつくろうとした。だが、くちびるがヒクヒク動いただけだった。ミセズ・プーアは口ごもった。「電話もしてくださらないんですもの。どんなことになってるのか、わたくし、さっぱりわからなくて……。あの葉巻きの箱のなかに、わたくしの髪の毛が二本はいっていたといって、警察ではいろいろきかれましたが、ウルフさんも、ご存じだと思います。ウルフさんがどんなお考えで、警察になんとおっしゃったかも、わたくしは知りたくて――」

ぼくはニコッと笑った。「ああ、そのことですか――。いや、ニーロ・ウルフはあなたの弁護士になり、陪審員に演説をぶつまねを、クレーマー警視にしてみせましてね。葉巻きの箱のなかにあなたの髪の毛があったということは、犯人はあなたではないという証拠だ、といきまいていました」ぼくはミセズ・プーアのところにいき、腕に手をかけた。兄さんのように……。

「ねえ、奥さん、きょうの午後はお葬式なんでしょう?」

「ええ」

「だったらもうお帰りになって、お葬式の用意をなさい。それだけで、きょうはけっこういそがしいですよ。あとのことはぼくにまかせてください。なにか、あなたにお知らせしたほうがいいことが起きれば連絡しますから——。ね、いいでしょう?」

ミセズ・プーアは、そのやわらかい手でしっかりぼくの腕をつかむとか、涙にうるんだ、たよりきった目で見あげるとか、そういったセンチメンタルなことは、なに一つしなかった。ただ、ちらっとぼくの目を見つめ、答えた。「ありがとう、グッドウィンさん」そして、ドアのほうにむかった。ぼくはミセズ・プーアを玄関まで送っていった。

ニーロ・ウルフがオフィスにおりてきたあとも、べつにとりたてて話すこともなかった。ニーロ・ウルフには、なにもわかってはいないらしいし、ぼくは怒っていたので、事件のことをしゃべる気にはなれなかった。

昼食までは、ニーロ・ウルフは花のカタログを見て時間をつぶした。そして、子牛カツレツとフリッツ自慢のサラダを、それこそ馬にたべさせるほど胃のなかにつめこんで、二時三十分にオフィスにもどってくると、また、カタログのページをめくりだした。だが、しばらくするとじゃまがはいった。ぼくがじゃましたのではない。呼び鈴がなるので玄関に出てみると、ソール・パンザーがいたのだ。

ぼくはソールをオフィスにつれていった。ニーロ・ウルフはソールをむかえ、園丁のセオドールとぼくにいった。「アーチイ、屋上にいって、花粉のリストをつくる仕事をやってくれ」

ぼくはセオドールを手伝って、いっしょうけんめいにはたらいた。こんなことで、腹いせをしてもしかたがないからだ。ソール・パンザーとの話はこみいったものだったらしい。植木ばちをいれた温室の電話が鳴りだしたのは、たっぷり一時間後だった。セオドールが電話にでて、すぐ階下にくるように、ニーロ・ウルフがぼくを呼んでいる、といった。

オフィスにいった時には、もうソールはいなかった。ぼくはいやみを言ってやろうかと思ったが、つぎの機会を待つことにした。ニーロ・ウルフは机のうしろにすわり、椅子の背によりかかって、目をとじていた。しかし、くちびるは動いており、つきだしたりひっこめたりする動作をくりかえしていた。

ぼくは椅子に腰をおろし、口をとじていた。ニーロ・ウルフは考えこんでいるらしい。彼が奇跡をおこなっている時にはいやみだろうがなんだろうが、とにかくものは言わないほうがいい。ぼくがオフィスにはいってから、十分か十二分後に、ニーロ・ウルフは口をひらいたが、それはあまり奇跡的な言葉でもなかった。目を半分あけ、うなり、こうつぶやいたのだ。「アーチイ、ホワイト・プレインズのちかくの果樹園で、男の死体が発見されたという新聞の記事のことを、きのう言ってたね。わたしは見なかったが、あれが読みたいんだ」

「オーケー、けさの新聞には、もっとくわしく出てますよ」

「死体の身もとはわかったのかね？」

「いいえ、頭がつぶされ——」

「新聞をもってきたまえ」

ぼくは言われたとおりにした。新聞は、三日間はオフィスにおいておくことになっている。ぼくはその記事のところをひらいて、ニーロ・ウルフにわたした。彼の新聞の読みかたは、一つしかない。たたまないで、両腕をのばしたまま、目をとおす。だが、もっとどうにかした読み方があるはずだ、とぼくは注意したことはない。ニーロ・ウルフが運動らしい運動をするのはこれくらいなので、からだのためになると思っていたのだ。ニーロ・ウルフは木曜日の記事を読みおわり、金曜日の新聞をくれといった。そして、それにも目をとおした。

ニーロ・ウルフはいった。「ウェストチェスター郡の地方検事に電話したまえ。名前はなんといったかな？　フレーザーかい？」

「そう」ぼくはダイヤルをまわした。地方検事のオフィスにすぐ通じたが、フレーザー検事は今、会議中です、といつもの手をつかわれた。で、ぼくはすこし圧力をかけた。すると、やっとこの公選検事は電話に出た。

ニーロ・ウルフがかわって、言った。「やあ、いかがですか、フレーザー検事？　こちらはニーロ・ウルフです。おしえてさしあげたいことがありましてね。火曜日の夕方発見された、頭がつぶれた、例の死体のことですが——。身もとがわかりましたか？」

フレーザー検事の返事はそっけなかった。「いや、しかし、なぜ……？」

「ま、しまいまでおききください。きっと、あなたがよろこぶことだから――。書きとめておいてもらいますかな。アーサー・ハウエル、住所、ニューヨーク市西七十八丁目九一四番地。ベッカー製作所のニュージャージイ州バストンの工場で働いています。ベッカー製作所の本社は、ニューヨーク市東四十二丁目の六二二番地。アーサー・ハウエルのかかりつけの歯医者はルイス・マーレイでニューヨーク市パーク・アヴェニュー六九九番地に診療室があります。これを調べてごらんなさい。きっと、耳よりのことがわかるはずだ。そのかわりといってはなんだが、身もとがわれたらすぐ、わたしのほうに知らせていただけるとありがたいんですがねえ。書きとめましたか?」

「ああ、だけど、これは――?」

「いや、今はこまります。死体の身もとが確認されるまでは、それぐらいしか言えません」

フレーザー地方検事は、ブツブツ抗議していたが、だめだった。ニーロ・ウルフは受話器をおき、満足そうに大きな顔をニヤニヤさせながら、もったいぶってせきばらいをすると、花のカタログをとりあげた。ぼくはニーロ・ウルフにつっかかった。「ほう、手品の袋のなかには、そんなものがはいってたんですか。アーサー・ハウエルという、あったことも名前もきいたこともない男が――。その男がベッカー製作所からあの爆薬を盗み、葉巻きをつくって、どうやってかプーアのアパートにもぐりこんで、彼を殺《や》ったんですね? それから、自分の犯行を後悔し、ホワイト・プレインズのちかくの果樹園にいって、服をみんなぬぎ、土の上に横になって、無電操縦で車を動かして、その下敷きになった――」

「アーチイ、だまんなさい。あの裸の死体がハウエルだという事実さえわかれば、今すぐにでもプーア殺しの犯人は逮捕できるのだ。だから地方検事からの報告を待っているんだ」ニーロ・ウルフは柱時計を見あげた。時間の針は四時七分前をさしていた。ニーロ・ウルフは花のカタログをおいた。「今から用意をしといたほうがいいだろう。金庫から、あのカプセルをとってきたまえ」

ぼくは、胸のなかで言った。「また、とんでもない実験をするつもりかな？　今度はニーロ・ウルフにあたるかもしれん。しかし、ぼくは散歩にいく——」

しかし、ニーロ・ウルフは例のパーコレーターで実験するのではなく、なにか新しい冗談を思いついたようだった。金庫からカプセルをとってきて、ニーロ・ウルフのところに持っていくと、彼は机の引き出しから二つのものをとりだして、机の上においた。一つはスコッチテープで、もう一つは、灰色の厚紙にはりつけた、男の中型の写真だった。その写真にちらっと目をやったぼくは、指さきでつまみあげてゆっくり調べた。それはまちがいなくユージン・R・プーアの写真だった。

「わかりましたよ」ぼくはせいぜい皮肉に言った。「あなたがよろこんでいたわけが。ソールに二百ドルはらっても、これさえ見つかれば——」

「アーチイ、こっちによこしなさい。それから、このはしをもって」

ぼくはニーロ・ウルフを手伝った。言われたようにカプセルをもって、写真をはりつけた厚紙のすみにたいらにおいたのだ。ニーロ・ウルフはスコッチテープを破り、カプセルをそこにはりつけた。それから、写真をとりあげると、しっかりくっついているかどうか見るために、すこし動かしてみた。カプセルの導火線は、プーアの写真の右の目のところにだらんとたれていた。

「これを封筒にいれて、金庫にしまっときたまえ」それからまた柱時計に目をやると、廊下に出てエレベーターにのった。

六時になると、ニーロ・ウルフはオフィスにもどってきて呼び鈴をおし、フリッツにビールをもってこさせた。そして、読みかけの花のカタログをまたとりあげた。

八時、フリッツは夕食の用意ができたことを知らせてきた。九時三十分、われわれはオフィスにもどった。九時四十五分に、フレーザー地方検事から電話がかかってきた。死体が確認されたのだ。やはりアーサー・ハウエルだった。どうして死体のことがわかったのか、ニーロ・ウルフにきくために地方検事補と刑事がふたり、こちらにむかったとのことだった。アーサー・ハウエル殺しの犯人が現在どこにいるかということもひっくるめて、わかっていることはみんなよろこんで話す、とニーロ・ウルフは地方検事に返事をした。

ニーロ・ウルフは電話をきり、椅子によりかかってため息をつくと、つぶやいた。「アーチイ、ミセズ・プーアのところに行ってくれんかね」

ぼくは反対した。「疲れて、もう寝てますよ。きょうお葬式でしたからね」

「しかし、やむをえん。ソールもいっしょに行ってもらおう」

ぼくは目をまるくした。「ソールも?」

「うん、ソールはわたしの部屋で寝ている。昨夜は一睡もしなかったんでね。あの写真をもっていくんだ。だが、なるべく早くかえってきてくれ。地方検事がこないうちにね。会いたくないんだ。きみが出ていったあとは、玄関のドアをしめておくように、フリッツにいってくれ。わたしの部屋に電話して、ソールを呼びたまえ。そうしたら指示をあたえるから」

八十四丁目のプーアのアパートの居間の様子は、三晩まえに行った時とはだいぶかわっていた。たくさんの警官たちや、顔がなくなって床にうずくまっていたこの家の主人の姿が見えなかったためばかりではない。家具が、あちこち動かしてあったのだ。プーアがすわって、最後の葉巻きに火をつけた椅子もなくなっていた。たぶん血痕を消すために、クリーニング屋にでもだしたのだろう。クレーマー警視ががんばっていたテーブルも、部屋の反対側にうつされており、ラジオも長椅子の別のはしに置いてあった。ミセズ・プーアは長椅子に腰かけ、ぼくは椅子をひっぱってきて、彼女とむかいあった。ミセズ・プーアは部屋着はきていなかったが、ちゃんとしたドレス姿でもなかった。だが、そでが付き、胸もとがほんのちょっとあいた、上品な服だった。

「ニーロ・ウルフの命令でやってきたんです」とぼくはミセズ・プーアにいった。「なにかお知らせしたほうがいいことが起きた場合には、連絡するとけさ申しましたが、これはちがいます。ニーロ・ウルフの用ですからその点だけは、はっきりさせておきたかったんです。いちばんはじめの用件は、この封筒をあなたに手渡し、なかを見てもらいたいんです」

ミセズ・プーアは封筒をうけとり、あわてもせず、どちらかといえばゆっくりした動作で、封筒をあけ、写真をとりだしたが、指先もしっかりしていた。

ぼくはいった。「まるでダリのひげのような、妙なデコレーションがついていますが、これはニーロ・ウルフのいたずらです。その写真のことを、とやかくいう権限はぼくにはあたえられていません。でも、あなたのご主人にとてもよく似ているということだけは申しましょう。あの日の午後、うちのオフィスで、たった一度お目にかかっただけですが、充分、お顔は拝見しましたからね。水曜日にこの写真があれば、ずいぶんいい値段で新聞社に売れたでしょう。しかし、もちろん水曜日にはまだ手にはいってなかったんです」

ミセズ・プーアは写真を自分のそばにおき、人差し指と親指でつめがくいこむほど、厚紙のはしをつかんだ。そしてまともにぼくの顔を見た。首のあたりの筋肉がかたくなっていた。そのためだろう、声もかわってきていた。「どこで、この写真を見つけたんです?」

ぼくは首をふった。「それは、申しあげられません。さっきもいったように、ただニーロ・ウルフの命令で来たんですからね。ついでに申しますが、ソール・パンザーという男が、この階のうしろの廊下の、使用人用のエレベーターのところで待っています。ソールは、そんなに大男ではありませんが、ひと眠りしたところですから、元気もありますし、動作も早い。それから、頭を車でひかれた裸の男の死体が発見されたウェストチェスターのあの果樹園は、あなたが食事をしたモンティのレストランからも、またブレニイの家からも、車でほんの十分ぐらいのところで、その死体はベッカー製作所で働いているアーサー・ハウエルだということもわかりました」

ミセズ・プーアはじっとぼくを見つめたままだった。まつ毛さえもうごかさなかった。そして、なにか遠いところからひびくような声でいった。「なんのお話か、さっぱりわかりませんわ。アーサー・ハウエル？　アーサー・ハウエル……。頭は、ホットケーキを押しつぶしたようになってましたが、かかりつけの歯医者に調べさせたら、すぐわかりました。こんなお話をするのも、ただ、ニーロ・ウルフから、そう命令されたからです」ぼくは腕時計に目をやった。「今は十時二十分です。十時四十五分には、ぼくはオフィスにもどるか、それとも電話をすることになっています。そのどちらもできなかった場合には、ニーロ・ウルフはクレーマー警視に電話をし、警察の連中は、すぐここにやってくるでしょう。でも、火曜日の夜ほどはこないかな。鑑識課の連中はいりませんからね。だけど、充分なだけやってくるはずです」

ぼくは言葉をきり、まだじっと見つめているミセズ・プーアの目を見かえして、つづけた。「この写真と爆薬のはいったカプセル。ホワイト・プレインズの果樹園にあった死体がアーサー・ハウエルとわかったこと。十時四十五分には警察に知らせ、うしろの廊下には、ソール・パンザーがいること。……まあ、そんなところですね」

ミセズ・プーアは立ち上がった。ぼくにしがみついてくるのかと思ったが、ただ八インチばかり離れて向かいあって立ち、顔を見あげただけだった。そして、そっと近よった。その頭は、ぼくのあごにやっと届くくらいだった。

「グッドウィンさん」とミセズ・プーアはいった。

「わたくしのことを、ひどい女だと思っていらっしゃるんでしょう、ね? 手のつけられない、わるい女だと……?」

「ぼくは、べつになんとも思っていませんよ。ただニーロ・ウルフからいいつかって、来ただけなんです」おかしなことだが、それまではミセズ・プーアをそれほどきれいだとは思っていなかったが、その瞬間、世界でいちばん美しい女を十人えらべといわれたら、ぼくは躊躇《ちゅうちょ》なく、彼女の名前をあげただろう。

「あなたは、世間のことはよく知っていらっしゃる」ミセズ・プーアは顔をそらし、ぼくを見あげた。「だから女ってどんなものか、よくご存じだと思うわ。さっき、わたくしの腕にあなたが手をかけた時、わかったの。わたくしはもともと、男に愛されるようにできている女だわ。でも、どんな男にでももっていうわけにはいかない。わたくしが愛をささげることのできる男性は、世界にたったひとり——」

ミセズ・プーアは笑顔をつくりかけたが、くちびるのはしがふるえだしたので、やめた。

「でも、その理想の男性とめぐりあった時には、もうおそかった。きのう、あなたがわたくしの腕にふれた時、はじめてそれがだれだかわかったの。あの時、あなたが望めば、わたくしはあなたのものになっていたでしょう。今でも、あなたさえその気なら、永遠にわたくしは、あなたの腕にだかれていたい。わたくしたち、きっと、楽しくやっていけるわ。あなたはべつに、なにも将来にたいして約束なさる必要はない。ただ、わたくしのようにあなたも心から愛してくださるなら——」

ミセズ・プーアは手をあげて、ぼくにさわった。だが、ほんのちょっとだった。服のそで口をかすった程度だ。

　ぼくはギクッとして、からだをひいた。

「ミセズ・プーア」ぼくは声までおかしくなっていたので、ふつうの調子にもどそうと口ごもった。「あなたはなかなかうまい。いや、ほんとだ。だけど、あなたもいってるように、おそすぎましたよ。スコアはわかってるのに、まだ試合をつづけようとするようなものだ。たしかにあなたのやり方はりっぱなものだった。だけど、もう七分すると、ニーロ・ウルフは警察に電話するから、髪でもなおしといたらどうです？　写真をとりますよ」

　ミセズ・プーアはキッとからだをひくと、ぼくの顔をひっぱたいた。だが、ほとんど感じないくらいで、ぼくは手もうごかさなかった。

「男なんて大きらい！」ミセズ・プーアは歯をくいしばっていった。「どんなにわたくしが、男をにくんでるか――」

　ミセズ・プーアはふりかえり、浴室のほうにあるいていくと、なかにはいりドアをしめた。ミセズ・プーアが髪をなおしにいったのかどうか、そんなことはぼくにはどうでもよかった。前みたいに窓ぎわにいき、息をとめ、つっ立ってるようなまねもせず、ぼくは長椅子のはしに腰かけ――、ともかく、息はしていた。おそらくどんなことが起きるのか、心のなかでははっきりわかっていたのだろう。事実、そのとおりになった。爆発音がきこえたのだ。ニーロ・ウルフのオフィスで実験した時みたいに、カプセルはパーコレーターにはいっていたわけではないので、それほど大きな音じゃない。ぼくはとびあがったりはしなかった。おそらくギクッともしなかったはずだ。そして、駆けだしもせず、浴室にあるいていき、ドアをひらき、なかにはいった。

それから五分後、ぼくは台所の裏口をあけ、外の廊下で待っていたソール・パンザーにいった。「すんだよ。ミセズ・プーアはカプセルを口にくわえて、信管に火をつけた。きみはすぐ、ニーロ・ウルフのところに報告にいってくれ。ぼくは警察に電話するから——」

「しかし、あんたがニーロ・ウルフに知らせるはずだったんだろう？　おれが残ってるよ」

「いや、だいじょうぶ。さあ、はやく——ぼくはすごくいい気分なんだ」

翌日の土曜のお昼ごろには、ぼくはほんとに、しゃべるのがいやになっていた。こっちだって、二、三ききたいこともあったし——。クレーマー警視は、パーリイ・ステビンス部長刑事をはじめ、ヘレン・ヴァーディス、ジョー・グロール、それにコンロイ・ブレニイまでつれて、ニーロ・ウルフのところにおしかけ、あらゆる面から攻撃を開始した。だが、ブレニイは追いかえされた。ブレニイの顔だけは見たくない。家にいれることはできん、とニーロ・ウルフががんばったからだ。ほかの者はなかに通され、オフィスに案内された。クレーマー警視は、例の赤革の椅子にすわり、これでもう三十分、ニーロ・ウルフとつかみあいになるほどの口論をしている。ふたりがこんなにいい合ったのは、まったくはじめてだった。

ニーロ・ウルフはいった。「じゃ、わたしを逮捕したらよかろう。逮捕状をもってきたまえ」

クレーマーは、おまわりがつかうせりふはもうみんな言いつくしたので、ただにらみつけた。

「しかし、わたしをなんの罪で逮捕するのかね?」ニーロ・ウルフはつぶやいた。彼が本気で怒った時には、けっして大きな声はださない。「べつに証拠をかくしたり、警察のじゃまや犯人をかばったわけでもない。あの証拠をつきつければ、ミセズ・プーアが観念し、自白すると思っただけだ」

「ばかな」クレーマー警視は、あきあきしたように言いかえした。「警察に証拠をつきつけてもらいたかったよ。だが、あんたが見せてくれたのは、証拠のかわりにもう一つの死体だ。その理由もはっきりわかってる」警視は、指さきで激しく椅子のひじをたたいた。「あんたが持っていた証拠というのは、アーサー・ハウエルの写真だけなんだ。それを警察にわたせば――」

「いいかげんにやめたまえ。警察にはとっくに、アーサー・ハウエルの写真はとどいている。ベッカー製作所で、この作業員が行方不明になったと、アーサー・ハウエルの写真を警察にとどけてるんだ。ソール・パンザーにそういって、ベッカー製作所では、警察にやった写真の複製をくれたんだからね。ハウエルの写真をもう一枚手にいれたところで、いったいどうなるのかね」

「オーケー」クレーマー警視にも、ニーロ・ウルフに勝てないことはわかってきたらしい。

「しかし、アーサー・ハウエルがプーアのふりをして、ミセズ・プーアといっしょに火曜日の午後ここにやってきたことは、警察は知らない。その日、プーアが着ていたのとおなじ背広とシャツ、それにネクタイを身につけてね。ただ、あんたとグッドウィンにわかっていただけだ」

「わたしは知っていた。しかし、グッドウィン君はちがう。アーチイは、あれはプーアの写真だと思ってたんだ」

ぼくは口をはさんだ。「ちょっと失礼、おふたりともシャドウ・ボクシングがおわったら、ききたいことがあるんですが——」ぼくはニーロ・ウルフのほうをふりむいた。「ミセズ・プーアとここにきたのは、ユージン・R・プーアでないことは知っていたといいましたね。それが、いつ、どうやってわかったんです?」

もちろん、ニーロ・ウルフはハッタリをきかせた。まるでそんなわかりきったことを説明するのはうんざりだというような顔をしたのだ。だが、ほんとは自分の頭のいいところを見せたくて、うずうずしていたのだろう。

ニーロ・ウルフはぼくに視線をむけた。「プーアは、一日に十本から十五本の葉巻きを吸う、と、水曜日、きみはいった。木曜日には、クレーマー警視もおなじことをいっている。だが、火曜日の午後、プーアだと名のってここにきた男は、葉巻きの吸いかたどころか、どうやってそれをくわえるのかもしらなかった」

「だけど、あの時は気がおちついていなかったから——」

「しかし、ほかにはそんな様子はなかった。葉巻きのこと以外はね。きみだって、あの男に会ったじゃないか。葉巻きなんか吸ってみせなきゃよかったんだ。まったくへたな芝居だった。プーアが葉巻きの愛煙家だと知ったあとでは、ただ一つの疑問は、だれが彼のまねをしてここにやってきたのかということだった。ミセズ・プーアが共犯なのはあきらかだ。その後にいろいろわかったこともあるし、また、クレーマー警視が、プーアのアパートには、彼の写真は一枚もなかったとおしえてくれたからね。今では写真のない家なんてありゃせん。ミセズ・プーアもばかだ。とくに、このわたしをかつごうとしたのはまったくばかなことをした。ミセズ・プーアは、ブレニイがプーアを殺すつもりでいる、という印象をあたえたかったのだ。その考えは、けっしてばかげてはいない。ミセズ・プーアはにせ者のプーア氏を警察につれていこうとはしなかった。もし警察のだれかが、ほんもののプーアの顔を知っていたらこまるからだ。それもなかなかいい考えだった。しかし、わたしをえらんでだまそうとするとは――」

「ミセズ・プーアは男をにくんでたんですよ」とぼくはいった。

ニーロ・ウルフはうなずいた。「たいへんな男性観をもっていたにちがいない。五十万ドルばかりの金を手にいれるために――夫の遺産と生命保険の金、それにブレニイが殺人罪で死刑になれば、会社はみんな自分のものになるからね――ミセズ・プーアは三人の男を殺す計画をたてた。ふたりは直接、そしてもうひとりは間接的な方法で……。わたしのところにたのみにきたという、とんでもない失敗を除いては、ミセズ・プーアはけっしてばかではなかったわけだ」

「ばかじゃないよ」クレーマー警視はどなるように、いった。「あんなことを考えるのは、完全な狂人だ」

「いや、いや」ニーロ・ウルフは首をふった。「狂人ではない。よく考えてみたまえ。ミセズ・プーアは、すべてを自分の頭のなかでこしらえあげたんではあるまい。ただ、手もとにあった札をつかったにすぎん。ある日、ふと気がついてみたら、殺人計画の成分がそろっていたというわけだ。一つは、プーアとブレニイのパートナー同士が、会社の経営でいがみあっていたこと。プーアが、ブレニイをスパイするためにミス・ヴァーディスをつかい、それをまた見張らせるために、ミセズ・プーアがグロール君をうまくたきつけていたのを見ても、それは充分わかる。第二に、アーサー・ハウエルと知り合ったこと。ハウエルは葉巻きのなかにかくせる小型で強力な爆薬が手にはいる立場にあり、またからだのつくりや外観が、にせ者になれるくらいプーアに似ていた。だが顔はしかたがない。で、ミセズ・プーアは、顔のほうはあとでどうにかするつもりだったのだろう。

警視の部下を十人ばかりつかって一週間も捜査すれば、ミセズ・プーアとアーサー・ハウエルの関係はわかるだろう。このふたりのやり方は巧妙だった。ハウエルと知りあい、そして例の爆薬のことなどもきいて、ミセズ・プーアは殺人の実際的計画がたったにちがいない。だが、もちろん男をにくんでるなんてことは、ハウエルにはいわなかった。その反対に、たぶんずいぶんうまいことをいって、夫殺しを手伝わせたんじゃないかな」

「その点は、たいしたものですよ」とぼくはうけあった。「まったく申し分ない。火曜日の午後、ここにきたときのことを考えてごらんなさい。プーアが事業から手をひいて、長生きすることしか望んでいない、田舎にひっこんで、ばらでも栽培し、自分はおいしい料理をつくり、靴下をかがるので満足だ、なんて、しおらしいことをいってたのをおぼえてるでしょう?」

ニーロ・ウルフはうなずいた。「いやまったく、いい役者だった。それはともかく、あの四つのカプセルをデスク・カレンダーのなかにしまう機会が、ミセズ・プーアにあったかね、グロール君?」

「ええ」とジョー・グロールは答えた。「そのことをヘレンと話してたんですがね。マーサはプーアさんをロデオに誘いに、火曜日に会社にやってきました。その時、入れたんじゃないですか。事務所の鍵はもってたから、いつでもできたわけだけど――」

「そんなところだろう」ニーロ・ウルフは満足そうだった。「あの葉巻きのなかにあった髪の毛のことだが、ミセズ・プーアはいろいろ小細工もしていた。捜査にあたった者には、つまらないものかもしれんが、法廷にもちだされた時は、陪審員たちには効果があるからね。腕のいい弁護士なら、これをうまく利用できることをミセズ・プーアはよく知っていたんだ。みんなビールはどうかね」

「けっこう」クレーマー警視はぶっきらぼうにことわった。「まだ質問がある。火曜日の午後、プーアはここにはこなかったんだね?」

「そう。きたのはアーサー・ハウエルだ」

「じゃ、プーアはどこにいたんだろう?」

「ロデオに行ってたのさ」ニーロ・ウルフはベルのボタンをおした。二度おした時は、ビールをもってこいという意味だ。「この細工も上出来だった。火曜日のミセズ・プーアのスケジュールを見てみたまえ。まず、ブレニイ&プーア商会に行った。何時にかね、グロール君?」

ヘレンがこたえた。「十二時ごろです。そして、ふたりでお食事に出かけました。それから、ロデオに行くといって――」

「ありがとう。だが、ミセズ・プーアはなにか言いわけをつくって、夫ひとりをロデオにやった。まったくいい場所をえらんだものだ。ロデオがおこなわれていたのは、あの大きなマディソン・スクエア・ガーデンだからね。おそらく、相当な入場者の数だっただろう。そのなかのひとりだから、いたと言ってもいなかったと言っても、わかりはしない。それから、その近くのどこかで、あらかじめ夫とおなじ服装にさせておいたアーサー・ハウエルと落ち合って、自分の車でここにきた。あるいはプーアの車だったかもしれん。ミセズ・プーアとハウエルは、五時すこし前にかえった。そして、ここと四十二丁目のあいだでハウエルは車からおり、グランド・セントラル・ステーションから汽車でホワイト・プレインズに行った。夫を殺す手伝いをさせることができるような女なら、ホワイト・プレインズまで汽車で行かせることぐらい、簡単だっただろう」

フリッツがビールをもってきた。ニーロ・ウルフはびんのふたをあけ、グラスについだ。

「ミセズ・プーアは車に乗ったまま、マディソン・スクエア・ガーデンのある五十丁目まで行き、ロデオがおわって出てきたプーアをひろって、ふたりでウェストチェスターまで車をはしらせた。ブレニイと、その家で会う約束があったからだ。プーアは気がすすまなかったが、ミセズ・プーアがひっぱってきたんだろう。そして、プーアをモンティのレストランにのこして、ミセズ・プーアは出かけ、ホワイト・プレインズの駅あたりで待っていたアーサー・ハウエルを車にのせ、おそらく前から殺人現場にえらんでおいた、あの道からすこしはずれた果樹園に行って、なにかでハウエルを殺すか気絶させ、服をぬがし、顔をかくすために、車でひきつぶしたんだ」

ヘレン・ヴァーディスが声をたてた。そして両手で顔をおおった。これでヘレンのからだにさわるチャンスが、ジョーにはできた。事実、彼はこのチャンスをのがさなかった。

「ミセズ・プーアが男性をにくんでいたとすれば」ニーロ・ウルフは言葉をつづけた。「アーサー・ハウエルも、生かしておくつもりはなかったのだろう。彼が生きていれば、これからさき安心していられないからね。このグッドウィン君やわたしが、通りでハウエルに会ったりしたらたいへんだ。このことはハウエル自身も考えたはずだ。だが、ミセズ・プーアがうまく言いくるめたのにちがいない。ミセズ・プーアには、それぐらいの腕があったことは先例もある。そのほか、ミセズ・プーアはこまかなことでもじつに手ぎわよくやった。ハウエルの顔の上にコートをかけてから車でひき、タイヤの跡がつかないようにもしている。そのコートをどうしたかは、もう興味がない。すくなくともわたしには――」

ニーロ・ウルフはビールを飲んだ。「ハウエルを殺したあと、ミセズ・プーアはブレニイのところに行き、窓からのぞきこんで、彼がひとりきりなのを確かめた。会いに行ったが、いなかった、と証人がなければ言い張れるからね。この場合も、ミセズ・プーアはさきのことまで考えていた。もし、アーサー・ハウエルの死体が発見され、その身もとが知れ、ベッカー製作所に勤めており、あのカプセルを手にいれることができたということがわかった時には、ブレニイにその罪をなすりつけようとしたのだ。つまり、ハウエルが殺された時には、ブレニイは家にはいなかったということをでっちあげたわけだ」

ニーロ・ウルフはビールのグラスをあけた。「あとは計画にしたがってやるだけだった。もっとも、ミセズ・プーアにとっては、いちばんかんじんな仕上げだ。ミセズ・プーアはモンテイのレストランにかえり、ブレニイは家にはいなかった、と夫にいって、そこで夕食をすまし、ニューヨークに車でひきかえし、アパートにもどった。そして、新しい箱から封をきったばかりの葉巻きをプーアにやったというわけだ。すべてなんの手ちがいもなくうまくいった。実際は、話できくほどこみいったものではなかっただろう。プーアの写真がないようにしておいたのも、まえから用意したことだろうしね」

「あんたがサインした、あの受取だが——」とクレーマーが言いだした。

「ああ、あれか。あれもたいしたことではない。もちろん、アーサー・ハウエルが、ミセズ・プーアに受取をわたしたんだ。そして、ミセズ・プーアが、夫のポケットの中にいれた。これは重要なことかもしれん。おそらくあの葉巻きが爆発したあとで、ミセズ・プーアがやった最初のことだろうからね」

「そして、あんたは五千ドル受け取った」

「うん、そうだよ」

「しかし、プーアが払ったんじゃない。あんたは、プーアには会ってもいないんだから。プーアにやとわれていたわけではない。もし、ミセズ・プーアがあの金を払ったというのなら、あんたは、人殺しからでも金を受け取るのかい？」これは、クレーマー警視にしては、とてもおだやかな皮肉だった。

だが、ニーロ・ウルフは平気な顔でビールをつぎ、答えた。「プーア自身が払っても払わなくても、あの金のぶんだけのことは、してやったじゃないか」

みなさん、この理屈をどう思います？　ぼくには、どうも——。

妖魔の森の家

カーター・ディクスン
宇野利泰 訳

The House in Goblin Wood　一九四七年〈EQMM〉第二回コンテストにおいて特別功労賞を受賞した作品。この**カーター・ディクスン** Carter Dickson（1906.11.30–1977.2.27）のヘンリ・メリヴェール卿（H・M）を主人公にした最初の短編は、エラリー・クイーンをして「探偵小説の理論と実践の、ほぼ完璧な手引き書」と言わしめた。

大戦に先立つこと三年、七月の暑い日の午後、ペル・メル街にある保守党上院議員クラブの反対側の歩道沿いに、セダンのオープン・カーが停めてあった。

その車に、二人の共謀者が乗っていた。

いまは昼食後のひととき。どこのクラブにいても、眠気《ねむけ》を催してくる時刻である。街筋には、太陽があかるく輝いているだけで、通行人はまったく途絶えていた。軍人クラブは夢うつつの状態だし、アシニアム・クラブにいたっては、ぐっすり眠りこんでいるかに見えた。しかし、車内の二人——三十をすぎたばかりの黒い髪の青年と、それより五つか六つ齢下の金髪の娘であったが、この二人だけは、緊張のあまり、身動きひとつしないで、保守党上院議員クラブのゴシック風建物を、じっとみつめているのだった。

「ねえ、イーヴ」青年は車のハンドルをぽんと叩いて、不安そうな顔つきでいった。「ぼくたちのこの計画、はたして成功するかしら？」

「断言はできないわ」金髪娘が答えた。「だいたいがあのひと、ピクニックなんて大きらいな性分なのよ」

「どっちにしろ、ぼくたちは彼氏をつかまえそこねたようだね」

「あら、そうかしら。なぜ、そんなことがいえるの？」

「だって、昼の食事に、こんな長時間をかける者はいないだろう」青年は腕の時計へ目をやって、愚痴《ぐち》のようにいった。「あと十五分で、四時になる。食事にきているのだとしたら……」

「ビル！　出てきたわ、あのひと。ほら！」

二人の忍耐は、いっきょに眠気のさめる光景で報いられることになった。

保守党上院議員クラブの柱廊玄関に、大兵肥満《だいひょうひまん》の老紳士が、ビヤ樽そっくりの体軀を白麻の服に包み、このうえなしの勿体ぶった態度であらわれたのである。

古代戦艦の船首像のように突き出ている太鼓腹、大きな鼻の頭までずり下がったベッコウ縁の眼鏡、それらのものすべてを、パナマ帽の黒い影が蔽っている。その老紳士が、玄関前の階《ステ》段《ツプ》を降りるにあたって、まずもって、貴族の家柄を鼻にかけた冷笑を目に浮かべ、ひとわたり街頭の様子を見まわした。

「ヘンリ卿！」車の若い娘が声をかけた。

「だ、だれだ、わしを呼んだのは？」ヘンリ・メリヴェール卿が応じた。

「わたし、イーヴ・ドレイトンですわ。お忘れになりまして？　父のことを、よくご存じのはずですけど」

「ああ、なるほど」偉大なるわが老貴族は、いともあいまいな返事をした。

「わたしたち、ずいぶん長いあいだ、ここでお待ちしていましたのよ」そしてイーヴは訴えるように、「お話ししたいことがありますの。五分だけ、時間を割《さ》いていただけません？」

そして金髪娘は、連れの青年の耳もとでささやいた。

「ここで肝心なのは、あのひとを上機嫌にさせておくことよ。それには、偉がらせておけばいいの」

実際は、そのときのH・Mは、すでに完全に機嫌がよかった。クラブの食堂で、内相を相手にひと議論闘わして、勝利をおさめてきたところなのだ。しかし、その直後、思いもかけぬ椿《ちん》事《じ》が勃発しようとは、彼を生んだ母親でも予想しなかったことである。あいかわらず、勿体ぶった物腰で、貴族的な冷笑を顔に浮かべながら、わがヘンリ・メリヴェール卿は、保守党上院議員クラブのステップを、悠然と降りはじめた。しかし、遺憾なことに、舗道まで降りきることはできなかった。あと三フィートほどのところで、そこに落ちていた異様な物質を気づかずに踏んづけてしまったのだ。

それはバナナの皮であった。

「あらっ！」若い娘が、思わず声をあげた。

ここで筆者は、遺憾の意とともに、読者諸君にお伝えしておかねばならぬ事実がある。当時の腕白小僧たち、ことに《下層階級》の子供たちは、このような物をステップの上に落としておいて――有名な政治家であればだれでもよいので――官庁街《ホワイトホール》へいそぐ名士連中が、うっかりそれに足をすべらせ、ひっくりかえるのを見て喜ぶ悪習を持っていた。犯罪というにも足らぬ軽易なものだが、いたずらですますには嘆かわしくも迷惑なことである。いわば、それは、たとえば選挙演説会で、「偉そうなことをいうな！　グラッドストーンとは役者がちがうぞ！」

などと候補者を野次りたおす演説妨害者の心理に該当する。

いま、そのいたずら心理が、ヘンリ・メリヴェール卿に対象を見出した。そしてヘンリ卿も、グラッドストーン氏に劣らぬ大声でわめきちらす結果になったのだ。

Ｈ・Ｍは舗道まで転落して、そこに尻もちをついたまま、しばらくは立ちあがることもできなかった。しかし、その口からは、神をないがしろにする文句をまじえて、毒のこもった悪罵《あくば》がほとばしった。まことにそれは、神聖な静寂の世界であるペル・メル街では、かつて聞かれたことのない猥雑《わいざつ》な語彙《ごい》の連続であった。クラブのポーターが、あわてふためいて、ステップを駆け降りてくるし、イーヴ・ドレイトンもまた、車を飛び出していく騒ぎとなった。

道路をへだてたアシニアム・クラブの窓々から、無数の顔がのぞいている。

「大丈夫ですの？」青い目の金髪娘は、心配そうにきいた。「お怪我《けが》はありませんでした？」

Ｈ・Ｍは無言のまま、彼女を見あげた。帽子をとばしてしまったので、大きな禿げ頭が露出している。

「とにかく、お立ちになったら、ヘンリ卿？　さあ、お立ちになって！」

「そうですよ、閣下」クラブのポーターも哀願するようにいった。「お願いです。お立ちになって」

「立て、だと？」Ｈ・Ｍは、セント・ジェイムズ・ストリートまで届きそうな大声で吠えたてた。「無理なことをいうな。どうやったら立てるんだ？」

「あら、お立ちになれませんの？」

「臀《しり》の関節がはずれてしまった」H・Mはあっさりいってのけた。「こいつは重傷だぞ。一生、治らんかしれん。脊椎脱臼《せきついだっきゅう》だからな」

「だってヘンリ卿、みんなが見ていますわ」

見ておったら、どうだというんだと、H・Mはずり落ちかけた眼鏡の上から、なんともいえぬ敵意のこもった目を、イーヴ・ドレイトンにむけて、

「しかし、けしからんのはあんただぞ。責任をとってもらわにゃならん」

イーヴはびっくりして、相手の顔を見た。

「あのバナナの皮が、わたしの責任でしょうか？」

と、泣きだしそうな声を出すと、

「そうだとも、それにきまっておるじゃないか」H・Mは法廷の検事のように腕を組んで答えた。

「でも、わたしたち――わたしたちは、ピクニックにお誘いにきただけですわ！」

「それはまた、結構な申し出だな」と、声に皮肉をこめて、「しかし、けしからんことに変わりはないぞ。ピクニックで誘い出し、わしの頭からマヨネーズを浴びせかけるか、衿首《えりくび》に蟻《あり》かなんかを押しこもうという魂胆《こんたん》だろう。おお、神よ、助けたまえ！　といいたいところだ」

「あら、そんなこと、考えもしませんわ！　わたしはただ……」

そのとき、新しい声が、H・Mを元気づけるように割りこんできた。

「ぼくが立たせてあげましょう」

声の主は、イーヴといっしょの車に乗っていた髪の黒い、ひげ剃りあとの目立つ青年だった。

「なんだ。また一人、手を貸したがるのがあらわれたな。ところで、きみはだれなんだ？」

「申し訳ありません」と、イーヴが口を添えた。「紹介がおくれまして。これはわたしの婚約者《フィアンセ》、ドクターのウィリアム・セイジですわ」

とたんにH・Mの顔が、怒りで赤くなった。

「なに、医者だと？　よくきてくれたといいたいが……医者をつれてきたとは、手まわしがよすぎるぞ。ああ、わかった。あそこに停めてある車におびき入れ、怪我の程度を調べるとかいって、わしのパンツを脱がせようという作戦だな」

その言葉を聞くと、クラブのポーターは悲鳴にちかい叫びをあげた。

ビル・セイジは、神経質な性分なのか、それとも、このさい、まじめくさった顔をしてもいられない気持であったのか、とつぜん、大声で笑いだした。

そして、言い訳めかして、こういった。

「いつもイーヴにいいきかせているのです。ぼくを呼ぶのに、ドクターというのじゃないって。医者は医者でも、ぼくは外科医《サージャン》です」

（その言葉にH・Mは、ぎょっとした顔つきになった）

「ですが、手術の必要があるとは見ていませんよ。それにまた」とビルは、厳粛な口調で、クラブのポーターに話しかけた。「保守党上院議員クラブの玄関前で、ヘンリ・メリヴェール卿にズボンを脱いでいただくわけにもいかんしな」

「ええ、そのとおりで」

つぎにウィリアムは、H・Mに話しかけた。

「ぼくたちがこんな場所で、ご面会のチャンスを待ち受けていましたのは、いかにも厚かましいやり方でしたが」と、打ち明けるような口調でいってから、「しかし、ヘンリ卿、お休みになるなら、車内のほうがお楽ですよ。いかがです、お乗りになりませんか？　手をお貸しいたしますが」

いずれにせよ、その十分後には、ヘンリ・メリヴェール卿はにがい顔で、オープン・カーの後部座席におさまり、若い男女は前の席から、背後へ首を伸ばしていた。しかし、平和はいまだに回復していなかった。

「いいですわ」美しいイーヴの顔が少しく紅潮して、口もとが悲しげにゆがんでいた。「いったん、いやだとおっしゃったら、きていただけないのは承知しています。ええ、ピクニックのことですわ。でも、わたしがお願いしたら、おいでいただけるものと信じていましたのよ」

「そ、そいつは……まあ」偉大なる老貴族は、不愉快げにつぶやきつづけた。

「それに、わたしたちといっしょに出かけるひとの名をお聞きになったら、かならず興味をお持ちになるものと考えていました。そのヴィッキーも――きてくれるものやら。ヘンリ卿に断わられたと聞いたら、あのひとだって、きてはくれませんわ」

「な、なに？　だれだね、その客は？」

「ヴィッキー・アダムズです」

演説でもするみたいなジェスチャーで、ふりあげられていたH・Mの手が、急にわきにおりた。

「ヴィッキー・アダムズというと、たしか例の……？」

「そうですわ！」イーヴはうなずいて、「二十年以前の奇怪な事件のひとつ。警察も解決に失敗した――」

「そうだったな、お嬢さん」H・Mは真剣な顔つきに変わって、「たしかに、そんなことがあった」

「いまでは、そのヴィッキーもりっぱに成長しました。そこでわたし、考えていましたの。あなたがうまく話をひき出してくださったら、あの事件の夜にどんなことが起きたか、ヴィッキーは実際のことを説明するのじゃないだろうかと――」

H・Mの小さいが鋭い目が、とまどいながらも、イーヴをみつめた。

「だけど、お嬢さん。あんたはまた、なんであの事件に、そうまで興味を持っておるんだね？」

「理由はいろいろありますわ」イーヴはすばやく、ビル・セイジに目をやった。青年は怒ったような表情で、もう一度車のハンドルを叩いて、彼女の言葉を制した。彼女もうなずいて、

「それもそうね。きていただけないのなら、話したところで、意味はないわね」

H・Mもついに、殉教者的態度を示して、

「いっしょに行かぬなど、いった覚えはないぞ」この言葉は、かならずしも正確とはいえなかった。しかし、いまはこだわるまでもないことである。「わしはあんたたちの手で身体障害者

にされてしまったが、それでもなお、行くのはいやだといいはしなかった」そこでH・Mは、急にそわそわしだして、「だが、ここはひとまず引き揚げなければならん」と、言い訳がましくいった。「事務所へもどる用がある」

「でしたら、この車で、お送りしますわ、ヘンリ卿」

「いや、いや、いや」自称身体障害者はびっくりするほどの敏捷さで、車から飛び降りると、「歩いたほうが、胃のためによろしい。もっとも、臀の怪我にはよいともいえんが——とにかく、あんたたちの悪いたずらは忘れることにする。で、あすの朝、わしの屋敷まで迎えにきてもらうとしよう。じゃあ、また」

そしてヘンリ・メリヴェール卿は、どたどたと、ヘイマーケットの方向へ遠ざかっていった。それからのH・Mは、ただもうぼんやり考えこむばかりで、近よって観察するまでもなく、まったくの放心状態におちいっているのが明瞭だった。アドミラルテイ・アーチの付近で、あやうくタクシーに轢《ひ》き殺されるところだった。ホワイトホールを通りかかったとき、聞きおぼえのある声に呼びとめられた。

「やあ、ヘンリ卿！」

青いサージの服のボタンをきちんとかけて、山高帽をかぶったマスターズ首席警部である。頑強そのものの軀《からだ》つきだが、洗練された物腰で、青い色の眸《ひとみ》を光らせて、愛想よくいった。

「きょうみたいな暑い日に、いくら健康のためとはいえ、お散歩とはおめずらしい。ご機嫌はいかがです？」

「わるすぎるよ」H・Mはそっけなく答え、「いや、そんなことはどうでもよいが、よいところで出会った。きみに会いたいと思っておったところだ」

めったに物に動じない首席警部であるが、この言葉には驚かされた様子で、

「これはまた意外なお言葉で。わたくしになにかご用が？」

「うん、まあ」

「で、そのご用とは？」

「マスターズ、二十年ほど昔のことだが、ヴィッキー・アダムズ事件というのがあった。忘れてはおらんだろうな」

それを聞くと、首席警部の目の色が、とたんに用心ぶかいものに変わった。

「ヴィッキー・アダムズ事件ですか？」と、記憶の糸をたどるかたちを見せて、「さあ、なんでしたかな、ヘンリ卿。記憶がはっきりしませんようで――」

「おい、おい、隠すことはないぞ、当時のきみは巡査部長で、あの事件を担当したラザフォード首席警部の下で働いておった。忘れるわけがないじゃないか！」

マスターズは威厳を失うまいとつとめて、

「そうだったかもしれませんが、なにぶん二十年以前の事件では……」

「わしの口からしゃべらせる気か。アダムズという金持の別荘で、十二か十三の小娘がある夜、とつぜん姿を消した。建物のドアはもちろん、全部の窓が内部から鍵をかけ、さし金をおろしてあったのだが……。親たちはヒステリー状態で探しまわった。一週間ほど無駄にすごしたと

ころで、またひょっこり、どこからともなく、もどってきおった。いなくなったときとおなじに、どのドアも窓も鍵をかけ、さし金をおろしてあったのに、それをすうっと通りぬけて、いつもどおり、自分のベッドのなかで、寝具にくるまっておったのだ。しかも、この不可思議きわまる事件の真相は、いまだに謎のまま解決しておらん」

マスターズは口をひらこうともしないので、しばらくは沈黙がつづいた。

「この小娘の家庭、つまりアダムズ家は」と、H・Mはあくまでも、二十年前の事件にこだわっている。「エイルズベリー街道の先、小さな湖を前に、妖魔の森と呼ばれる樹林がながめられる淋しい場所に、バンガロー風の別荘を所有しておった。事件が起きたのは、この建物であったはずだが」

「ええ、まあ」と、マスターズが呻《うめ》くような声を出した。「そうでした」

H・Mは、いよいよ好奇心に駆られる顔つきになって、

「アダムズ家の人たちは、この別荘を、夏は湖での水浴に、冬場はアイス・スケートを愉《たの》しむための根城にしておった。小娘が姿を消したのは暗い冬の夜のことで、建物は風が吹きこむのを避けて、厳重な戸締りがしてあった。うわさによると、その一週間後、小娘がふたたび寝室の燈火のもとですやすやと眠っておるのを発見したときは、父親は喜びとともに、頭がおかしくなるのを感じたそうだ。しかも娘は姿を消していたあいだ、どこにおったのか、いくら問いつめられても、『知らないわ、わたしにはわからないの』と答えるばかりだった」

そこでまた、しばらくのあいだ、沈黙がつづいた。H・Mと首席警部の周囲はホワイトホー

ルの雑踏で、それをかき分けるようにして、赤バスが何台も、かみなりに負けぬ音を立てて走り去った。

「マスターズ、あの事件は当時の社会にセンセーションを巻き起こした。担当警察官のきみの記憶に残っておらんとはいわせんぞ。ジェイムズ・バリーの『メアリ・ローズ』——きみはもちろん、読んだことがあるのだろうな?」

「いいえ、まだ読んでいません」

「おや、おや、読んでおらんのか。いずれにせよ、あの事件の状況は、バリーの芝居とそっくりだった。当時も、ヴィッキー・アダムズは妖精の申し児にちがいないとの評判が立ったものだ。小鬼どもによって、神隠しにあったという説さ」

そこまでいわれると、マスターズもついに冷静を失ってきた。山高帽をぬいで、興奮の汗を拭い、小鬼の誘拐事件についての詳しい事実を語りだした。といっても、H・Mの知識に新しくつけくわえるものがあるわけでもなかった。

「わかったよ。わかっておるよ」いまはH・Mのほうが、相手を落着かせようとつとめていたが、急に声を鋭くして、「で、本当のことを教えてくれんか。この話は、ぜったいまちがいのない事実なのか?」

「この話とおっしゃると?」

「建物の窓とドアは、のこらず鍵がかけてあったという話さ。屋根裏部屋の隠し戸、地下の穴蔵、壁や床がひっくりかえると、秘密の通路があらわれるといった仕掛けはなかったのか?」

「ありませんでした、ヘンリ卿」マスターズはどうにか冷静をとりもどして、「その点は、ぜったい見落としはなかったと断言できます」

「ほ、ほう。その別荘に、秘密の仕掛けはいっさいなかったというのだね」

「あなたにしたところで、その立証がおできになるようなものは、ぜったいになかったと信じています」

「まわりくどい言い方をするが、それ、どういう意味だ?」

「まあ、お聞きください」マスターズは声を低めて、「あの別荘は、アダムズ家が入手する以前は、チャック・ランドールの隠れ家でした。チャックといえば、紳士を装ったすりのうちでも、紳士めいた風采で知られた男ですが、われわれ警察では、二年がかりの努力の末、やっと逮捕の運びに漕ぎつけました。ところで、チャックのような男ですから、その隠れ家にしても、警察に踏みこまれたときに備えて、秘密の逃げ道をつくっておいたと考えるのが常識です。それが……」

「それが?」

「いくら調べても、発見できませんでした」マスターズは、いかにも口惜しそうにいった。

「当時のきみの上司、ラザフォード首席警部は、その調査に満足しておったのかね?」

「真実を申しあげますと、ラザフォード首席警部としましても、あの少女の顔を見て、その話を聞いたら、信用しないわけにいかなかったのです。黒い髪の、つぶらな瞳をした、なんともあどけない可憐《かれん》な娘で――」

「そうだろうな」H・Mもうなずいて、「わしとしては、そこが気がかりなんだ」

「気がかりとおっしゃると？」

「わからんか？」H・Mは暗い表情で説明した。「ここにヴィッキー・アダムズという小娘がおる。両親に甘やかされて育ったために、わがままいっぱい。いうなれば、《死の淵に臨んだ人間》みたいに、常軌を逸した精神状態にあったとみてよい。しかもそれを、周囲の連中が促したともいえる。事件のあと、物に感じやすい少女期を、神秘のヴェールに包まれることになったので、いまだにそれが語り草になっておる。ところで、マスターーズ。そのような小娘が成長したら、どんな女になっておると思うね？　現在のヴィッキー・アダムズを知っておるかね？」

「ねえ、ヘンリ卿！」ミス・ヴィッキー・アダムズは、ことあるごとに、おそろしいほど甘ったるい声で、小さく叫んでみせた。

その日のピクニック行では、運転席にビル・セイジとイーヴ・ドレイトンが乗りこみ、ヴィッキーとH・Mは後部座席に並んでいた。車はいま、エイルズベリー街道をそれて、細い田舎道を走っていた。後方には、午後の明るい陽差しを受けて、エイルズベリーの町の灰赤色の屋根が見えている。街道をはなれてしばらくは、緑したたる樹林のトンネルであったが、車はそれを走りぬけて、生垣にはさまれた小径《こみち》へはいっていった。

車内に積みこんだ三個の大型バスケットは、フォートナム・アンド・メイソンの店で仕込んだピクニック用の料理で、籐細工《とうざいく》の蓋がもちあがっていた。わがヘンリ・メリヴェール卿は、しきりと歓声をあげつづけていたが、その割にはうれしそうな表情でなかった。いや、それは彼ひとりの現象でなく、ヴィッキー・アダムズだけはともかく、あとの三人は三人とも、どことなく憂鬱そうな顔つきをかくしきれずにいた。

ヴィッキーはイーヴとまったく反対に、髪の黒い小柄な女性であるが、元気にあふれていることは同様だった。長いまつ毛の下の明るい茶色の目が、いたずらっ児めいたうちにもはにかみを見せ、ときにはまた、夢見がちな情熱を示すこともあった。ジェイムズ・バリー卿なら、その容貌を形容して、小妖精のものといったことであろう。しかし、より現実的な視野を持つ人々は、これをかなり異質な性質とみたにちがいない。要するにそれは、異常なほどのセックス・アピールの現われなのだ。周囲何ヤードかのうちにいるすべての男性に、直接、肌で触れたような気持を感じさせる魅力。小柄でいながら、イーヴに劣らぬゆたかな声量がある。これらの肉体的特権を、彼女は十二分に駆使して、車の方向を教えるような単純な動作にも、あますところなく発揮するのだった。

「そこを右へ曲がるのよ」彼女はからだを乗り出して、両手を運転席のビル・セイジの肩にかけ、「それから、つぎの交通信号燈のあるところまで、まっすぐ走ればいいの……まあ！　あんたって、運転がうまいのね」

「そんなでもありませんよ。ちっとも、上手じゃない！」ビルは耳までまっ赤にして、てれているのである。事実、肩の手を意識してか、ややともすれば、運転が怪しくなる。

「いいえ、ほんとうにお上手だわ」そしてヴィッキーはいよいよ調子に乗って、彼の耳たぶをひねくったりするのだった。

イーヴ・ドレイトンはなにもいわなかった。うしろの座席に目をやることもしなかった。ものの静かなイギリス式ピクニック。このパーティの雰囲気には、わずかながら、気まずい感じのヒステリックなものが、どこからともなく、あらわれだしていた。

「ねえ、ヘンリ卿」彼らの車が、生垣のあいだの長い小径にはいりこむと、ヴィッキーが小声で話しかけた。「あなたのお考えは、唯物的な面が強すぎるんじゃありません？　いいえ、ほんとうにそうみえますわ。ご性格のうちに、精神的なものをぜんぜんお持ちにならないわけでもないでしょうに」

「なに、このわしが？」Ｈ・Ｍはびっくりしていった。「ばかなことをいわんでくれ！　わしぐらい精神的な面の強い人間はおらんはずだ……もっとも、いま考えておるのは食事のこと──それだけだが」

運転席のビル・セイジが、ちらっと視線をうしろへ投げた。

「スピード・メーターによると」Ｈ・Ｍが指摘した。「すでにこの車は、四十六マイル以上つっ走った計算になる。わしらがロンドンをはなれたのは、健全にして礼節を心得ておる市民たちが、午後のお茶にとりかかる時刻だったが、そろそろ陽がかたむきかけてきた。いったい、どこまで連れていかれるんだね？」

「あら、ご存じなかったんですか？」ヴィッキーは目をまるくしていった。「この車は、あの別荘へ行くんですわ。わたしが子供の時分、怖ろしい経験をした家へ」

「そんなに怖ろしい思いをなさったの、ヴィッキー？」イーヴがそばから口を出した。

ヴィッキーの目は、どこか遠くをさまよっているように見えた。

「ほんとうは、よく覚えていないのよ。なんといっても、まだ子供だったので、理解したくても、その力がなかったのね。いいかえると、わたし自身のあの能力を、完全に把握していなかったわけなの」

「あんた自身のあの力というと？」H・Mが鋭く質問した。

「物質的な性質をなくして精神的なものになる能力ですわ」

そのとき、あたたかい午後の陽差しを浴びて、サンザシの生垣のあいだを走っていた車が、わだちの跡のくぼみにタイヤを落として、大きく揺れた。同時に、バスケットのなかの容器類が音を立てた。

「なるほど、そういうわけか」H・Mは声に抑揚をつけることもなく、いった。「それで、非物質の世界へ踏みこむと、どんなものが見られるんだね？」

「小さな戸口を通りぬけると、不思議な国がひらけていますわ。でも、あなたには、おわかりになれないことなの。だって、ヘンリ卿といえば、俗世間の代表みたいな方ですもの！」ヴィッキーは悲しげにいった。それから急に気を変えて、ビル・セイジの耳もとに、魅力たっぷりの声で話しかけた。「ねえ、ビル、あなたはもちろん、わたしが消えてなくなるのを望んでいるわけじゃないでしょうね？　それとも、いなくなったほうがいいの？」

（落着け、落着け！　冷静でいることだぞ！　ビルはおのれ自身にいい聞かせた）

「どちらでもご自由に。お好きなようになさってください」ビルはあえて、騎士的精神に沿った返事をした。「ただし、すぐにまた、もどってくるとの約束のうえでね」

「わかったわ。その約束が必要ね」ヴィッキーは中腰になっていたからだを、もとの座席にもどした。なぜかそのからだが、かすかに震えていた。「わたしの力は、まだそこまで強くなっていないのよ。でも、わたしみたいな小さな存在にも、あなた方に教えてあげられることがないともいえないの……あっ、あれよ！　やっと到着したわ」

　そして彼女は、車の前方を指さした。小径がひらけ、左手に、十エーカーほどの暗い森があらわれた。これが妖魔の森という幻想的な名称で、世に知られたものである。右手には、小さな湖が光っているが、その地域は私有地なので、人かげはまったく見られなかった。

　森の一部を伐《き》りひらいて、目指す別荘が建っていた。その位置は空地のずっと奥のほうで、道路とのあいだを、ブナの木の列がさえぎっている。建物は荒削りの石を組みあげたバンガロー風のもので、屋根にスレート瓦を葺《ふ》き、木造のポーチの前面にひろがる芝生が、黄ばんだ雑草をまじえて、伸びるがままにまかせてあり、荒れ果てた感じをあたえていた。車寄せ《ドライブウェイ》がついていないので、ビルは車を道路わきに停めた。

「これはまた、おそろしく物淋しい場所だな」まずもって、H・Mがいった。その声は、沈みかけた太陽の下、完全な静寂のうちに、異様なほど大きくひびきわたった。

「ええ、そうですわ」ヴィッキーのほうは、小さな声で応じると、スカートをひるがえして、車から飛び降りた。「こんな淋しい場所なんで、あれらがわたしを連れ出しにきたんですわ？　でも、それはわたしが子供のときの話」

「あれらだって？」

「まあ、ヘンリ卿、それから説明しなければなりませんの？」

そう答えておいて、ヴィッキーはビルを見やり、

「わたし、まえもって言い訳をしておくわ」と、いった。「この家のなかも、外見とおなじに荒れ果てた感じなの。驚かないでね。幾月もほったらかしのままなんで、仕方がないのよ。だけど、浴室は現代的な設備がととのっていて、これだけは自慢できるわ。もっとも、明かりは石油ランプだけど……でも」と、その顔に、夢見るような微笑を走らせて、「まだ暮れきったわけでないから、ランプなんかいらないわね。わたしが……」

「そうですとも」と、あとの言葉はビルがひきとった。「きみがまた、姿を消さないかぎりはね」

そしてこの青年は、車から黒い手提げカバンをとり出しにかかった。

「そうよ、ビル。そして、かりにわたしが姿を消しても、びっくりしないって、約束してね」

それを聞くと、ビル青年は大声で、瀆神《とくしん》の叫びを口走った。ヘンリ・メリヴェール卿は、とたんに厳粛な顔つきを示して、そんな猥雑な言葉を洩らすものでないとたしなめた。イーヴ・ドレイトンだけは会話の圏外にあって、終始だまりこんでいた。

「そうだわね。いまはそんなこと、忘れてしまったほうがいいわ」とヴィッキーが、なにか考

えこみながらいった。「それより、子供になったみたいに、笑って、踊って、そして歌って、愉快にすごすことだわ！　それに、あなた方の大事なお客さまのヘンリ卿が、お腹《なか》をすかしていらっしゃるんじゃないかしら？」

　彼らがピクニック用の料理に手をつけたのは、このような興奮状態のうちであった。ただ、H・Mだけは、いつもと少しも変わるところがなく、あいかわらずの健啖《けんたん》ぶりを示していた。一行は芝生の上に腰をおろすかわりに、日陰になったポーチのテーブルに椅子をひきよせた。だれもが緊張にひきつった声でしゃべっていたが、その後は、論争めいた言葉はとび出さなかった。やがて、食事がすむと、テーブル・クロスを収《しま》って、椅子とテーブルと三個の大型バスケットは屋内にもどし、空き罎のたぐいを投げ捨てた。なにか知らぬが、不吉のきざしが忍びよってきたのは、この後片付けの最中だった。

　ヴィッキーがポーチの下から、半ば腐ったようなデッキ・チェアを二脚ひき出して、雑草ばかりが丈長く伸びた芝生の上に据えた。これにイーヴとH・Mをかけさせると、ヴィッキー自身はビル・セイジを誘って、木立のほうへ歩いていった。珍しい種類のスモモの木を見せるというのだが、どこがどう珍しいのか、はっきりした説明はしなかった。

　イーヴはなにもいわずに、デッキ・チェアに腰かけていた。H・Mもまた、彼女と向きあって、無言のまま黒葉巻をふかしていたが、しばらくして、イーヴに声をかけた。

「どうかしたのかね？」と、くわえた葉巻を手に移して、「ばかに行儀がいいじゃないか」

「ええ」イーヴは笑って、「そう見えるでしょうね」

「あのヴィッキーという婦人、よほど親しい仲なのか?」

「ええ、わたしにとっては、いとこにあたりますの」と彼女は、あっさり答えた。「あのひと、両親ともに亡くなって、いまでは身寄りというと、わたし一人——といったわけで、わたし、あのひとのことならなんでも知っていますわ」

芝生の向こうから、二人の声がながれてきた。野イチゴのことかなにかを話しているらしい。イーヴの金髪と色白の顔が、妖魔の森の黒い輪郭を背景に、いちだんとひき立って見えた。その彼女は、膝の上に両手をぎゅっと握りしめていたが、

「あのう、ヘンリ卿」と、ためらいがちにしゃべりだした。「きょう、お誘いした理由が、もうひとつありました。でも、それが——その——うまくいえませんわ。どんなふうにお話ししたら、わかっていただけるのか……」

「わしはあんたより、ずっと齢上だ」H・Mはその言葉を印象づけるように、胸をかるく叩いて見せて、「なんなりと話してみるがいい」

そのとき、雑草の生い茂った芝生の向こうで、ヴィッキーの声が聞こえた。

「イーヴ! イーヴ!」

「なあに、ヴィッキー?」

「いま、思い出したのよ。家のなかを、まだビルに見せていなかったわ。少しのあいだ、あなたの彼氏を拝借するけど、かまわないかしら?」

「いいわよ! どうぞご自由に」

H・Mは別荘の建物と向かいあう位置にいたので、ヴィッキーとビルの二人が屋内へはいって行くのを見た。そして、ドアを閉めるヴィッキーの顔に、暗い微笑が浮かんでいるのを見のがさなかった。しかしイーヴは、ふり向こうともしないのだった。沈みかけた太陽が、別荘のうしろ、妖魔の森の梢《こずえ》の先に、焔のように燃えていた。

とつぜん、イーヴが叫びだした。

「ビルはわたしのものよ。あのひとにとられるなんて、どうしてもいや！　ぜったい、そんなことさせないわ！」

「あの女、彼に気があるのかね、お嬢さん？　それとも……このほうがもっと問題だが、彼氏のほうが、あの女に気があるのか？」

「ビルがそんな気持を起こすわけがありません、ぜったいに」イーヴは力をこめていった。「いままでも、そんなことはなかったし、これからだって……」

H・Mは身動きもせずに、葉巻をふかしつづけている。

「ヴィッキーは食わせものなの」イーヴはいいきった。「わたし、嫉妬から、いいかげんなことをいってると聞こえますかしら？」

「そんなことはない、わしもいま、同様に考えておったところだ」

「わたしはもともと、我慢づよい性分よ」イーヴの青い目がじっと据わっている。「とても、とても、我慢づよくて、欲しいものなら、何年でも待っていられますわ。ビルは現在、収入もたかが知れていますし、わたしにいたっては、皆無といってよい状態です。ですけどわたしのビルは、見かけはのらくら暮らしているみたいでも、優秀な才能に恵まれていて、しっかりした相手さえついていれば、いつか芽を吹く時がくるにちがいありませんわ。ただ……」

「ただ、あの小妖精の誘惑に乗らなければ、というのだね」

「あれがヴィッキーの癖ですの」イーヴはつづけた。「男さえ見たら、だれかれかまわず、ああした態度をとりますのよ。いままで結婚しなかったのもそれが理由で、ほかのひとの魂と自由に交わるには、自分の魂を無拘束にしておかねばならぬというのが、あのひとの言い草なんです。彼女の神秘主義は……」

といったぐあいに、彼女の口から、アダムズ家の過去の事情が、洗いざらい語られることになった。我慢に我慢を重ねてきたこの娘が、ついに胸に秘めていたことのすべてを——おそらくは、他人に洩らしたことのない事実を残らず——ぶちまける経過になったのだ。周囲の人々の注視の的であるのを望んでいた少女時代のヴィッキー・アダムズ、その父親のフレッド、母親のマーガレット、それらの人々が、かつての姿のままで、夕闇せまるこの芝生の上を歩きまわっている思いがした。

「ヴィッキーが姿を消したときのことは、幼かったわたしの記憶に残っているわけがありません。ですけど、成長した彼女との交際から、その性格がよくわかったので、わたし、考えましたの……」

「なにを?」

「あなたをこのピクニックにお誘いしたら」と、イーヴはつづけた。「あのひと、例によって、なにかまた、手品の手を使ってみせるにちがいないって。あなたなら、そのトリックをあばくことがおできになりますわ。それでビルにも、あのひとのインチキ性が了解できて……それがわたしの望みでしたが、そのまえに、こんなふうな経過になっては、なにもかもお終《しま》いですわ！」

「ちょっと待った」三本目の葉巻をふかしていたH・Mが、デッキ・チェアの上に身を起こして、「小さなバンガローの内部を見てまわるにしては、ばかに時間がかかりすぎるな。そうは思わんか？」

イーヴは夢からさめたように、H・Mの顔を見返したが、いきなり立ちあがった。いまの彼女の心を占めているのは、当然のことであるが、ヴィッキーの霊界との交通問題などとはちがって、より現実的な、男女間の愛情行為であった。

「見てきますわ」

そういいおいて、イーヴは芝生を横切り、別荘へむかって走りだした。ポーチへ駆けのぼって、正面のドアをひらいた。屋内の廊下をいそぐ彼女の靴音が、H・Mの耳に聞こえていた。しかし、そのすぐあと、彼女の姿が戸口にあらわれて、ドアを閉めると、H・Mのところへもどってきた。

「どの部屋のドアも、全部閉まっていますわ」彼女は甲高い声で報告した。「二人の邪魔をするのもどうかと思って、そのまま帰ってきましたの」

「落着いておったほうがよろしいぞ、お嬢さん」

「いいのよ。いまのわたしには、あの二人がどうなろうと、なんの興味もないのですから」イーヴは目に涙を浮かべながらも、はっきりといいきった。「ねえ、ヘンリ卿、わたしたちだけ、ひと足さきに、車で帰りませんか?」

H・Mは葉巻を投げ捨てると、腰をあげて、イーヴの肩をつかんだ。

「さっきもいったが、わしは人生の年輪を重ね、経験を積んでおる」と、人食い鬼のような目を向けながら、「わしのいうことを、よく聞きなさい」

「いやです!」

「わしには人の心を読みとる力がある」H・Mはかまわずつづけた。「きみの青年がヴィッキー・アダムズを見る目は、このわしと少しの変わりもないのだ。うつつをぬかしてなんかおるものか。彼はむしろ、怖れておった。いいかね、怖《こわ》がっておったんだぜ」そうはいうものの、疑惑とでも呼ぼうか、なにかとまどったような表情が、H・Mの顔を横切った。「ただ、なにを怖がっておったかは、いまのところ、わしにもわかっておらん。残念ながら、わかっておらんのだ。しかし……」

そのとき、「おーい」と呼ぶビル・セイジの声が聞こえた。

それは、別荘の建物からではなかった。

二人のいる芝生は三方を、夕闇にけぶる妖魔の森に囲まれたかたちで、その北の方角から、青年の呼び声が聞こえてくるのである。つづいて、乾いた下草を踏みしだく足音がして、頭髪、スポーツ・コート、フラノのズボン、なにもかも泥にまみれたビル・セイジがあらわれて、苦渋にみちた顔つきで、二人のほうをみつめていた。

「この野イチゴでは、ひどい目にあいました」と、片手をこちらへつき出してみせて、「四十五分ものあいだ、苦労して探しまわった成果が、たったの三粒。暗闇でイチゴを見つけるくらい、むずかしいものはありませんね。こりごりしましたよ」

イーヴはしばらく、唇をうごかしていたが、言葉にはならなかった。そしてようやく、こういった。「するとあなたたちは……これまで、別荘のなかにいたのじゃなかったの？」

「別荘のなか？」ビルは建物のほうをちらっと見て、「ぼくが家のなかにいたのは」と、いった。「ほんの五分ほどだ。ヴィッキーは女の気まぐれというやつで、彼女のいわゆる《森》で、野イチゴを採ってきてほしいといいだした」

「ちょいと待った、ビル！」H・Mは鋭い語調でいった。「きみは野イチゴ採りに、どこから出ていった？　玄関からでないことはたしかだな。いや、きみばかりでなく、彼女の姿も見なかった」

「ごらんにならなかったわけですよ。ぼくは裏口のドアから出たんです――森はあそこからまっすぐの位置ですからね」

「なるほど。で、それから？」

「ぼくはこの難物を探しに……」

「ちがう、ちがう！　ヴィッキーがなにをしておったか聞いとるのだ」

「ヴィッキーですか？　あのひとは、家の内部から、裏口のドアに鍵をかけ、さし金をおろしていました。その動作のあいだにも、ドアのガラス越しに、にやにやしながら、ぼくの顔を見ていたのを覚えています。それから彼女は……」

ビルはそこで、急に言葉を切った。その目を大きくみひらいて、すぐにまた、なにかを思い出すように細くした。よほどの衝撃を受けた様子である。そして三人とも、荒削りの石造バンガローへ目をやった。

「そうすると」ビルはいって、はげしく咳ばらいをしてから、「あの後、ヴィッキーは姿を見せていないんですか?」

「見かけんね」

「だが、そんなはずは……」

「ないこともないぞ。とにかく」と、H・Mは断定した。「みんなで屋内を調べてみる必要がある」

三人はいそいでバンガローにむかったが、ポーチの上で、しばらく躊躇した。陽の落ちたあとの大地から、生あたたかく湿ったにおいが立ちのぼっている。あと三十分もしたら、夜の闇に包まれることであろう。

ビル・セイジは、思いきったように正面のドアを押しひらいて、大声にヴィッキーの名を呼んだ。その声が反響しながら、静まりかえった部屋部屋にながれていったが、返事のかわりに、何カ月ものあいだ、窓ひとつあけたことのない屋内の熱気が、彼らにむかって吹きつけてきた。

「どなっておってもはじまらんぞ。なかへはいったらどうだ」H・Mが叱るようにいった。そういう偉大なる老貴族にしても、いまはすっかり神経質になっている様子だった。「ヴィッキーがこのドアから出てこなかったことは、わしのこの目が見ておった。そうだとすると、まだほかに出口があるかどうか、たしかめてみなければならん」

屋内へ足を踏み入れると、さきほどポーチから押しこんでおいた椅子やテーブルにつまずいたが、H・Mが正面玄関のドアを閉め、三人は肩を並べて、狭い廊下に立った。かつては美麗を誇った寄せ木細工の床がまっすぐつづき、両がわの壁には、松材の腰羽目がはってある。その廊下のつき当たりに、ガラス板をはめた裏口のドアが見えている。H・Mはまずもってそのドアをあらためにいったが、たしかにビルのいうとおり、内部から鍵とさし金がかけてあった。

妖魔の森は、目立って暗さを増していた。三人はたえず連絡をとりながら、別荘の内部をくまなく探しまわった。たいして大きな建物ではなくて、廊下の片がわに、いちおうの広さを持つ部屋がふたつ並び、それと向かいあった位置に、小部屋がふたつと、あとの部分は浴室と簡素なキッチンという構造であった。H・Mはほこりの雲を立てながら、人間のひそんでいられそうな場所を、一インチきざみに調べあげていった。

窓はどの部屋のものも、内がわから鍵をかけてあったし、暖炉の煙突もいたって細いもので、人間のはいりこめる余地はまったくなかった。

調査に手ぬかりはないはずだが、ヴィッキー・アダムズは完全に姿を消していた。

「おどろいたな。いったい、どうしたことだ!」ヘンリ・メリヴェール卿もついに音《ね》をあげた。

三人は浴室のひらいた扉の外に集まっていた。さすがのH・Mも、いまは啞然とした表情をかくすこともできずにいた。浴槽にしたたる水の音が、単調にひびいているなかに、窓の摺りガラスを通して、その日最後の陽の光が、魂のぬけたような三人の顔を浮きあがらせていた。

「ビル！」イーヴが落着きを失った声でいった。「これ、例のトリックにちがいないわ。わたし、以前から、あのひとのトリックをあばいて、自慢の鼻をへし折ってやりたいと思っていたところなの」

「トリックだとしたら、どこかに隠れているはずだが、これだけ探して見当たらぬとすると――」

「いいえ、H・Mなら見やぶってくださるわ！　そうですね、ヘンリ卿」

「それは、まあ……しかし、ちょいと待ってくれ」わが偉大なる老貴族は、当惑した顔でつぶやいた。

H・Mのパナマ帽には、黒い大きな手形がついていた。煙突の内部を調べた手で、触《さわ》ったものと思われる。その帽子の下から、不機嫌な顔があたりを見まわしていたが、

「ビル！」と、口を切った。「このトリックをあばくに先立って、きみにきいておきたいことがひとつある。野イチゴ摘みに外へ出たのが、きみ一人というのは、ぜったい確かか？　あとからヴィッキーもついて行ったんじゃないのか？」

「神に誓っていえますよ。ヴィッキーは家から出ませんでした」ビルはつよい語調で答えた。

「それに、いっしょに出られるわけがありませんよ。裏口のドアを見ればわかることで、あのとおり、鍵とさし金がかけてあるじゃないですか」

H・Mはここでまた、パナマ帽へ手をやった。まっ黒な手形がふたつになった。ヘンリ卿は首うなだれて、なにか考えこみながら、狭い廊下を二、三歩すすんだ。そこに落ちていたものを踏んづけて、あやうくすべりそうになった。踏みとどまって、拾いあげてみると、薄手の防水布の大きな切れはしで、四角にひきちぎってあるので、一方の縁がぎざぎざになっていた。

「なにかありましたか?」ビルが緊張した顔できいた。

「なんだかわからんが、おかしな品だ」

そしてH・Mは、廊下の奥の左がわの部屋へ歩みよった。そこは、少女当時のヴィッキー・アダムズが消失事件を起こした寝室で、さっき捜索をすませておいたものだが、H・Mはもう一度、ドアをひらいた。

いまや妖魔の森は、漆黒の姿にかわっていた。

H・Mは、薄闇のなかに沈む二十年以前の事件の部屋をながめわたした。縁飾りのついた垂れ絹、レースのカーテン、かつては磨きあげられていたはずのマホガニー材の家具、白い壁紙の上に光を放っているいくつかの鏡。H・Mはとくに、窓に興味をひかれた様子であった。卿は窓枠の上に、両手を注意ぶかく走らせていたが、重いからだで、椅子によじのぼり、窓枠の上部を調べにかかった。ビルの手から、マッチの箱を借り受けた。マッチをする音にも、三人の男女は、神経をこすられる感じを味わった。H・Mの手もとに、小さな焔が燃えあがったが、同時にその顔から、期待の色が消えていくのが、椅子の下の二人にも見てとれるのだった。

「ヘンリ卿！」これまで十回もかさねた質問を、ここでまた、ビルはくりかえした。「彼女、どこへ行ってしまったのでしょう？」

「それがだよ」H・Mは失望を露骨にあらわして答えた。「わしにもぜんぜんわからんのだ」

「外へ出ましょう！」いきなり、イーヴがいった。小さいながら、悲鳴にちかい声であった。「わたし、わかっていますわ！　これ、みんなトリックなのよ。ヴィッキーはトリックの名手なんです！　こんな場所にいるのはいや。ねえ、おねがい！　はやく、外へ出ましょう！」

「たしかに、そのほうがいい」ビルは咳ばらいをして、「ぼくもまったく同意見だ。どっちみち、ヴィッキーはあすの朝まであらわれませんよ」

「いいえ、そんなに長くかからないわ。もっとはやく、わたしの声が聞けるはずよ」

暗闇のなかから、かすかに、ヴィッキーの声が聞こえてきた。

イーヴが恐怖の悲鳴をあげた。

男たちはいそいで、ランプに火をともした。が、そこにはだれもいなかった。

別荘から退却する彼らの姿は、遺憾なことだが、みじめなものといわざるをえなかった。暗闇の芝生で、雑草に足をとられてひっくりかえり、ピクニック用の敷物をまるめ、バスケットを車に積みこむのに、他人には見せられぬ醜態を演じたあげく、どうにか本街道まで逃げのびたが、その詳しい記述は、さし控えておくのが礼儀というものであろう。

後日ヘンリ・メリヴェール卿は、ちょっとばかり鳥肌の立つ思いをしたのは否定せんが、いやなに、たいしたことでもなかったよと、かるくいなしてはいたものの、実情を打ち明ける気にならなかったのが真相である。しかも、それからの卿は、この問題を考えつづけていた。深刻に頭を悩ませていたので、それが卿にとっても、どんなに深い悩みであったかは、その後の事件の経過から、じゅうぶん跡づけることができるのであった。

H・Mはクラリッジ・レストランに立ちよって、海老《えび》の皿をつつき、ピーチ・メルバのデザートを味わい、時間はずれの食事をとってから、ブルック・ストリートの屋敷へ帰って、不快な眠りについた。すると、午前の三時、いくら夏の夜でも、空が明るみかけるにはかなり間のある時刻に、ベッドわきのテーブルで、電話のベルがけたたましく鳴りひびいた。

しかも、卿が聞きとった電話の声は、血圧を高めるにじゅうぶんなものがあった。

「ねえ、ヘンリ卿！」聞きおぼえのある小妖精の声が、低く、歌うようにながれてきた。

H・Mは不快な思いで、はっきりと目をさました。ベッド・テーブルのスタンド燈をともし、眼鏡をかけたうえで、受話器を持ち直して、

「わしははしなくも、ミス・ヴィッキー・アダムズと話しあう光栄を賜ったわけですかな」と、丁重さのうちに、底意をこめた言葉を吐いた。

「ええ、そういうわけですわ」

「あれからあんたが」と、H・Mはつづけた。「楽しいひと時をすごされたことは承知しておるが、こんなにはやく、物質界へもどられたのか？」

「ええ、もどりましたわ！」

「で、現在は、どこにおられる？」

「残念ですけれど」相手は声のあいだに、はにかみを秘めた小さな笑い声をひびかせて、「そのことでしたら、あと一日か二日のあいだ、わたしの小さな秘密にしておかなければなりませんの。そのあとで、あなたさまにも、いい教訓を学んだものと、喜んでいただけることと信じていますわ。では、ご機嫌よろしゅう」

そして彼女は、受話器をおいてしまった。

H・Mはなにもいわなかった。ベッドから匍《は》い降りると、足首までとどく古風なナイト・ガウンの下から、堂々たる太鼓腹をつき出した格好で、しばらくは部屋じゅう歩きまわっていた。夜中の三時に叩き起こされた鬱憤を癒《いや》すには、どんな手段をとったものか。そうだ！　だれか犠牲者をえらんで、おなじように叩き起こしてくれよう。そこでH・Mは、マスターズ首席警部の私宅へ、ダイヤルをまわしはじめた。

「いいえ、いいえ、迷惑どころか」マスターズは不機嫌を押し隠し、喉からカエルを飛び出させるような咳ばらいをしながら、「職業がら、夜中の電話には馴れておりますんで、すこしもかまいません」

しゃべっているうちに首席警部の声は、どこか楽しげな調子さえ帯びてきた。

「じつをいいますと、わたくしのほうにも、お耳に入れておきたいニュースがはいっておりますんで」

H・Mはおどろいて、受話器を疑わしげにみつめた。

「なんだ、マスターズ。きみはまた、このわしにいっぱい食わせて、愉しもうという腹じゃないのか」

「それは閣下がいつもなさることで、被害者はいつも、わたくしのほうであったはずですが」

「わかった、わかった。そのさきはいうな!」H・Mは唸るような声を出した。「ところで、きみのニュースというのはなんだ?」

「昨日、閣下のお口から、ヴィッキー・アダムズという女の名が出たことを覚えておいででしょうか?」

「そんな気もするが、それがどうかしたのか?」

「そこでわたくしは、同僚たちと話しあってみたのです。そして、そのうちの一人から、彼女の最近の状態を知りたければ、アダムズ家の弁護士に会ってみるのが近道だと、知恵をつけられました。ヴィッキーの父親であるフレッド・アダムズは、すでに死亡しまして、六年か七年たっていますので――」

ここでマスターズの声が、勝ち誇ったような調子にかわった。

「ヘンリ卿、これはわたくしが、当初から考えておったことですが、森の家の最初の所有者、例の紳士すりのチャック・ランドールは、警察の手入れに備えて、あの家のどこかに、逃げ道をつくっておいたにちがいないのです。この推測は、やはりまちがっていませんでした。その仕掛けといいますのは……」

「わかっておる、マスターズ。きみの推測は、まったく正しかった。その仕掛けは、窓のトリックだった」

いわば電話機そのものが、愕然《がくぜん》とした様子で、

「なんといわれました？」

「窓のトリックだよ」H・Mはじりじりしてくるのを押えて、説明に移った。「バネの作用で、鍵のかかった二枚扉ごと、窓枠全体が、壁のなかへひっこむんだ。それを乗り越えて、外へ出ることができる。外からもう一度、バネを押せば、くっついたままの二枚扉が、元どおりの位置にもどるという寸法だろう？」

「どうしてそれをご存じなんで？」

「その程度のことが読みとれんわしと思っておるのか。カトリックの坊主どもが迫害を受けておった時代は、田舎の家といえば、どこにもそんな窓がつくってあったものだ。わしは宗教史の知識から、そこに見当をつけておったが、これが正しい推理であるのに、確信を抱くことになった。ただし、現在、あの家の窓は、その仕掛けが動かなくなっておる」

マスターズ首席警部も、おなじようにじりじりしてきた様子で、

「ええ、いまは動かなくなっているそうです」と、同意を示して、「しかし、どうしてそれがおわかりです？」

「それもまた、わしの推理だ。ところで、きみは詳しい事情を知っておるようだが、説明してもらえんかな」

「その理由は、アダムズ氏が死亡に先立って、愛する娘に欺《あざむ》かれた事実を知ったからです。アダムズ氏はそのいきさつを、同家の弁護士にだけ打ち明けて、死んでいきました。窓のトリックを発見すると同時に、アダムズ氏は四インチ釘をひとつかみ使用して、その窓枠を打ちつけて、だれにも事情を悟られぬように、上からペンキを塗っておきました。ですから、いままではオランウータンも、あの窓を動かすことはできないはずです」

「なるほどな。ペンキの跡が、それを証明しておるよ」

「当の若い女性が、釘づけの事実を知っておるかどうかは疑問です。しかし」そこでマスターズは、急に皮肉な口調にかわって、「その仕掛けがいまだに役立つつもりで、おなじ手を用いようとするやつがあらわれたら、愉快なことでしょうな」

「なに、愉快だと？　するときみは、おなじ家で、おなじ女が、い、ま、ま、た、おなじ手を使って、姿を消したと知ったら、愉快だと思うかね？」

それからH・Mは、その日の出来事をながながと語りだした。しかし、それを聞いたとたんに電話線のむこうの声が、興奮してしゃべりだしたので、説明を一時、打ち切らぬわけにいかなかった。

「おい、おい、マスターズ。いつものわしの冗談とは思わんでくれ」H・Mはことさら厳粛な言葉つきでいった。「もっとも、その女は問題の窓から抜け出したわけでない。しかし、姿を消したことは事実なんだ。この件で、きみとも話しあっておきたいので、夜があけたら、訪ねてきてくれんか」と、打ちあわせをすませてから、「では、あとの話はあすの朝のことにして、今夜はゆっくり眠ってもらおう」

といったわけで、翌日の昼食時の直前、寝不足気味の顔をしたマスターズ首席警部が、保守党上院議員クラブの外来者用応接室にはいってきた。

この外来者用応接室なる部屋は、建物の中央部、階段わきの吹きぬけに面したうす暗い場所にあった。四方の壁に、あごひげを生やした消化不良らしい顔つきの紳士たちの肖像画をかけ並べ、木材と皮革のかびくさい臭気が、部屋いっぱいに立ちこめていた。テーブルの上には、ウイスキー・ソーダのグラスが載せてあったが、H・M自身は、テーブルからずっとはなれた位置の革椅子に腰かけて、両手で禿げ頭を撫でまわしていた。

「やあ、マスターズか。よくきてくれた。では、話をじっくり聞いてもらおう」とH・Mは、あらかじめ注意をあたえて、「こいつはおそろしく奇妙な事件なんだ。それでいて、警察としては、手の出しようのない問題で――少なくとも、現在のところはだな」

「警察がとりあげる問題でないことは承知しております」マスターズ首席警部は気むずかしげな表情で応じた。「しかし、いちおう、エイルズベリーの署長から、報告だけは聞いてまいりました」

「エイルズベリーの署長は、ファウラーだったな」

「ご存じですか?」

「知っとるとも。警察の人間で、わしの知らんものは一人もおらんぞ。ところでファウラーには、この事件に手をつける考えがあるのか?」

「問題の家を調査に行くつもりだと申していました。そこで、わたくしに用事があるときは、このクラブへ電話するようにいっておきました。ところで、ヘンリ卿――」

いいかけたとたんに、まるで悪魔の業《わざ》であるかのように、電話のベルが鳴りひびいた。マスターズよりさきに、H・Mが受話器に手を伸ばした。

「ああ、わしだよ」彼は無意識のうちに、威厳をつくろって、「さよう、さよう。マスターズだったら、ここにきておるが、しかし、すこしばかり酔っておるんだ。話はわしが聞いておくことにしよう。どういうことなんだね？」

受話器がかすかな声でしゃべりだした。

「そうだとも。わしはもちろん、台所の戸棚も見ておいた」H・Mは吠えるような大声でいった。「もっとも、正直なことをいえば、あんなところに、ヴィッキーが隠れておるなど、考えもしなかったからな。え？　なんだと？　もう一度、いってくれ！　あそこに皿が？　使用したコップが？……」

恐怖にちかい表情が、H・Mの顔にあらわれた。そして、身動きもせずにつっ立っていた。気どったポーズは、あとかたもなく消え失せて、細くつづいている電話の声にも耳を貸すわけでなく、目と頭をしきりと働かせ、いま聞きとった事実を総合して、結論を出そうとあせっているのだ。そして、（電話の声がまだつづいているのに）受話器をおいてしまった。

そのあと、H・Mはつまずかんばかりの足どりで、部屋の中央のテーブルまでもどってくると、椅子をひきよせて、腰を落とし、

「マスターズ！」と、奇妙なほど物静かな口調でしゃべりだした。「わしはあぶなく、生涯でもっとも愚劣な誤りをおかすところだったよ」

そこでまた、咳ばらいをひとつして、

「われながら、情けない誤りをしたものだ。さよう。とんでもない思いちがいだった。そんなわけで、ファウラーの電話を勝手に切ってしまったが、怒らんでくれ。わしは、いまやっと、ヴィッキー・アダムズの姿の消えたわけを知ったのだ。あのハッタリ女め、ひとつだけ、ほんとうのことをいいおった。別世界へ出かけるつもりだとな」

「それ、どういう意味です？」

ヘンリ・メリヴェール卿は答えた。

「あの女は死んだよ」

その言葉が重々しい響きをともなって、あごひげを生やした多くの顔が見おろしている陰気くさい部屋に落下した。

「知ってのとおり」H・Mは放心の状態で語りつづけた。「われわれみんなが、ヴィッキー・アダムズなる女を、いかさま師だと考えておったのは、まちがいでなかった。それがあの女の、持って生まれた性格だった。十二かそこらの小娘のくせに、家族の者の関心を、自分ひとりに集めたいばかりに、窓の仕掛けを利用して、ひと芝居演じてみせた。これに成功すると、それからの半生を、ハッタリの連続ですごしてきた。それを知っておったばかりに、わしの判断は、とんでもない方向へ導かれてしまったのさ。ヴィッキー・アダムズの用いそうなトリックだけを考慮して、あの二人の美男美女、ミス・イーヴ・ドレイトンとミスター・ウィリアム・セイジから目がはなれてしまった。ましてや彼らが共謀して、彼女の殺害を企てようなど、夢にも考えつかなんだのだ」

マスターズ首席警部が、おもむろに立ちあがった。

「そうしますと……これは殺人事件なんで？」

「というわけだ」

またしてもH・Mは咳ばらいをして、

「昨日のピクニックは、わしを証人に仕立てあげるために、あらかじめ手筈《てはず》をととのえてあったのだ。あの二人は、ヴィッキー・アダムズに姿を消せるかと挑戦したら、あとへひくわけがないと承知しておった。ヴィッキーとしても、窓の仕掛けを心得ておるだけに、二の足を踏む理由はなかった。二人の狙いは、ヴィッキーが挑戦に応じて、ここでまた、姿を消してみせるといいだすように仕向けることにあった。だからといって、彼ら二人が、窓の仕掛けを知っておったわけじゃない。いいかね、マスターズ。ここのところを誤解しなさるな。だけど二人の計画には、じゅうぶんな自信があったのだ。

イーヴ・ドレイトンは無意識のうちに、このわしのまえで、殺人の動機を口走ったくらいだ。もちろん、あの金髪娘はヴィッキーに憎悪を抱いておった。しかし、それをこの事件の主要ポイントと見るのはまちがいだ。いいかね。あの金髪娘は、ヴィッキー・アダムズのたった一人の身内なんだ。したがって、ヴィッキーが死んだら、その莫大な財産は、そっくりイーヴのところに舞いこむことになる。彼女はべつの話で、こんなふうにいっておった。わたしは我慢づよい性分で、いつまでも待っていることができるんですとな。

（そして、かえすがえすも残念なのは、わしともあろうものが、その言葉を吐いたときの彼女の目の色に、深い意味を読みとれなかったことだ！）

これからさきも、あの娘はじっと鳴りをしずめて、辛抱づよく待つ気でいるにちがいない。下手《へた》にうごけば、殺人の嫌疑がかからんものでもないからだ。七年たてば、ヴィッキー・アダムズの失踪宣告が確定して、法律上、死亡したものとみなされる。それまでは辛抱が肝心というわけだ。

これはわしの推定だが、この共謀計画の主導者は、イーヴとみるのが至当だろう。げんに昨日のピクニックでも、女のほうが怯《おび》えを見せたのは、ほんの一瞬のことだった。これに反し、ビル・セイジのやつは、はじめから終わりまで、怯えっぱなしの状態だった。そうはいうものの、実際に手を下したのは、ビル・セイジのほうだった。やつがヴィッキー・アダムズを屋内へ誘いこんだ。そのあいだ、イーヴは芝生の上で、わしと親しく話しこんで、引きとめ作業を受け持っておった」

Ｈ・Ｍはそこで、いったん言葉を切った。

マスターズの目のまえに、黒ずんだ森を背にした荒削りの石造バンガローが、堪えられぬほどのなまなましさで浮かびあがってきた。あの建物を見てから、なんと多くの歳月がすぎ去っていることか。

「マスターズ！」H・Mが呼びかけた。「何カ月ものあいだ、無住のままだった家のなかで、浴槽に水がしたたっておったのは、どういうわけだろうね？」

「それは……」

「ビル・セイジは外科医なんだ。わしはあの男が、黒カバンを車から運び出すのを見ておった。カバンのなかには、手術道具が詰めてあった。やつはヴィッキー・アダムズを屋内へ誘いこんだ。浴室で刺し殺し、裸にひんむき、浴槽を手術台にして、解体した……やつの本職だ。いともやすやす、やってのけたんだ！」

「それで？」マスターズは身動きもできずに、話のさきをうながした。

「頭、胴体、折り曲げた手と脚――これをそれぞれ、薄い防水布にくるんで、三個の大きな包みをつくりあげた。どの包みも、血がながれ出んように、しっかりした糸で縫いあわせた。わしは現場で防水布の切れはしを発見したが、それは縫いあわせのとき、針がすべって、隅の個所を破った残骸だった。それだけのことをやってのけると、やつは裏口から忍び出た。野イチゴのアリバイをつくりあげるためで、そのときはもちろん、裏口のドアに鍵はかけてなかったのだ」

マスターズが思わず叫んだ。

「セイジは死体を家へ残したまま、裏口から出ていったのですか」

「そうなんだよ」H・Mはうなずいた。

「で、それをおいた場所は？」

H・Mはこの質問を無視して、

「つぎはイーヴ・ドレイトンの挙動だが、打ちあわせておいた四十五分間が経過すると、あの娘、急にこんなことをいいだした。婚約者のビル・セイジとヴィッキー・アダムズの仲がおかしい。いまも屋内で、なにか不道徳な行為でもと、いそいで家のなかへ飛びこんでいった。しかし、彼女のしたことは、なんだと思う？　彼女はまっすぐ、廊下の奥へ歩いていった。わしはその足音を聞いておった。彼女の意図は、裏口のドアに鍵をかけ、さし金をおろすことにあった。それから、目にいっぱい涙をためて、わしのところへもどってきた。この二人の美男美女は、わしの捜査に、妨害行為をおこなっておったのだ」

「捜査の妨害？　死体を家のなかにおいたままで？」

「そうなんだ」

マスターズ首席警部は、われしらず、両の拳をつき出していた。

「わしが防水布の切れはしを発見したのを知って、若いビル・セイジは、さぞかしショックを受けたことだろう。洗ってはおいたものの、ついうっかり廊下に落として、気づかずにおったのだ。それはともかく、あの二人は、トリックをふたつ用意しておった。消え失せた女に口をきかせる——まだ生きておるのを示すためだ。きみがもし、あの場にいあわせておったなら、イーヴ・ドレイトンがヴィッキー・アダムズによく似た声の持主であるのに気づいたはずだ。だから、あの暗がりのなかで、彼女自身は使ったことのないはにかみ声でしゃべったら、錯覚を起こさせるのは容易な仕事だ。おなじ狙いが、深夜の電話にも役立ったわけだ。

以上でやつらの操作はおわって、あとは死体を家から持ち出し、遠くはなれた場所へ運ぶだけ……」

「しかし、ヘンリ卿。わたくしにはまだ、理解しかねることがあります。そのあいだ、死体はどこにおいてあったのです？　そして、それを家から持ち出したのは、だれなんです？」

「わしたちみんなで持ち出した」

「と、おっしゃると？」

「マスターズ」H・Mはいった。「きみは忘れてはいまい。ピクニック用の大型バスケットのことを」

そしていま、首席警部は気がついた。H・Mの顔が、幽霊のそれのように、まっ青にかわっているのだった。しかしまた、H・Mのつぎの言葉が、目と目のあいだをなぐられたように、はげしいショックをマスターズにあたえたことも事実だった。

「蓋つきの籐細工の大型バスケットが三個だ。ポーチのテーブルで持参した食糧を食べおわった後、この三個のバスケットは、家のなかに押しこんでおいた。だからセイジは、手に入れることができた。使用ずみの容器類は、そっくりそのまま、あとに残してきたはずだ。台所の戸棚のなかにね。しかし、籐製の大型バスケットは、三個とも持ち帰った。解体した死骸の包み三個を、それぞれなかに詰めて。わしもその一個を、車まで運びこんだものだ。ちょっとばかり、おかしな感じを受けはしたがね……」

そしてH・Mは、やや震えぎみの手を、ウイスキーのほうへ伸ばして、「わかるだろうな、マスターズ」と、いった。「このさきずっと、わしは気にして暮らすことだろうよ。あの三個のバスケットのうち、わしが車まで運んだやつには、頭を詰めてあったのじゃなかったかとな」

悪夢

デイヴィッド・C・クック
小西宏 訳

Nightmare　一九五一年

推理短編アンソロジーの編者として有名な**デイヴィッド・C・クック** David C. Cooke (1917–2000) が、自分でも、みごとな短編を書いている。暗闇の恐怖とたたかう神経過敏な人妻。そこへ現われた人影。サスペンス映画の一こまを見るような、なまなましい迫力を持つ一編である。

ポーリンは神経質に暖炉の上の時計に目をやった。針は九時三十二分をさしている。弱々しくため息をついて、彼女は雑誌のページをめくったが、それもあっさりカクテル・テーブルの上にほうり出してしまった。

「人殺しだなんて！　たまにはほかの話を載せられないものかしら？　なんておそろしい！」

両手を見ると、ぶるぶる震えている。九時を過ぎてからというもの、彼女は電話のベルが鳴るのを、今か今かといらいらしながら待っていた。ラリーはペンシルヴェーニア停車場に到着しだい、すぐに電話をかけると約束した。それなのに、もう三十分も遅れている。

ポーリンはソファーから起き上がって、室内を行きつもどりつしながら、なにも心配することはないのだ、ラリーはフィラデルフィアで列車に乗るのが遅れただけで、いまごろはつぎの列車に乗っているのだと、自分にいい聞かせようと努めた。ラリーったら、いつも外へ出かけるとハイボールをもう一杯とか、もうひとりあいつと話をして、なんてことで長っちりになってしまうんだから。

でも、今度という今度は、ラリーがすみやかに帰ってくるものだとばかり彼女は期待していた。あすの午後にならなければ、ストラットガス夫妻はオールバニーから帰ってこない。だから、この大きな家にポーリンがひとりぼっちでいることを、ラリーは承知しているからだ。

「今夜はなるべく早く帰って来てね」けさ停車場まで見送りに行く自動車の中で、彼女は念を押した。「あなたのお帰りがおそいと、わたし、ほんとにこわくてたまらないのよ」

ラリーはいつものように、彼女の恐怖を一笑に付した。

「きみはまるで暗がりをこわがる四つの子どもみたいだな」ラリーはそう叱った。「本を読むなり、ラジオを聞くなりしていれば、自分の想像におびえることはないよ」

ラリーのいうとおりであることは彼女にもわかっていたが、なにぶんこの家はだだっ広くて、孤立しており、北側の棟は夜になるとひどく暗くて寂しいから、はた目にはばかげて見えようとも、彼女は恐怖を覚えずにはいられなかったのである。そこで彼女は、ラリーに早く帰ってくるようにとせがんだ。

ロングアイランド鉄道の列車が停車場にはいってくると、ラリーはお別れのキスをした。

「七時までには帰宅するようにするからね、きみ。そのあいだ、ぼくがいなくても、がまんできるだろう?」

しかしそのあと会社に着いてから、ラリーは電話をかけて来て、ヘンドリクスンさんからフィラデルフィアまで使いに行ってもらいたいといわれたので、帰宅は二時間ほど遅れるかもしれないといってきた。そして、もし彼女があまり心細かったら、ビル・チェスリーに電話して、来てもらうようにしなさいとつけ加えた。

ビル・チェスリーの名前が、たぶんラリーの頭にふと浮かんだものであることは、ポーリンにわかっていた。しかしその時、初夏の暖かい陽光がさんさんと輝く早朝であってさえ、彼女は思わず身震いしたのである。それまで、ビルと彼らはごく親しい友人同士であった。しかし、いまとなっては、ポーリンは、なるべくならビル・チェスリーには、そばにいてもらいたくなかった。昨夜、会ったとき彼女を見つめたチェスリーの目つきのことを思い浮かべると、背筋の寒くなるようなうずきがポーリンの身内を走るのだ。

彼女は足をとめて、また時計を見た。九時三十五分、それなのに依然として電話のベルは鳴らない。ラリーはいったい、なににひっかかっているのかしら？ どこにいるのかしら？ ポーリンは突然、もしかするとラリーは今夜、一晩中帰宅が遅れるのではないかと考えて恐怖にかられた。が、すぐに、そんな見込みはばかげたことだと打ち消した。もしその必要があったとしたら、とっくの昔にラリーは連絡をとってきたはずだ。

暗い曲がりくねった道路を走ってくる自動車のかすかな響きがポーリンの耳に聞えた。ポーリンのくちびるが、安堵《あんど》の微笑にほころびた。自分の恐怖が事実無根であったこと、あの自動車はまちがいなく、停車場から帰宅するラリーを運んでくるタクシーにちがいないと彼女は思いこんだ。ニューヨークに着いたとき、電話をかけてよこすのを忘れるなんて、いかにもラリーらしい。うっかりして彼はそのままロングアイランド鉄道のプラットホームへおりて、最初に来た列車に乗ってしまったのだろう。

ポーリンはすばやく鏡のところへ行って、自分の顔を見つめた。自分がおびえていることを、ラリーに悟られてはならない。もし悟られたら、彼はまたポーリンのことを笑って、子ども呼ばわりするだろう。彼女はカクテル・テーブルの上から雑誌類を取り上げて、本棚にのせた。

自動車はしだいに近づいて、エンジンの響きが、夜のしじまの中に響いて来た。あと数秒のうちに、ブレーキをかけて停車し、ドアがあいて、またしまり、そしてラリーが板石敷きの道を口笛を吹きながら歩いてくるだろう。

しかし、自動車は止まらなかった。タイヤを砂利道にきしらせながら丘を下りつづけて行った。ポーリンの胸も車が去るにつれて、沈んで行った。ラリーが乗った車だという確信があまりにも強かったので、彼女は失望のあまり、うろたえるとともに、がっくり気落ちしてしまったのだ。涙の出ない嗚咽《おえつ》がからだをゆさぶり、鋭い痛みが心臓に突き刺さった。恐怖が耐えがたい影のように彼女の上におおいかぶさって、夜のむし暑さにもかかわらず、歯の根がカチカチと鳴った。

だしぬけにポーリンは、またビル・チェスリーのことを思い浮かべた。するとまた、彼女の背筋がうずいた。昨夜、ラリーはひどく疲れていたので、ポーリンがストラットガス夫妻をロングアイランド停車場まで自動車で送って行った。そして帰りがけに、ちょうど停車場から出ようと車をターンさせたとき、ビルに会ったのだ。ビルが車の正面にとび出して来たので、彼女はブレーキをかけて、かろうじてまにあった。ビルはスタイルのいい、赤毛の、ダーク・グリーンの服を着た美しい娘と同伴で、激しい口調でなにか言い争っていた。

「気をつけて歩いてちょうだい、そこのひと」ポーリンは窓ごしに声をかけた。「自殺したいからって、わたしの車ではごめんだわ」

ポーリンはほんの冗談のつもりでいったのだが、ビルはそうはとらなかった。憎々しげにくちびるをかみしめると、冷たいけわしい目でポーリンをにらみつけた。そして、ものもいわずにその娘の腕をとると、乱暴にほかの車のうしろに引っぱって行ってしまった。

帰宅の途中、そのときのビルのすさまじい形相が頭に浮かんでポーリンは悩まされた。しかしその意外な出合いのことは、ラリーには一言も話さなかった。そんなことをいえば、ラリーはまた一笑に付して、愚劣な妄想をいだく女だときめつけられることがわかっていたからだ。

彼女はもう一度マントルピースの時計に目をやった。九時三十八分だって？　そんなわけがあるかしら？　丘を越えて行ったあの自動車の音を最初に聞いたときから、たった三分しかたっていないなんて？　まるで三時間もたったような気がするわ――長い、つらい三時間！

彼女は腰をおろして、気を取り直そうと努めた。が、うまくいかない。心臓にあまり負担をかけることは、神経によくなかった。彼女はもっと理性的になって、なにも恐れることなどないこと、暗やみというものは、一日の労働のあとにやってくる休息の自然の成り行きであることを悟るべきだったのだ。戸外には、昆虫や野兎《のうさぎ》やりすやそのほか、彼女に危害を加えることのできない小動物以外には、なにもいなかったのだ。

ポーリンは、くり返しくり返し自信を持つようにと自分に言いきかせ、必死になって、その言葉にすがろうとした。しかし呼吸は依然としてせわしなく、背骨は依然として恐怖のうずきでチクチクしている。

ソファーから立ち上がったが、木の葉のようにからだが震えていた。おそらく戸外の暗やみには、いるとしても無害な小動物くらいのものだろう。だけど窓をぜんぶしめて鍵をかけ、シェードもおろして、のぞき見されぬようにすれば、もっと安全なはずだ。ポーリンはすばやく窓から窓へと突進して、冷たい震える指先で窓をしめて鍵をかけた。

それが終わって、へとへとに疲れたポーリンは腰をおろした。が、すぐにまた立ち上がった。二階の窓をしめ忘れていたのだ。

階段を上がって行く彼女の足は、鉛のように重かった。一つ一つ、窓をしめた。ぴしゃっと窓のしまる音のするたびに、彼女ののどから張りつめたあえぎが漏れた。

最後の窓——寝室の北側の窓——にたどりついたとき、彼女は、ほっとため息をついた。

それから、思わず心臓がとまった。

だれか——なにかが、外の暗がりにいるのだ。それは昆虫でも小動物でもなかった。なにか大きなものが、重そうに両足を引きずって、のそのそと草のあいだを歩いているのだ。ポーリンのからだは麻痺《まひ》して、悲鳴はのどにひっかかって出てこなかった。これが彼女の恐れていたことなのだ。これ——これ——このことこそ、彼女がひそかに予期していたもの、そうならないように祈っていたものなのだ。それは邸《やしき》のほうへ、急がずに、目的ありげに、着実に近づいてくる。

かすかな嗚咽がポーリンののどからあふれた。駆け出して戸棚の中に身をかくし、ドアをぴしゃっとしめたかった。しかし、その場に釘《くぎ》づけになって動くことも、呼吸することもかなわず、ただ恐怖のあまり、かっと目を見ひらいているだけであった。

どうかラリーが帰宅しますようにと、心の底から祈った。いそいで、いそいで、いそいでよ！　これ以上はとても耐えられなかった。この緊迫した状態があと数分もつづいたら、なにかが起こるのだ。なにか恐ろしいことが起こるのだ。彼女はこの緊張に耐えられないだろう。そのことは自分でもわかっていた。彼女の心臓はすでに、あまりにも多くの打撃を受けている。

再度、彼女はビル・チェスリーのことを思い浮かべた。まあ、チェスリーに電話しなかったなんて、なんてわたしはばかなんだろう。ビルはいちばんの親友なんだから、頼めば喜んで来てくれたはずだ。ゆうべの出合いに妙な感じがあったと考えるなんて、ばかげたことではないか。つれの娘との口論で、彼の神経がいらだっていたのだろう。あるいは、たぶん、彼女のことをポーリンだとは気がつかなかったのだ。

しかし今となっては、ビルを呼ぶのは手遅れだった。——彼女はひとりぼっち——まったくの孤独で——しかも戸外のゆっくりした足音は、しだいに大きくなってくる。……

その時、月光の中にぼんやりと、人影を認めることができた。男だったが、ポーリンが今までに会ったこともない男だった。まるで悪夢から抜け出して来たような男、猫背の大男で、ぞっとするほど長い腕が両わきにたれ、胴はビール樽《だる》のように太い。よれよれの帽子を目深《まぶか》にかぶり、服はおんぼろで、だぶついている。

ポーリンは口をぱくぱくさせて息を吸った。空気がはいると肺がうずいた。くちびるを湿らせようとしたが、舌はからからで、はれあがっている。それから、自分のからだが厳冬の吹雪《ふぶき》の中に、素裸で立っているみたいに、がちがち震えていることに気がついた。

その男がゆっくりとポーチに歩いてくるのを見守っていると、ポーリンは恐ろしい魔力にとらえられたように魅せられてしまった。男は屋根の下にはいって視界から消えてしまった。すると、小さな金属的な音が、ポーリンの敏感な耳にひびいて来た。男はドアのノブを動かしている——静かに、着実に——邸内に押し入ろうとしているのだ。

そのときになって、ポーリンは初めて悲鳴をあげた。してはいけないことだったが、どうにも自制できなかった。口がからからにかわいているのと同じように、不本意な行動であった。吐息が抑えきれない絶叫となって爆発して、ポーリンののどをからしてしまった。

男があともどりしたので、また視界にはいった。男の口がうつろな笑いを浮かべて二つに割れた。ポーリンはまた悲鳴をあげた。

すると男がしゃがれた、この世のものとは思えぬ押し殺した声を出した。

「電報だよ、奥さん」

ポーリンの心臓は激しく動悸《どうき》を打った。この恐ろしいけだものは、屋敷に押し入ろうとして、彼女の悲鳴を聞いたのに、まるでこともなげに電報の配達に来たのだといっている。そんな非常識なことが！

「ド、ドアの下に入れてください」かろうじて答えたものの、蚊の鳴くような生気のない声だった。「い、いま、下におりられないのよ」

しかし男は動かなかった。彼女にも、男が電報など持っていないこと、ただ、彼女にドアをあけさせたがっていること、がわかった。

「か、帰ってよ」彼女は死物狂いで言いつづけた。「帰らないと、夫を呼ぶわよ」

男はまたうす笑いを浮かべた。ポーリンは、この男が、いま彼女はひとりぼっちで、夫のラリーは、まだフィラデルフィアとニューヨークの間のどこかにいることを、なんとなく知っているのだ、という気がした。一瞬、気が遠くなりかけたが、そうなってはいけないのだ。内心は恐怖におののいていたが、彼女はここにがんばって、勇敢にふるまわなければならない。「すぐにここから出ないと警察に電話するわよ」なるべくおどしのきくような声を出そうとした。「そうなったら、五分とたたないうちに警官がくるし、あんた逃げられないわよ。さあ、さっさと帰ってよ！　これが最後よ！」

男はからだを動かしたが、道路のほうへではなかった。また玄関のほうに向き直ると、ポーチの上にミシミシという重い足音がした。ポーリンの耳に、またドアのノブがまわる音が聞えた。男がドアに肩を押し当てると、蝶番《ちょうつがい》がきしんだ。それから家中が震動して、メリメリという木の裂ける音がした。男は体当たりしてドアをこわそうとしているのだ！

ポーリンの血管の血が凍りついた。今までのことなど、これにくらべれば序の口だったのだ。助けを求めなければならないことはわかっていた。だが、どうやって？　いちばん近い家だって、一マイル以上はなれているし、警察に電話するために居間にとって返すことはできなかった。彼女はわなにかかったのだ。二進《にっち》も三進《さっち》もいかぬほど、わなにかかったのだ！

するとドアをこわす音がやんだ。男はまた視界にはいったが、今度は窓を見上げなかった。

男は屋敷の裏手にまわろうとしている。

　ポーリンはストラットガス夫妻が使っている、うしろの寝室へ駆けより、窓から、暗がりの中をすかして、男を捜した。

　すると男が目にはいった。しかし、男は裏口へ行こうとしているのではなかった。男はガレージの隣にある道具置き場に向かっていた。ドアをあけて中へはいる。マッチの灯が、かすかにはためく。やがて男は姿を現わしてドアをしめる。片手には大きなハンマーをさげている。

　大きなハンマーの使用目的を悟るや、ポーリンのからだに狂おしい力がわいて来た。急いで行動しなければならない。おそらく数秒の暇しかないだろうが、それでも充分だ。ポーリンはうしろの寝室からとび出すと、階段を駆けおりて電話のところへ行った。

「交換手！　交換手！」送話器に向かってポーリンは金切り声をあげた。「警察を！　大至急！　大へんなのよ！」カチカチと、めちゃくちゃにボタンをたたいて、交換手をせかせようとした。

　しかし応答はなかった。電話は沈黙したまま。本能的に、彼女は電話線を切られたことを知った。

　ハンマーの第一撃が玄関のドアに加えられ、木のくだける音が聞えるや、ポーリンは、奇妙な動物的なうめき声をあげた。頭の中が身の毛もよだつ恐怖にがんじがらめになって、気が狂いそうだった。ヒステリックな悲鳴をたてつづけにあげながら、ポーリンは裏口のドアに駆けよった。しかし感覚のなくなった指先では、どうしても鍵が鍵穴にはいらない。ポーリンは台所に立ちつくし、どうしたものか、いま屋敷に侵入しつつあるこの狂人から、どこに身を隠したものかと考えた。

寝室がいいと考えて、彼女は大急ぎで二階にとって返した。寝室のドアをしめて、掛け金をかけた。ポーリンはぐったりと壁にもたれかかった。からだがへとへとで、身動きもできない。さらに玄関のドアを一撃する音が聞えた。それから音がしなくなった。男がいまや居間に侵入したことがわかった。そうなると、彼女が見つかるのは数分という時間の問題にすぎまい……。

男の重い足音が食堂へ行き、つぎに台所に行った。足を止めた。ドアがあき、またしまった。そしてまた別のドア。男は戸棚の中に彼女が隠れているかどうか捜しているのだ。やがてまた別のドアがあき、地下室へおりて行く足音が聞えた。が、すぐまた引きあげてくるらしい。男は居間にとって返し、それから階段を上りはじめた。

ポーリンは催眠術にかけられたように茫然自失の状態で、寝室のドアのノブがまわるのを見つめていた。ドアには鍵がかかっている。それは知っていたが、膚《はだ》を伝ってくる冷汗は止まらなかった。男はまだハンマーを持っているだろうし、彼女がどこにひそんでいるのか、もうわかっている。数秒のうちに、男はドアをこわして姿を現わすはずだ。

ハンマーがドアにたたきつけられると、ポーリンののどが、しめ殺されるような叫びでゴロゴロ鳴った。窓のほうへ身をひるがえすと、窓の金網の留め金をつめでひっかいた。だが留め金はきっちりはまっているし、それに急いだため、人さし指を痛めてしまった。

金網はびくともしない。ポーリンはやけくそになって銅製の網目を蹴とばした。外へ逃げなければならない！

ポーリンはポーチの屋根の上に出た。けわしい勾配《こうばい》ではなかったが、それでもポーリンはよろけて倒れてしまった。横ざまに倒れて、ゴロゴロとふちのほうへ転がっていった。ささえを求める手が雨樋をつかんだ。ポーリンのからだは振り子のようにぶらんとゆれた。足を蹴って、からだのゆれを止めると、手を離して草の上に落ちて、転倒した。が、すぐさま立ち上がって、道路めざして走り出した。

背後で叫ぶ声がしたので、ちらっとうしろをふり返った。例の男は、彼女の寝室の窓のところだ。男は片足を窓の敷居にかけて、ポーチの屋根に踏み出した。下にとびおりるときに、依然として、ハンマーを手にしているのが見えた。

ポーリンは、まるで泥沼の中を走っているような感じがした。一足ごとにもがいて、一歩も前進していないような感じだった。両足は鉛のように重くなり、渾身の力を絞らないと、足をあげて、前に踏み出すことができなかった。あと数ヤードも歩けば、倒れてしまう。これ以上は、たとえどんな結果になろうとも、到底この緊張に耐えられない。これ以上は逃げるすべがないし、彼女の体力も完全に消耗しきっている。

すると靴のかかとが砂利道にかちんと当たった。どうやら道路にたどりついたのだ。さあ、これで自動車が通ってくれさえしたら！　しかし、それが、まずありそうもないことは、ポーリンも承知していた。この道路はいつも夜になると人気《ひとけ》がなく、通る車もめったにないのだ。

ポーリンは、もう一度、家のほうをふり返った。男は三十ヤードたらずのところに迫っている。いずれは追いつくことを、彼女がこれ以上はそう長く耐えられないことを知って、あわてずに走ってくる。

ポーリンはもう一度悲鳴をあげると、道路のわきの木立ちにさっと進路を変えた。たぶん、茂みのなかに隠れることができるだろうと考えたのだ。どんなことでも、やってみるに越したことはない。

けわしい勾配の堤を小走りに駆け上がった。しかし乱暴に駆け上がるには、靴が不向きだったので、すべって、両手と両足をついてしまった。が、また起き上がり、茂みを目ざして、しゃにむに突っこんで行った。

いまや足音は彼女のすぐ背後に迫り、男のせわしい呼吸が聞えてくる。と、ごつい手が彼女のくるぶしをつかんだ。

ポーリンの身内に、変化が起こった。恐怖におののきはしたが、自己防衛の本能が、依然として強く働いた。つま先に力を入れると、かかとでうしろへ蹴り上げたのだ。

男は悪態をついて、つかんでいた手をはなした。すぐにつぎの攻撃が始まるだろうが、ポーリンはすでに土手の上にたどりつくことができていた。それからまた、走り出した。まるで生まれてこのかた、走ることと悲鳴をあげることしかやってこなかったような感じで、頭は異様な軽さで、ぐらぐらゆれている。

ポーリンは茂みにとびこんだ。小枝や大枝が服をかぎ裂きにした。服の前は裂けて、一本の突き出した枝が、いやというほど彼女の足をはらった。

男が下ばえを縫って迫ってくる足音が聞えた。彼女はそのとき、おそろしいあやまちを犯してしまったことに気がついた。男は森の中でなら、ぞうさなく彼女を捕えることができるし、男が彼女をどうしようと、だれにも目撃されずにすむのだ。

ポーリンは立ち止まった。恐怖に曇った目で周囲を見まわしたが、どっちへ逃げたらいいのかわからなかった。これが最後だった。残った気力も、すっとからだから抜けて行った。ただ、なすすべもなくそこに立ったまま彼女は、男が自分のほうに向かってくるのを恐怖で曇った目で見つめているだけであった。

男がゆっくりと慎重に、前進して、いまにもポーリンにとびかかろうとしている。しかし彼女は動かなかった。立ったまま、接近してくる男を凝視していた。男のからだのぬくもりと、自分の顔にかかる相手の呼吸が感じられた。

「やめて!」彼女は悲鳴をあげた。「やめて! そんなことしないで! なんでもほしいものはあげるわ!」

男は耳ざわりなのど声で笑い出した。そして、

「おまえを殺してやる」と低い声でいった。男の両手がポーリンののどをしめあげた。彼女の背を木に押しつけると、その指に力を入れて気管を圧迫した。

ポーリンは呼吸しようとした。本能的にあえいで呼吸しようとした。その力で肺が痛み、突き刺すような苦痛が目に走った。首のまわりをしめつける鋼鉄の輪の力で、ポーリンは窒息し

かかった。

彼女はなんとか戦おうとしたが、両手と両足以外には武器がなかった。しかも男の顔は間近に迫り、ぎらぎらした目で彼女の目を見つめ、口をゆがめて、うめき声を漏らしている。

死物狂いになったポーリンは、鋭い指のつめをつかって、いきなり武者ぶりつくや、男の目につめを突き立てた。えぐり、かきむしり、ひきさいた。と同時に、向こうずねを蹴り上げた。男は苦痛のあまり悲鳴をあげた。突然、両手がポーリンののどからはなれて、自分の目をおおった。しかしポーリンは逃げなかった。これがチャンスだ。いまをおいては二度とはこないチャンスなんだ。

大きく息をしながら、身をかがめてポーリンは、木の葉におおわれた地面の上を捜した。目的のものが見つかった。身を起こすと、男のほうに近づいた。両手を頭上にあげると、発止《はっし》とばかり打ちおろした。石が男の頭蓋《ずがい》に当たって、ぐしゃという、にぶい気味の悪い音をたてた。

だが男は倒れなかった。すぐには。いったんひざが曲がったが、それからジャンプをするようにからだを起こした。そして、ゆっくりと両手がわきに垂れた。前のめりにばったり倒れて、そのまま動かなくなってしまった。

ポーリンは、からだじゅうの力が抜けて行くような感じにおそわれた。助かったという喜びの涙が目にあふれ、胸がいっぱいになった。自分のやったことに圧倒されて、木にもたれかかった。それからショックに打たれて、ヒステリックな金切り声で、意味もなく笑い出した。

遠くでかすれたエンジンの音がした。自動車だ、ラリーが乗った車だ。今度こそ、まちがうはずがない。今度失望したら、彼女は死んでしまうだろう。

ポーリンはのろのろと、半ばはうように、半ば歩くようにして道路へ引き返して行った。しかし、まだ石はしっかり握りしめていた。それは彼女の身を守る唯一の武器であったし、例の男が、また追いかけてこないともかぎらない。土手の上にはい上がると、ちょうど丘の上にヘッドライトの明かりが二つ現われたところだった。彼女はそれ以上はもう一インチも動けず、じっと横になった。

ポーリンは期待と祈りをこめて自動車を目で追った。車が丘をおり始めるのを見て、思わず息をのんだ。ここで止まるにしては、スピードが速すぎる。彼女は絶望のあまり声もなくうめいた。しかし突然ブレーキのかかる音がして、自動車はピタッと停車した。

「ラリー！」彼女はかすれた声で叫んだ。「ラリー！」その声は、自分の耳にはまるで蚊のなくような声としか響かなかった。これではラリーの耳には届かない。彼女は石のことを思い出した。力をふりしぼって両手で前に押し出すと、石を土手の上から転がした。

「なんだ、これは？」そう叫ぶラリーの声が聞えた。ポーリンはその声に元気づけられた。

「ラリー！」彼女はまた息をはずませた。「ここよ、ラリー！　ここよ！」

ラリーは車からとびおりた。その顔は不安で緊張している。そして、ポーリンに気がついて大声をあげた。

「ポーリン、無事でよかった！」

すぐに彼女は、ラリーの暖かい、やさしい腕に抱かれていた。

「きみに電話したんだが、応答がないし、きみが外出するはずのないこともわかっていた。それで、なにか変事でも起こったんじゃないかと、心配したんだよ」

これで助かったという思いがポーリンの全身を包んだ。彼女は両腕でラリーにしがみついた。いまの出来事を話そうとしても、支離滅裂な言葉しか出てこない。

「落ちつくんだよ、きみ」ラリーが注意した。「もうだいじょうぶ、心配することなんか、なにもないんだからね」

彼女は言葉すくなにいった。

「わ、わたし、あの男を殺したと思うのよ。わたしを殺そうとした男よ。こわかったわ、ラリー、とてもこわかったわ！」彼女は背後の茂みのほうを指さした。「あ、あそこにいるわ！」

ラリーは彼女を抱きあげて、屋敷まで運んで行った。そしてソファーにおろすと、グラスにブランデーをついだ。

「さあ、これを飲めば、気分がよくなるよ」ラリーは彼女のくちびるに、グラスをあてがった。「ぐうっと飲んでごらん」

そして運転手が彼女につきそっているあいだに、ラリーはまた外に出て行った。が、二、三分すると狐《きつね》につままれたような顔をしてもどって来た。

「し、死んでいた？」ポーリンは息をはずませた。

ラリーは首を振った。

「見たところ頭蓋骨骨折らしい。意識不明だ」

ポーリンはほっとため息をついた。彼女としては、たとえ事情がどうであれ、殺す気はなかったはずだ。その時、ラリーの目に奇妙な光が、とまどいの色が浮かんでいるのに気がついた。

「ビルだったよ」ラリーは静かにいった。

「なんですって?」ポーリンは大声をあげた。「まあ、それはあなたの見まちがいよ、ラリー! ビルのはずがないわ。あのひとが、あんなことをする理由なんかないわ。あら、わたし、ゆうべもビルに会ったけど、あのひと——」

突然、ポーリンは、例の冗談をいったときにビルの目に浮かんだ恐ろしい光を、そして彼女を殺そうとした大男の目を思い出した。二つの目がいっしょになって、それが同一のものであることがわかった。するとビルだったのか。彼女はあまりおびえていたので、変装が見抜けなかったのだ。

「ゆうべ、あのひとにあったのよ」ポーリンは、ぼんやりと、あとをつづけた。「駅の駐車場で。ビルは若い娘さんといっしょで——口論していたわ。わたし——わたしが冗談をいったら、ビルはにらみつけて、娘さんを引っぱって行ってしまったのよ。赤毛で、今まで見たことのない娘さんだったわ——」

「赤毛ですって」運転手が、だしぬけに口をはさんだ。「奥さん、赤毛だということは確かですか?」

ポーリンはうなずいた。

「はっきりと見たわ。なにか叫んでいたけど」

「で、服はグリーンですか？　ダーク・グリーンで？」

ポーリンはまたうなずいた。

「そうよ、でも、それが、どうかしたの？」

「奥さん」運転手は興奮していった。「どうしたもこうしたもありませんよ、奥さん！　それなら、野郎はあなたを殺す、とんでもねえ理由があったわけですよ。警察がきょうの午後、ミル・ロードのはずれで、赤毛の娘を発見したんですよ。ヴァージニア・テイラーという名前のモデルでね。警察では、ゆうべ女といっしょに外出した男を突き止めようとしているんです。そいつに聞けば、どうして娘っ子が頭を強く殴られるようなことになったのか、事情がわかるかもしれないというわけでさあ……」

ポーリンは運転手からラリーへと視線を移して、それからまた、運転手に向けた。

「すると、その娘さん、殺されたの！　なんて恐ろしい……」

「ぼくも新聞で読んだよ」ラリーはたんたんたる口調でいった。「残忍な事件だ。ビルがきみを殺したがった理由は、それなんだな。きみは、その娘と最後にいっしょにいた男がビルだと証言できる立場にあったんだ。こりゃ、警察に知らせなきゃならんな」

またもやポーリンは恐怖におそわれて、ソファーの上で身もだえした。

「いやよ、ラリー、いやよ。二度とわたしのそばから離れないで……」

ラリーは微笑を浮かべて、ポーリンの腕をとった。

「心配しなくてもいいんだよ、きみ。運転手が町まで帰ったら警察に知らせるさ。ぼくはもうこれから、けっしてきみをひとりぼっちにしないからね」

黄金の二十

エラリー・クイーン

小西宏　訳

The Golden Twenty

エラリー・クイーン Ellery Queen (Frederic Dannay & Manfred B. Lee) が、また現代最高の推理小説批評家であることはいうまでもない。これは彼のうんちくの一端を示す好個の論文。クイーンの選ぶ長短編推理小説のベスト・テンが、示されている。五冊に及んだ本集の最後のしめくくりとして、また絶好の参考文献として、ご参照ください。

読書と創作と短編推理小説本の収集に、ふたりの（クイーンはダネイとリーの共同のペンネーム）人生の半分を費やしたあげく、わたしたちは、すべての殺人と探偵の文学のなかで、とくに二十冊の書物がすぐれていること——つぎの三つの理由のいずれから見ても、文学上の騎士《ナイト》の授爵《じゅしゃく》に値する黄金の二十がある、という結論に到達しました。その理由とは、推理文学の拠《よ》って立つその根拠全体に対する歴史的重要性、内容の絶対的な価値、そして初版本の奇覯《きこう》性の三つです。十冊は短編小説集、あとの十冊は長編小説です。

A　最も重要な短編推理小説十

長子相続の習慣が要求する優先権に従って、まず短編推理小説のリストから、お目にかけるのが順序でしょう。短編のほうが長編よりも、優に四分の一世紀古いからです。世界で最初の資格を備えた推理小説、エドガー・アラン・ポオの「モルグ街の殺人」が〈グレアム〉誌に現われたのは、一八四一年の四月号のことであるのに対し、世界で最初の資格を備えた長編推理小説、エミール・ガボリオの『ルルージュ事件』が〈ル・ペイ〉紙に発表（一八六五年）の後、刊行されたのは一八六六年だったのです。

短編推理小説、黄金の十の年代的配列は次のとおり。

1　エドガー・アラン・ポオ *Tales*

初版、ニューヨーク、ウィリー&プットナム社

一八四五年、紙装

ポオの三大傑作を収録した最初の書物です。「モルグ街の殺人」「マリー・ロジェの謎」「盗まれた手紙」の三作品のいずれにも、博識にしていささか奇矯《ききょう》なC・オーギュスト・デュパンの、胸のすくような推理を見ることができます。この*Tales*が短編推理小説集の中で、最も重要な書物であることは、今さら贅言《ぜいげん》を要しません。これは歴史的な意義と作品の価値と収集上の珍本という三つの要素を兼ねた最初の書物です。ところで憂鬱な話ですが、「モルグ街の殺人」は、本書以前にも、すでに書物になっています。一八四三年に、フィラデルフィアのウィリアム・H・グレアムが発行したパンフレット形式の「エドガー・A・ポオの散文小説集《プローズ・ロマンセス》」第一巻がそれです――定価は十二・五セント。近年じつに二万五千ドルという高値で売買されたポオ文献の中でも、このパンフレットは現在、珍中の珍とされています。

2　サー・アーサー・コナン・ドイル『シャーロック・ホームズの冒険』

初版、ロンドン、ジョージ・ニューンズ社

一八九二年、明るいブルー・グリーンの、絵入りクロース装

この本をめぐって、血みどろの争奪戦が展開されるとしても、あえて異とするにはあたりません。なぜなら本書は、かぎ鼻で炯眼《けいがん》の、かみそりのような鋭い頭脳を持ったシャーロック・ホームズの最初の短編集であり——したがって、その故に、短編推理小説本の中で、確実に、ポオの *Tales* につぐ重要性を持っているからです。

集中の佳作に混じって、「ボヘミアの醜聞」「赤毛組合」、それに「花婿の正体」のような宝石がちりばめられています。

3　アーサー・モリスン *Martin Hewitt: Investigator*

初版、ロンドン、ウォード・ロック&ボウデン社

一八九四年、緑、赤あるいは青の、絵入りクロース装

シャーロック・ホームズが、十九世紀の最後の十年間に、一挙にその国際的名声を高めた時、ホームズの後に追従する模倣者の一群が出現しました——悲しいかな、彼らはつかの間にして、路傍《ろぼう》に転落してしまいましたが。マーチン・ヒューイットは、いうなれば、五十年にわたる批評家の吟味《ぎんみ》と、大衆の享受《きょうじゅ》という試練に耐えてきた、模倣不能のシャーロック・ホームズの、現代唯一の模倣者です。ホームズに比べれば、常套《じょうとう》的なきらいがあるにしても、捜査において敏腕なヒューイットは、やはり、ホームズとともに黄金の名簿に記入されるべきでしょう。本

書は、彼の仕事の最初の集成です。

4　バロネス・オルツィ *The Old Man in the Corner*

初版、ロンドン、グリーニング社

一九〇九年、紺の、絵入りクロース装

読者は、ロンドンの喫茶店の一隅に腰をおろした、風変わりな、無名の、小柄な老紳士を思い出されるでしょうか？　若い女新聞記者、ポリー・バートンから、テーブル越しに事件の話を聞いて、ひもで結び目をつくりながら、啞然《あぜん》とさせるような推理をしてみせるあの老人のことです。いかにも、これは彼の物語の最初のシリーズなのです。「隅の老人」が黄金の十に含まれる理由とはなんでしょう？　仮に他に理由が無いとしても――といっても他にあるのですが――彼こそは推理小説史上、最初の真正の「安楽椅子探偵」だからです！

5　R・オースチン・フリーマン *John Thorndyke's Cases*

初版、ロンドン、チャットー&ウィンダス社

一九〇九年、茶の、絵入りクロース装

ユーモアには乏しいが、法医学に関しては全能のエキスパート、あの輝かしいソーンダイク博士は、推理文学における、最初の真に科学的な探偵であり、その天才は、いまだに抜く者がありません。この重要な書物のアメリカ版の刊行が、なぜ二十二年間も遅れたのか、その理由

は今もって不可解です。本書の中に「青いスパンコール」や、「アルミニウムの短剣」のごとき名編が含まれていることを思えば、なおさらもって驚くべき見落としと言わなくてはならないでしょう。

6　ウィリアム・マクハーグとエドウィン・バルマー *The Achievements of Luther Trant*

初版、ボストン、スモール・メイナード社

一九一〇年、赤クロース装

犯罪捜査の一貫した方法として、現代心理学を率先して採用した本書は、確かに、このリストにのせる価値があるでしょう。本書の中には、たとえば――一九一〇年に！――最初の架空の〝うそ発見器〟が――現在使用されている、あの驚くべき装置が、出現しているのです。短編推理小説が、（心理学的なルーサー・トラントとはまた違う）最初の精神分析学的探偵、ハーヴェイ・J・オイギンズの *Detective Duff Unravels It* に到達するのは、これから十九年たってからのことなのです。

7　G・K・チェスタトン『ブラウン神父の童心』

初版、ロンドン、キャッセル社

一九一一年、赤クロース装

ブラウン神父物の最初の書物であり、時と所と人を問わず、いままでに書かれた短編推理小説中、最大の書物の一つです。本書の中で、読者は、静かで、つつましく、輝かしい直観力の持ち主、自分の傘を振りまわす小柄なイギリスの司祭に会われるでしょう。そして、「青い十字架」「奇妙な足音」「見えない男」「イズレイル・ガウの誉《ほま》れ」のごとき驚くべき物語における彼のウィットに。

8　アーネスト・ブラマ *Max Carrados*

初版、ロンドン、メシューイン社

一九一四年、赤クロース装

わたしたちは、ブラマ氏が、こう、ひとり言を言っているところを想像します。「健全な五感のご利益《りやく》を受けている探偵なんか、くそくらえだ！　ぼくはひとつ、最もたいせつな感覚が欠除した探偵を創造してやろう――そうなれば、彼はその故にいっそう偉大な探偵となるだろう」

こうして、ブラマ氏は推理小説史上、初の盲目探偵を創り上げたのです。読書好きの紳士階級にマックス・カラドスを紹介した本書は、従来書かれた短編推理小説の中の、十の最も重要なる書物の一つであるにもかかわらず、アメリカでは、いまだに出版されたことがありません！

9　メルヴィル・デイヴィスン・ポースト『アブナー伯父の叡知』

初版、ニューヨーク、D・アップルトン社
一九一八年、濃紺クロース装

読者は、わたしたちのリストに、これまでのところ、アメリカの作家が払底《ふってい》しているのにお気づきでしょう。そこでわたしたちは、批評家としての喜びと同時に愛国的な誇りをもって、ポオ以後、アメリカ人によって書かれた最初の短編推理小説集として、本書を指名します。もし読者が、あの前世紀の、たくましい、そして敬虔《けいけん》なヴァージニアの開拓者アブナー伯父に、不幸にしてまだ面識が無ければ、さっそく、刺を通じた上、特別の興味をもって、「ズームドルフ事件」や「藁人形」のような不朽の傑作を読むべきです。

10　H・C・ベイリー『フォーチュン氏を呼べ』
初版、ロンドン、メシューイン社
一九二〇年、紺クロース装

医者で美食家の、でっぷりしたレジー・フォーチュンが、推理愛好家の心地よい社交界にデビューをしたのは、本書によってです。しかし、少々困った問題があります。と言うのは、『フォーチュン氏を呼べ』は、世界に向かって、レジーを紹介した理由で、黄金の十に含めなければなりませんが、わたしたちの考えでは、彼は先に行くにつれて進境めざましく、「長い食事」と「黄色いなめくじ」の二粒の真珠を含む *Mr. Fortune Objects* で、その絶頂に達したと思われるからです。

さて、一九二〇年以降は？　となると近年の本は、未だ時の試練を受けていません。そこでわたしたちは、テニスンの *Maud* の中の百合《ゆり》のように、待つことが賢明ではないかと考えるしだいです。しかし将来の計画のために、ここで、定評ある傑作の中から、しかるべき候補作五点をあげておきましょう。

＊　モーリス・ルブラン
　『八点鐘』　レニーヌ公爵（アルセーヌ・リュパン）
＊　ドロシー・L・セイヤーズ
　Lord Peter Views the Body　ピーター・ウィムジイ卿
＊　T・S・ストリブリング
　『カリブ諸島の手がかり』　ヘンリー・ポジオリ教授
＊　E・C・ベントリー
　『トレント乗り出す』　フィリップ・トレント
＊　カーター・ディクスン（ジョン・ディクスン・カー）
　『不可能犯罪捜査課』（「カー短編全集1」として本文庫収録）　マーチ大佐

B　最も重要なる長編推理小説十

1　エミール・ガボリオ『ルルージュ事件』

初版、パリ、E・デンピュ社

一八六六年、紙装

七十八年前、ペール・タバレ（目明かし《テイル・オー・クレール》とも呼ばれる）という金持ちの愛書狂が、『ルルージュ事件』という標題の、当時は目新しい書物の中で、パリの読書階級に向かってあいさつを送りました。ペール・タバレは、当時はこれまた物珍しい新職業の「探偵」であり、そして『ルルージュ事件』は、世界で最初の長編推理小説だったのです。

ガボリオは、現在ではあまり読まれていませんし、また、読まれているとしても、一般には『書類百十三』（一八六七年）か、『ルコック探偵』（一八六九年）のほうが好まれているようです。アーノルド・ベネットの、次のような、いささか大胆すぎる評言にもかかわらず――というよりは、おそらくそのせいでしょうか。

「〈ルルージュ事件〉の中から、探偵に関する部分を全部取り去ったとしても、それは依然として、優れた、健全な、そして古風な感情に訴える小説である」と。

ガボリオの作品は、高度に発達した、現代の推理小説と比較される苦しみをなめている、というのが真相でしょう。これに対して、ガボリオの亡霊は、つぎのように堂々と反駁《はんばく》できます。「わたしのあとからくるきみたちは、わたしが、人跡未踏のジャングルに、道を切り拓《ひら》いて来たのだという事を忘れないでもらいたい」

2　ウィルキー・コリンズ『月長石』
　初版、ロンドン、ティンスリィ・ブラザース社
　一八六八年、紫の、装飾クロース装

英語で書かれた、世界で最初の長編推理小説であり、バラの栽培が道楽の、豪胆《ごうたん》なイギリスの探偵、カフ部長刑事を紹介した書物です。『ルルージュ事件』とは違って、『月長石』は、現在でも、全世界から要求の絶えない生命ある傑作です。詩人T・S・エリオット氏は、本書を、「最初にして、最長の、そして最良の長編推理小説」と評したそうです。エリオット氏の、初めの二つの勝手につけた形容詞は、正確ではありませんが、三つ目の形容詞となると、これはどうも見解上の問題でありましょう。わたしたちは、残念ながら、エリオット氏の意見には承服しかねます。しかし、公正を期するためには、アレグザンダー・ウールコット、オリヴァ・ウェンデル・ホームズ、そしてドロシー・L・セイヤーズのような著名な文化人たちが、頑として、エリオット氏と同意見であることを指摘しておく必要があるでしょう。

3　アンナ・キャサリン・グリーン『リーヴェンワース事件』

初版、ニューヨーク、G・P・パトナム社

一八七八年、茶の、絵入りクロース装

フランスでは一八六六年、イギリスでは一八六八年、アメリカでは一八七八年——これが国別による最初の長編推理小説の年表です。もっとも『リーヴェンワース事件』が最初のアメリカの長編推理小説である、と主張するのは、慎重を要するのですが。いずれにしても、国と言語を問わず、グリーン嬢が、長編推理小説を書いた、最初の女流作家であることは間違いのないところです。この先駆的な作品中の探偵、エベニーザー・グライスは、シャーロック・ホームズよりも、九年も先輩です。屁理窟屋たちは、グリーン嬢の作品も、ガボリオと同様、現代の推理文学と比べれば、貧弱なものにすぎないというかもしれません。しかし、ほんの数年前アメリカで出版された『リーヴェンワース事件』の新版は、心暖まる歓迎を受けました。

4　サー・アーサー・コナン・ドイル『緋色の研究』

初版、ロンドン、ウォード・ロック社

一八八七年、ビートン・クリスマス年鑑に収録、絵入り紙装

やせぎすの、鋭い、長身のホームズが、初登場した作品です。この中で、推理小説上の探偵中の巨人が、有形無形の現象から、その驚くべき考察をひき出して見せたのです。この中から、ギリシャの女神パラスのように、完全武装をした、前代未聞のものが、わたしたちの住む、悦

楽に満ちた楕円形《だえん》の球体の上へ、そして、わたしたちすべての霊感の中へ、突如として、おどり出て来たのです。（ヴィンセント・スターレットいわく、「ホームズさえあれば、あとは野となれ、山となれ！」）

素人《しろうと》にせよ、批評家にせよ、読者は、ホームズ物の中から、さまざまの愛読書をあげています。多くの読者は『バスカヴィル家の犬』（一九〇二年）を好んでいます。が、わたしたちとしては躊躇《ちゅうちょ》なく、内容の優秀性という一点から、『シャーロック・ホームズの冒険』（一八九二年）を選びます。しかし、むろん、黄金の座は、記念すべき処女作として、『緋色の研究』が受けるべきでしょう。

5　E・C・ベントリー『トレント最後の事件』
　初版、ロンドン、トマス・ネルスン社
　一九一三年、紺の、装飾クロース装

さあ、わたしたちは、開拓者たちの密林を抜け出して、現代の、開放された大通りに足を踏み入れました。推理文学における、強力な創造的な力の持ち主、イギリスの偉大なる文人のひとりG・K・チェスタトンは、コミュニケの中で、「わたしと同時代の推理小説の中で、わたしは〈トレント最後の事件〉よりもすぐれた作品を知らない」と述べています。つまり別の言い方をすれば、『トレント最後の事件』は、最初の、偉大なる現代推理小説なのです。

フィリップ・トレントは、十九世紀人であり、その上、情にもろい熱血漢です。この点に関するベントリー氏自身の言葉を、彼の個人的な回想録から引用してみましょう。「わたしは、探偵が、血の通《かよ》った人間として認められるような推理小説を書くことも不可能ではあるまい、と考えたのだ」この目覚ましい文学的な偉業を成しとげたベントリー氏は、同時に、つぎのような貴重な贈り物を、読者にもたらしたのです。すなわち、恋愛と探偵の真に成功した混合物を。

6　フリーマン・ウィルス・クロフツ『樽』

初版、ロンドン、W・コリンズ社
一九二〇年、オレンジ・レッドの、クロース装

これまでに行政管区と警察本部の警官たちは、正確な現代の専門技術を身につけるに至り、それが推理小説の作者たちに刺激を与えることになりました。したがって、ほどなく、最初の偉大なる現代警察小説、と限定して言ってもさしつかえないような作品が現われました。『樽』の中の探偵たち——バーンリー警部、パリ警視庁のルファルジュ、それにジョルジュ・ラ・トゥーシュ——は、クロフツ氏の想像の産物です。しかし、彼らの原型は、ロンドン警視庁やパリ警視庁の事務室の中で、現実の一件書類のつまった、現実の書類棚のあいだをうろつきまわり、そして刻苦《こっく》精励《せいれい》して、現実の科学実験室への、現実の端緒をもたらしたのです。『樽』の中で、わたしたちは、アリバイを調べ、時刻表を計算し、しんぼう強く犯罪の細目を追求する職業警察官の日課にお目にかかります。

7　アガサ・クリスティ『アクロイド殺害事件』

初版、ロンドン、W・コリンズ社

一九二六年、濃紺クロース装

この驚くべき作品は、それなりに、良心的な批評家に、独特の難問を提出します。確かにこれは、アガサ・クリスティの最上の作品ではありません（ただし、H・ダグラス・トムスンは、「従来書かれた推理小説中ベスト六の一つ」といっています）。しかし本書がクリスティの、最もセンセーショナルな作品であり、また、もっとも論争の種となる作品——全体とまではいかなくても、だいたいにおいて——であることは疑う余地がありません。というのは、作者は本書の中で——〝意外なる犯人〟というテーマの発達の頂点をきわめたからです。同じく本書の中で、読者は〝小さなベルギー人《プチ・ベルジュ》〟、灰色の脳細胞の持ち主、精力的で活発な、そして端倪《たんげい》すべからざるエルキュール・ポワロに遭遇します。

8　S・S・ヴァン・ダイン（ウィラード・ハンティントン・ライト）『ベンスン殺人事件』

初版、ニューヨーク、チャールズ・スクリブナーズ・サンズ社

一九二六年、黒クロース装

推理小説上の探偵たちの学校へ、ファイロ・ヴァンスの入学許可を与えたこの小説は、必然的に、わたしたちの霊験あらたかな十の座に、うやうやしく、安置さるべきです。『ベンスン

殺人事件』の中で、わたしたちは、あの風格ある皮肉な美学者に、そのレジーたばこや、多種多様のドレッシング・ガウンや、そして、その広大な芸術上の知識とともに、お目見えします。現実の大事件である迷宮入りのエルウェル事件に、多少とも、自由に取材した『ベンスン殺人事件』は、ヴァン・ダインの特に傑出した小説ではありませんが、その非凡な点で『グリーン家殺人事件』（一九二八年）を好む人々もいますが、わたしたちは、『僧正殺人事件』（一九二九年）をとります。

9　ダシール・ハメット『マルタの鷹』

初版、ニューヨーク、アルフレッド・A・クノップ社

一九三〇年、灰色の、装飾クロース装

最初の偉大なるアメリカの長編推理小説である本書ほど〝最初の偉大なる〟という言葉が深い意味を持っているものはありません。わずかに傍点によって、わたしたちは、この作品の、真にアメリカ生粋《きっすい》の特質を強調できるだけです。これはアメリカを舞台にした、アメリカ人の性格に関する書物であり、純粋のアメリカ語法で語られた書物なのです。サム・スペード探偵は、地上の、他のいかなる場所にも、生存できなかった人物です。彼の生みの親、ダシール・ハメットは、いわゆる推理小説上の〝ハードボイルド派〟の創始者であり、そして、『マルタの鷹』は、この二つの拳固《げんこ》の、簡潔な、痛快な――そして、しばしば度胆を抜くような――スタイルの最上の見本です。

10 フランシス・アイルズ（A・B・コックス）『レディに捧げる殺人物語』

初版、ロンドン、ビクター・ゴランツ社

一九三二年、黒クロース装

本書は〝倒叙〟長編推理小説の古典的典型です。この種の小説にあっては、作者の関心は、謎を構成することにはなく、通常の推理小説における、筋書きの数学的要素は、ほんの付随的なものとなって、むしろ、犯罪的性格を作り出すことに向けられます。『レディに捧げる殺人物語』は、殺人心理学の、鋭い、恐るべき研究です。悲劇へと導いていくさまざまの出来事を、（悲劇から導き出される出来事とは逆に）冷酷に暴露していく著者の解剖は、息苦しいほどです。本書の中で、読者は、ひとりの殺人者を、その真の動機、その実際の計画、その腹蔵のない仕事の進め方などを、赤裸々に目撃します――そして、読者はその孤立無援の犠牲者をさいなむ恐怖を、ともに味わうのです。明らかに、これは魅力的な素材といえましょう。そこで、アルフレッド・ヒッチコックは、本書を映画「断崖」に仕立てました。いままでに書かれた最もすばらしい〝倒叙〟長編推理小説として、『レディに捧げる殺人物語』を除外することはできません。

等外賞

＊イスレール・ザングウィル『ボウ町の怪事件』（一八九二年）

ジョージ・グロドマンとエドワード・ウィンプの両探偵。密室の謎の元祖。
＊R・オースチン・フリーマン『赤い拇指紋』（一九〇七年）
有名なソーンダイク博士の、活字になった最初の作品。
＊A・E・W・メースン『矢の家』（一九二四年）
アノー探偵。
＊ジョン・ディクスン・カー『アラビアンナイトの殺人』（一九三六年）
ギディオン・フェル博士。

短編推理小説の流れ5

戸川安宣

始祖ポオの作品から大凡《おおよそ》一世紀の間に発表された名作短編を、一作家一作品に絞って発表年代順に収録した傑作集である本アンソロジーも、いよいよ最終巻となった。

最後に、やはり本アンソロジーの編者、江戸《えど》川乱歩《がわらんぽ》について記しておくべきだろう。

乱歩の作家としての業績については本文庫に収録された『日本探偵小説全集2 江戸川乱歩集』や、『孤島の鬼』以下の作品をお読みいただきたい。

江戸川乱歩は一八九四（明治二十七）年十月二十一日、三重県名賀郡名張町（現・名張市）で生まれた。本名は平井《ひらい》太郎《たろう》。幼少時、母が読み聞かせた菊池《きくち》幽芳《ゆうほう》の『秘中の秘』で探偵小説の面白さを知り、以後、押川春浪《おしかわしゅんろう》や黒岩涙香《くろいわるいこう》の作品を耽読した。早稲田大学政治経済学部卒。卒業後、様々な職を転々としながら書きあげた小説を博文館の編集部に送り、これが認められて〈新青年〉誌の一九二三（大正十二）年四月号に掲載された「二銭銅貨」でデビュー。引き続き、「心理試験」「屋根裏の散歩者」「人間椅子」等々、立て続けに名短編を発表した。それは永年、欧米の探偵小説を読破した蓄積の上に生み出されたもので、その研究ぶりは「奇譚」

と題したノートなどから窺《うかが》い知ることができる（乱歩生前には本の形で刊行されることがなかった「奇譚」だが、一九八八年に当時講談社から上梓されていた江戸川乱歩推理文庫の五十九巻として、全ページ写真版で復刻された）。昭和に入ると、朝日新聞や講談社などから長編連載の注文が殺到したが、それまでの短編とは勝手がちがい、本格的な謎解き長編を構想することができなかった。活劇調の展開でお茶を濁《にご》さざるを得ないことに嫌気が差して、しばしば休載するようになり、とうとう連載中止を申し入れたりする事態となった。本人は己の理想とのギャップに苦しんだが、逆に大衆的な人気は鰻登《うなぎのぼ》りで、昭和初期の乱歩は一躍人気作家となった。だが、日本が戦争へと傾斜していく中で、所謂《いわゆる》エロ・グロ・ナンセンスの代表のように見《み》做《な》され、当局の検閲も厳しさを増して出版社からの注文が減ってきたところに、講談社の〈少年倶楽部〉から少年ものの執筆依頼が舞い込む。心機一転と意気込んだ乱歩が発表したのが『怪人二十面相』で、これがみごとに子供心を捉え、以後、戦中の一時期を除き、最晩年まで書き継がれ、戦後の乱歩の一大収入源となった。戦後の創作はその少年ものがほとんどで、あとはもっぱら推理小説専門誌〈宝石〉の立て直しに私財を投じ、編集を買って出、還暦を機に、江戸川乱歩賞を創設し、後進の発掘と指導に力を尽くすようになる。そして欧米の作品を読み、一九五三（昭和二十八）年に創刊されたハヤカワ・ポケット・ミステリや、一九五六（昭和三十一）年から刊行を開始した東京創元社の「世界推理小説全集」の監修などに力を注ぐようになるのだ。

　乱歩の欧米推理小説の紹介と評論は、一九五一（昭和二十六）年刊の『幻影城』（岩谷書店）、

「奇譚」の表紙をあしらった
『続・幻影城』の本扉

『幻影城』特装版の函

および一九五四（昭和二十九）年刊の『続・幻影城』（早川書房）をはじめとする随筆集に纏《まと》められている。『幻影城』所収の「英米短篇ベスト集と「奇妙な味」」や『続・幻影城』所収の「英米の短篇探偵小説吟味」などが基本資料となって、この『世界推理短編傑作集』の原点となる「世界推理小説全集」版『世界短篇傑作集』（全三巻）が生まれたのである。

江戸川乱歩は一九六五（昭和四十）年七月二十八日、七十歳で亡くなった。

さて第五巻となる本巻には、アリンガム、ベントリー、ディクスンなど本格黄金期の大家が顔を出す一方、チャーテリス、アイリッシュ、パトリック、スタウトといった新世代の（当時）エースがお目見えしている。さらにコリアー、ブラウン、ヘクトといった短編の名手が揃い踏みして、掉尾を飾るに相応しい陣容となった。世は第二次大戦を挟んで、新しい時代の息吹が感じられる騒々しいが活気ある時代を迎えていた。推理小説の世界も、いよいよ本格的な長編時代へとスタートを切ったところだ。そういう状況下で、だが待て、短編の世界も侮れませんぞ、という名手たちの意気込みを読み取っていただきたい。

以下に、いつものように本巻収録作品の解題を付す。

ボーダーライン事件

一九三六年八月二十五日の〈イヴニング・スタンダード〉紙に発表された後、数紙に掲載され、一九三七年の *Mr. Campion: Criminologist* をはじめ数種のアリンガムの短編集に収録された。さらにエラリー・クイーンが一九三八年に刊行したアンソロジー *Challenge to the Reader*、および一九四一年の *101 Years' Entertainment* に採録する、といった具合で、アリンガムの短編の中では最も露出度の高い作品と言えるだろう。

マージェリー・アリンガムは一九〇四年、ロンドン西郊外のイーリングに生まれた。両親とも物書きで、親戚にもジャーナリストやライターがいるという環境に育つ。そのせいもあってアリンガムが初めて原稿料をもらったのは八歳の時だというし、長編第一作を上梓したのは一九二三年、二十歳になる前だった。一九二八年に発表した『ホワイトコテージの殺人』を皮切りに推理小説に手を染め、*The Crime at Black Dudley* で初登場したアルバート・キャンピオンを主役に据えて長短編を書き継ぎ、クリスティ、セイヤーズ、そして後輩のナイオ・マーシュとともにイギリス女流推理作家のビッグ4と称される存在となる。専門学校時代から付き合いのあった同い歳のフィリップ・ヤングマン・カーターと結婚。彼はアリンガムが乳癌《にゅうがん》のため一九六六年に亡くなった後、構想のみが出来上がっていた作品を仕上げ、さらに二編のキャンピオンものを上梓した。

本編は開かれた密室ものの好短編である。

旧版では宇野利泰《うのとしやす》氏の翻訳であったが、今回、猪俣美江子《いのまたみえこ》氏の翻訳を使用させていただいた。

好打

〈ストランド・マガジン〉一九三七年三月号に発表された。

著者エドマンド・クレリヒュー・ベントリーが一九一三年に発表した『トレント最後の事件』は、現代推理小説の夜明けを告げた、と評されている。そのベントリーがフィリップ・トレントを主人公にして書いた短編と言えば、推理小説史の流れからいえば本アンソロジーの第二巻にでも収められて然るべきだが、ごらんのとおり、最終巻収録となった。それというのも、本編が右に記したように一九三七年に発表され、短編集に収められたのもその翌年、一九三八年刊の『トレント乗り出す』だったからである。

ベントリーは一八七五年ロンドンで生まれ、セント・ポール・スクールからオックスフォードのマートン・カレッジに進み、ジャーナリストになり、〈デイリー・テレグラフ〉などの新聞で健筆を振るった。一九〇五年には*Biography for Beginners*という詩集を刊行し、独特のユーモア溢《あふ》れるその作風は彼のミドルネームからクレリヒューと呼ばれるようになった。その彼が一九一三年に発表した推理長編『トレント最後の事件』はドロシー・L・セイヤーズなどに絶賛され、何度も映画化されている。一九三六年から一九四九年にかけては、初代会長G・K・チェスタトンのあとを受けて、ディテクション・クラブの第二代会長となった。そして、二人は一歳違いで、セント・ポール・スクール時代から親交があり、終生の友であった。一九三五年にチェスタトンが編んだ『探偵小説の世紀』(創元推理文庫、全二巻)につづいて一九三八年に*The Second Century of Detective Stories*を同じハッチンスン社から出している。

本編も、アリンガムとはだいぶ設定がちがうが、開かれた密室状態での殺人事件を扱っている。さりげない描写の中に伏線が敷かれていて、現代派の面目躍如たる一編である。

いかさま賭博

スウェーデンでミステリやSFの研究誌〈DAST〉を出していたイヴァン・ヘドマン氏が、一九七三年にヤン・アレクサンデション氏との共著で*Leslie Charteris och Helgonet Under 5 Decennier*というチャーテリスの著作目録を上梓しているが、それによるとこの「いかさま賭博」は一九三九年七月、ロンドンのホダー・アンド・スタウトン社から刊行された短編集*The Happy Highwayman*のために書きおろされたようだ。これより早い雑誌掲載情報を得

THE HAPPY HIGHWAYMAN

FURTHER ADVENTURES OF THE SAINT BY

LESLIE CHARTERIS

PUBLISHED BY P. F. COLLIER & SON CORPORATION
BY SPECIAL ARRANGEMENT WITH
DOUBLEDAY, DORAN & COMPANY, INC., NEW YORK

The Happy Highwayman
アメリカ版の扉

ることができなかったので、ここでは一九三九年七月発表とする。

著者のレスリー・チャーテリスは一九〇七年、中国人の父とイギリス人の母の間にシンガポールで生まれた。本名はレスリー・チャールズ・ボウヤー・インといった。英語より先に中国語とマレイ語を話していたという。十歳の時に最初のタイプライターを手に入れ、さっそく金のために書き始めた、と回顧している。一九一九年にイギリスに渡る。ケンブリッジのキングズ・カレッジに入るが、学業より物書きの仕事に熱中し、中退。一九二七年に初めての本を出版する。一九二八年、三作目として出版した*Meet the Tiger*に初めてサイモン・テンプラーが登場する。しかしまだこの時点では、チャーテリスはテンプラーをシリーズ化するつもりはなかった。物書きの傍《かたわ》ら、フランスやマレイに行き、バーテンダーからバスの運転手まで様々な職業を転々とする。一九三二年にアメリカに渡り、のちに市民権を得る。名前をレスリー・チャーテリスに改めた。そうこうするうちに聖者《セイント》ことサイモン・テンプラーは徐々に注目を集めるようになり、映画化され、ラジオドラマになり、テレビの連続ドラマになった。後に三代目のジェームズ・ボンド役を演ずるロジャー・ムーアが主演するテレビの聖者《セイント》シリーズは日本でも放映された。晩年のチャーテリスはイギリスに戻り、サリー州で過ごした。一九九三年、四人目の妻、女優のオードリー・ロングに看取《みと》られて亡くなった。

本編は、なかなか手の込んだ作品で、聖者《セイント》の魅力を存分に味わうことができる。本アンソロジー第三巻所収のワイルド「堕天使の冒険」同様、ギャンブルのいかさまがテーマだが、同時に第二巻に収められたルブラン「赤い絹の肩かけ」に通じる小気味よいどんでん返しを堪能することができる。

ところで、二〇一八年末に翻訳紹介された、『星を継ぐもの』の著者ジェイムズ・P・ホーガンの『火星の遺跡』（二〇〇一）は、十代の少年のころ夢中で読んだという「レスリー・チャータリスの古典的な怪盗ロマンである〈聖者《セイント》〉こと〈サイモン・テンプラー〉シリーズ」へのオマージュだという（同書解説より）。

クリスマスに帰る

〈ザ・ニューヨーカー〉誌一九三九年十月七日号に発表された後、一九四一年にリー・ライト編のアンソロジー *The Pocket Book of Mystery Stories* に収録された。コリアー自身の短編集としては一九四三年にプレス・オブ・ザ・リーダーズ・クラブからハードカバーで刊行された *The Touch of Nutmeg and More Unlikely Stories* をはじめ、一九四五年の *Green Thoughts and Other Strange Tales*、一九五一年の *Fancies and Goodnights*、一九五八年の『炎のなかの絵』、一九六五年の *Of Demons and Darkness*、一九七二年の *The John Collier Reader* といった具合に様々な短編集に収められている。

ジョン・コリアーは一九〇一年、イギリスのロンドンに生まれた詩人、作家、脚本家で、特に短編の名手として名高い。フランスやアメリカを転々とし、一九八〇年、アメリカのロサンゼルスで亡くなった。七十九歳だった。

本編扉裏の紹介に、「ヒッチコック好み」という言葉が出てくるが、この作品はアメリカのTVドラマシリーズ「ヒッチコック劇場」Alfred Hitchcock Presents の第一シーズンで採り上げられている。フランシス・コックレルが脚本を担当し、ジョン・ウィリアムズとイザベル・エルソムが主演し、ヒッチコック自身がメガホンをとり、一九五六年三月四日に放映された。

サスペンス小説のお手本のようなストーリーを、短い枚数で仕上げた名人芸ともいえる作品である。

爪

〈ディテクティヴ・テールズ〉誌一九四一年七月号に 'The Customer's Always Right' のタイトルで発表され、一九四四年九月号の〈エラリー・クイーンズ・ミステリ・マガジン〉(EQMM)誌に再録された際、'The Fingernail' と改題された。そして一九四六年リピンコット社から刊行されたウィリアム・アイリッシュ名義の短編集 *The Dancing Detective* に 'The

Fingernail' のタイトルで収録されている。

アイリッシュは本名をコーネル・ジョージ・ホプリイ・ウールリッチといい、一九〇三年にニューヨークで生まれた。コロンビア大学中退とともに第一作の *Cover Charge* を発表している。長編の『幻の女』、『暁の死線』、短編の「裏窓」などの名作を遺し、その多くがヒッチコックやトリュフォーなどによって映画化されている。ウィリアム・アイリッシュのほか、本名の一部をとったコーネル・ウールリッチ、ジョージ・ホプリイの筆名がある。一九六八年死去。

本編は短い中にサスペンス作家としての技巧を詰め込んだ佳品である。

旧版では阿部主計《あべかずえ》氏の翻訳であったが、今回、門野集《かどのしゅう》氏の翻訳を使わせていただいた。

The Dancing Detective
（Hutchinson & CO. 版）

ある殺人者の肖像

〈ハーパーズ・マガジン〉一九四二年四月号に掲載された。その後、一九六二年ランダム・ハウスから上梓されたパトリック・クエンティン名義の短編集 *The Ordeal of Mrs. Snow* に収録された。同書のカバーには、「私にとって彼はアメリカ一の推理作家」というフランシス・アイルズ（アントニ

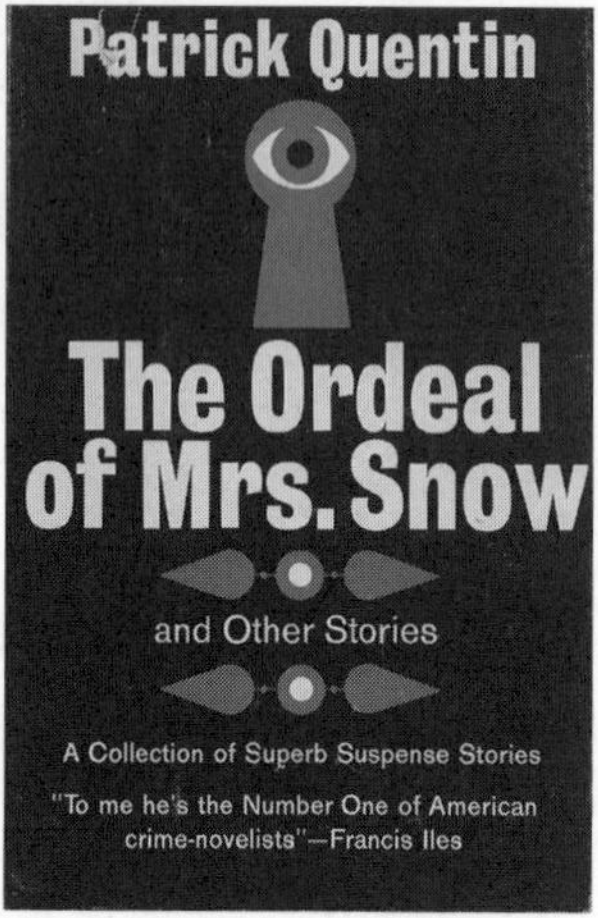

クェンティン名義の短編集
The Ordeal of Mrs. Snow

イ・バークリー）の賛辞が刷り込まれている。

　著者はイギリス生まれのリチャード・ウィルスン・ウェッブがマーサ・モット・ケリー、メアリー・ルイーズ・アズウェル、そしてヒュー・キャリンガム・ウィーラーと、コンビの相棒を替えながら書いてきた共同ペンネームである。しかもその筆名もパトリック・クェンティン、Q・パトリック、ジョナサン・スタッグ、あるいはクェンティン・パトリックといった具合に様々で、一九五二年の『女郎蜘蛛』を最後にウェッブは引退し、以後はウィーラーが単独で執筆に当たっていたという複雑な経緯《けいい》で知られる。おそらくこの短編はウェッブとウィーラーの共作かと思われる。

　本編は一九五五年に、デイヴィッド・C・クックが編纂《へんさん》した*My Best Murder Story*に収録された。このアンソロジーはレスリー・チャーテリスやエラリー・クイーン、それに編者のデイヴィッド・C・クックなど十四人が、それぞれ自信作を持ち寄ったもので、同年、グローヴ・プレスから*Murder by 14*という別題でトレード・ペイパーバック版が刊行されている。各編には作者自身の、自選の理由が掲載されているが、そこでQ・パトリックは、子供の心の中にある残忍で不可解な感情に興味を抱いていた旨《むね》を吐露《とろ》し、スレイター家には現実のモデルがあり、マーティンは二人の同級生を合成したキャラクターだと述べている。そしてこう結んでいる。「私はオリンズコートで初めて恐怖を味わった……」と。
まさにタイトルどおりの、じっくりと一人の犯罪者を描いた、ジャンル分けすれば犯罪小説の佳品である。

十五人の殺人者たち
〈コリアーズ〉誌一九四三年一月十六日号に掲載された。
作者のベン・ヘクトBen Hechtは一八九四年二月二十八日ニューヨークでロシア・ユダヤ人の移民、ジョージフ・ヘクトの子として生まれた。映画の脚本家、監督、プロデューサーであり、劇作家、ジャーナリスト、そして小説家だった。特に映画の世界では偉大な存在で、ハリウッドそのもの、とも言われている。彼の持ち味が最も出ているのは何度か映画化もされている「フロント・ページ」ではないだろうか。その業績に比して日本ではヘクトの邦訳が少ないのは残念だ。
本編をはじめ、創元推理文庫に収められている作品を読むだけでも、その実力がおわかりになるだろう。『怪奇小説傑作集2』収録の「恋がたき」、『ミニ・ミステリ傑作選』所収の「シカゴの夜」、そして『魔術ミステリ傑作選』に収められた「影」——いずれ劣らぬ傑作揃《ぞろ》いである。一九六四年四月十八日、七十歳で亡くなった。

今回の編集にあたり、一九四五年にクラウン社から刊行された*The Collected Stories of Ben Hecht*と、それを底本にして作られた一九四五年刊の兵隊文庫版の*Concerning a Woman of Sin and Other Stories*に収録されたものと照合した。アメリカでは戦時下に、こういう小説を読んでいたのかと思うと、彼我の差を痛感せずにはいられない。

短編の名手による作品が並んだ本巻収録作品の中でも、際立って印象深い作品である。

危険な連中

〈ダイム・ミステリ・マガジン〉一九四五年三月号に'No Sanctuary'のタイトルで掲載され、一九五三年ダットン社から上梓された短編集『まっ白な嘘』に'The Dangerous People'のタイトルで収録された(ただし、創元推理文庫版では本アンソロジーとの重複を避けてカットしている)。そして一九八五年、南イリノイ大学出版局からフランシス・M・ネヴィンズ・ジュニアとマーティン・H・グリーンバーグ共編によるブラウンのミステリ短編傑作集*Carnival of Crime*に、やはり'The Dangerous People'のタイトルで収録された。

フレドリック・ブラウンはミステリとSFの両分野で数々の印象深い作品を遺した。ミステリの長編では一九四七年に発表し、エドガー賞を受賞した『シカゴ・ブルース』をはじめとするエド・ハンター・シリーズが忘れられない。短編の名手で、ショート・ショートから普通の長さの短編まで、様々なタイプの作品がある。

この作品は一九五七年の六月二十三日、アメリカのTVドラマ「ヒッチコック劇場」の第二シーズンに、'The Dangerous People' のタイトルで放映された。フランシス・コックレルが脚本を担当し、アルバート・サルミとロバート・ハリスが主演、監督はロバート・スティーヴンス。

職人芸とも言えるブラウンの小説作法が味わえる一編である。

証拠のかわりに

〈アメリカン・マガジン〉一九四六年五月号に 'Murder on Tuesday' のタイトルで発表された（同誌前号の予告では、この中編のタイトルは 'Too Stubborn To Live' だった）後、一九四九年二月ヴァイキング社から刊行された短編集 *Trouble in Triplicate* に収録された。

ニーロ・ウルフの生みの親レックス・スタウトは本格とハードボイルドとの境界にいるような作家だ。語り手も務めるアーチイ・グッドウィンはワトスン役ではあるものの、ほかの本格もののワトスン役とはかなりキャラク

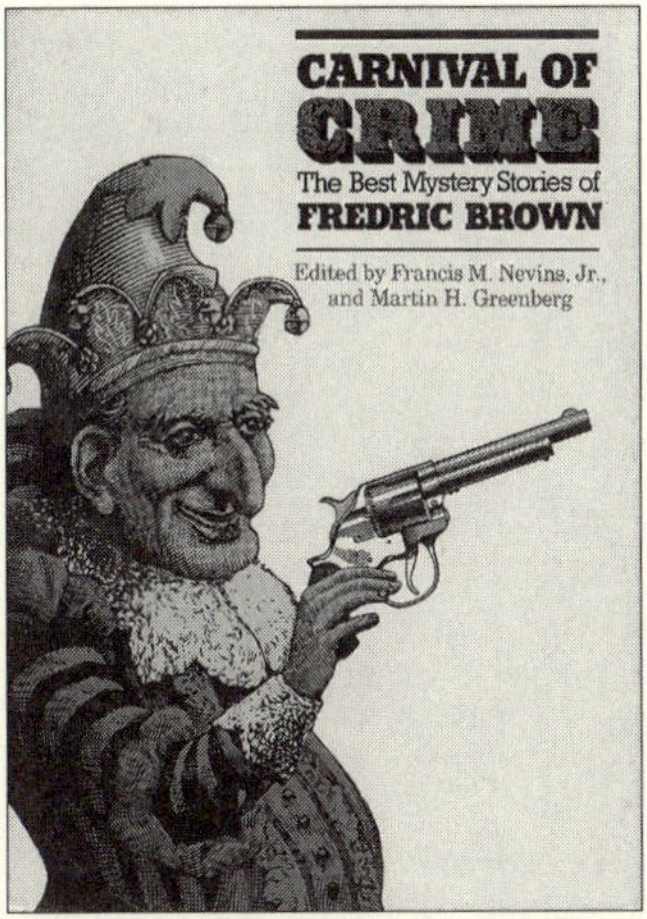

ブラウンのミステリ短編傑作集
Carnival of Crime

ターが違うことにお気づきだろう。
『娯楽としての殺人』の著者、ハワード・ヘイクラフトは、一九四九年にランダム・ハウス社のモダーン・ライブラリの一冊として上梓したアンソロジー *Fourteen Great Detective Stories* に本編を収録し、一九五七年ネルソン・ダブルデイ社から出したジョン・ビークロフトと共編の *A Treasury of Great Mysteries*（全二巻）にも採録している。

レックス・スタウトは一八八六年、インディアナ州ノーブルズヴィルで生まれた。海軍を除隊後、いくつかの職を転々とし、やがて詩や小説を雑誌に発表するようになる。一九三四年刊の『毒蛇』で蘭《らん》と美食を愛する大兵肥満《だいひょうひまん》の探偵ニーロ・ウルフとアーチイ・グッドウィンを登場させ、人気を博した。アメリカ探偵作家クラブ（ＭＷＡ）の会長を務め、一九五九年にグランド・マスター賞を受賞。さらに一九六九年にはイギリス推理作家協会（ＣＷＡ）からシルヴァー・ダガー賞を授かっている。一九七五年、コネチカット州ダンバリーで死去。八十八歳であった。

本編はかなり入り組んだプロットを、軽快な話術で描いたウルフ短編の代表作である。

妖魔の森の家

〈ストランド・マガジン〉と〈ＥＱＭＭ〉のどちらも一九四七年十一月号に掲載された。
〈ストランド・マガジン〉ではヘンリ・メリヴェールものであるにもかかわらず、ジョン・ディクスン・カー名義で発表された（〈ＥＱＭＭ〉ではカーター・ディクスン名義）。

〈ストランド・マガジン〉には、カーター・ディクスン名義で、一九三八年四月号に「新透明人間」が掲載されたのをはじめとして、同年六月号に「見知らぬ部屋の犯罪」、七月号に「暁の出来事」、翌三九年二月号に「ホット・マネー」、三月号に「楽屋の死」、五月号に「空部屋」、八月号に「銀色のカーテン」、十二月号に「外交官的な、あまりにも外交官的な」、四〇年一月号に「空中の足跡」、四一年二月号に「ウィリアム・ウィルソンの職業」と、以上十作が掲載された。この中で「外交官的な、あまりにも外交官的な」だけがノン・シリーズで、あとはすべて不可能犯罪捜査課マーチ大佐の登場する作品である。そして、ジョン・ディクスン・カー名義では、一九四〇年七月号に「ある密室」、十月号に「軽率だった夜盗」と二編のフェル博士ものにつづいてノン・シリーズの「赤いカツラの手がかり」が十二月号に掲載され、四七年十一月号に「妖魔の森の家」、四九年一月号に'Conan Doyle, Detective'(これはエッセイ)の五編が発表されているのである。

こうしてみると、〈ストランド・マガジン〉には「妖魔の森の家」が載るまで、ヘンリ・メリヴェール卿は一度も登場していなかったことがわかる。さらにカーは、同誌には四一年二月の「ウィリアム・ウィルソンの職業」以来、久々の登場だったのである。満を持して書いた作品を、イギリスでも発表したい、と思ったカー(あるいは彼のエージェント)が〈ストランド〉の編集部に持ち込んだのではないか、と考えられるが、それを快諾した編集者がH・Mものだからカーター・ディクスン名義というルールを失念した、というのが真相ではあるまいか。

一方、〈EQMM〉には同誌の第二回コンテストの特別功労賞作品として、エラリー・クイーンの長文の解説を付して掲載された。そして日本版〈ＥＱＭＭ〉創刊号に、本アンソロジーの編者、江戸川乱歩の手で訳載された。

心憎いほど、みごとに伏線を張り巡らせた、謎解き短編の見本のような一編である。

作中、Ｈ・Ｍが言及するジェイムズ・バリーは『ピーター・パン』の著者として知られているが、『メアリ・ローズ』は一九二〇年発表の戯曲。二度失踪を遂げる若い女性の物語である。

本アンソロジー旧版ではマーチ大佐ものの「見知らぬ部屋の犯罪」が収められていたが、第一巻の解題でも書いたように、編者・江戸川乱歩の意を汲んで本編を採録することにした。

悪　夢

ポピュラー・パブリケイションズから刊行されていた〈フィフティーン・ストーリー・ディテクティヴ〉誌の一九五一年の二月号に発表された。

著者のデイヴィッド・Ｃ・クックは、アントニイ・バウチャー、クレイトン・ロースン、ローレンス・トリート、そしてブレット・ハリデイによって一九四五年に創立されたＭＷＡの年刊アンソロジーを、一九四六年に刊行された第一冊目の *Best Detective Stories of the Year* から一九五九年刊の *Best Detective Stories of the Year: 14th Annual Collection* まで編纂した人物として知られている。一九一七年生まれで、二〇〇〇年に亡くなったというが、それ以上の経歴はわからない。

一九五五年に、「ある殺人者の肖像」の項で書いたように *My Best Murder Story* という十四名の作家が参加した自選アンソロジーを編纂し、それに寄せた自らの作品が、この「悪夢」であった。

その自選の弁でクックは、本当はここに、さる著名作家の作品を収録する予定だったが、締切を十七日過ぎても原稿が届かなかったものだから、やむなく選者自身の作品を埋め草に使用することになった、と言い訳している。家族でロングアイランドへドライヴに行った折、丘の上の一軒家を見て、助手席の妻に、「すてきじゃないか、こういうところに住みたくないかい」と聞いたところ、「いやよ、さびしすぎるわ。なにかあったとき、助けに来てくれないでしょう」と答えが返ってきた。後日、たまたまこの家の前を通ったとき、そこの主人と思しき男が車で出かけるところに行き合った。妻と思われる女性が芝生の上で手を振っていた。男は旅に出、女は一人残された。そう私には思えた——とクックは書いている。それがヒントとなって、本編が生まれたそうだ。

クック編 *My Best Murder Story* の別題トレード・ペイパーバック版

黄金の二十

一九四六年、デュエル・スローン・アンド・ピアース社から刊行されたM

WA編のアンソロジー*Murder Cavalcade: An Anthology* に'The Verdict'と銘打って掲載されたものである。その後、一九四八年一月に、このアンソロジーはペンギン・ブックスの一冊として *Great Murder Stories: An Anthology by Mystery Writers of America, Inc.* と改題の上、元版の約半数の作品を収録したペイパーバック版が上梓されていて、クイーンの本編はもちろん再録されている。そのペンギン版によると、この「黄金の二十」は〈グッド・ハウスキーピング〉誌に発表されたものだというが、号数などは突き止められなかった。

本アンソロジーでは、扉裏の紹介文からこの解題も含め、邦訳のある書名、作品名はその日本語題名を、未訳のものは原題で表記するようにしている。このクイーンのブックガイドも同様のやり方に従った。

本アンソロジーによって短編推理小説の最初の百年を俯瞰《ふかん》してきた読者には、格好の読書案内となることだろう。

最後に本アンソロジー全五巻の解題を書くに際して参考にした文献の内、解題中に特記しなかったものを記しておく。

Jacques Barzun & Wendell Hertig Taylor (1971) *A Catalogue of Crime*, Harper & Row, Publishers

Chris Steinbrunner & Otto Penzler (1976) *Encyclopedia of Mystery and Detection*, McGraw-Hill, Inc.

Geraldine Beare (1982) *Index to the Strand Magazine, 1891-1950*, Greenwood Press

Michael L. Cook (1982) *Monthly Murders: A Checklist and Chronological Listing of Fiction in the Digest-Size Mystery Magazines in the United States And England*, Greenwood Press

Michael L. Cook (1983) *Mystery, Detective, and Espionage Magazines*, Greenwood Press

Allen J. Hubin (1984) *Crime Fiction, 1749-1980: A Comprehensive Bibliography*, Garland Publishing, Inc.

Bernard Benstock & Thomas F. Staley (1988) *Dictionary of Literary Biography: vol. 70; British Mystery Writers, 1860-1919*, Gale Research Inc.

Bernard Benstock & Thomas F. Staley (1989) *Dictionary of Literary Biography: vol.*

77; British Mystery Writers, 1920–1939, Gale Research Inc.

Bernard Benstock & Thomas F. Staley (1989) *Dictionary of Literary Biography: vol. 87; British Mystery and Thriller Writers since 1940, First Series,* Gale Research Inc.

Jay P. Pederson (1996) *St. James Guide to Crime & Mystery Writers,* 4th edition, St. James Press

Bruce F. Murphy (1999) *The Encyclopedia of Murder and Mystery,* St. Martin's Minotaur

Richard J. Bleiler (2004) *Reference and Research Guide to Mystery and Detective Fiction,* Second Edition, Libraries Unlimited

Russell James (2008) *Great British Fictional Detectives,* Remember When

Russell James (2009) *Great British Fictional Villains,* Remember When

Barry Forshaw (2009) *British Crime Writing: An Encyclopedia* (2 volumes), Greenwood World Publishing

Alfred Hitchcock Presents Seasons 1–7: The Complete Collection (2015) Fabulous Films Limited

そのほか、ウェブ上の情報では、各国のWikipediaの各作家、ならびに作品情報、「The Crime, Mystery, & Gangster Fiction Magazine Index」、「ミステリー・推理小説データベース」などを参照した。

最新のデータとなると、どうしてもウェブ情報に頼らざるを得ないが、その場合でも各国のウェブ版新聞等、できうる限り複数の情報源で確認をとるよう努めたつもりである。

本書収録作には、表現に穏当を欠くと思われる部分がありますが、作品成立時の時代背景および古典として評価すべき作品であることを考慮し、原文を尊重しました。（編集部）

編者紹介　1894年三重県生まれ。1923年の〈新青年〉誌に掲載された「二銭銅貨」でデビュー。以降、「パノラマ島奇談」等の傑作を相次ぎ発表、『蜘蛛男』以下の通俗長編で一般読者の、『怪人二十面相』に始まる少年物で年少読者の圧倒的な支持を集めた。1965年没。

検印
廃止

世界推理短編傑作集5

1961年5月12日　初版
2015年1月16日　57版
新版・改題 2019年4月26日　初版

著　者　マージェリー・アリンガム 他

編　者　江《え》戸《ど》川《がわ》乱《らん》歩《ぽ》

発行所　（株）東京創元社
代表者　長谷川晋一

162-0814/東京都新宿区新小川町1-5
電　話　03・3268・8231-営業部
　　　　03・3268・8204-編集部
URL　http://www.tsogen.co.jp
工友会印刷・本間製本

ISBN978-4-488-10011-7　C0197